CB045621

Simone de Beauvoir

O sangue dos outros

TRADUÇÃO **Heloysa de Lima Dantas**
PREFÁCIO **Mary Del Priore**

4ª edição

EDITORA
NOVA
FRONTEIRA

Título original: *Le sang des autres*
Copyright © Éditions Gallimard, Paris, 1945
Venda proibida em Portugal.

Direitos de edição da obra em língua portuguesa no Brasil adquiridos pela Editora Nova Fronteira Participações S.A. Todos os direitos reservados. Nenhuma parte desta obra pode ser apropriada e estocada em sistema de banco de dados ou processo similar, em qualquer forma ou meio, seja eletrônico, de fotocópia, gravação etc., sem a permissão do detentor do copirraite.

Editora Nova Fronteira Participações S.A.
Av. Rio Branco, 115 – Salas 1201 a 1205 – Centro – 20040-004
Rio de Janeiro – RJ – Brasil
Tel.: (21) 3882-8200

Imagem de capa: GettyImages - Hulton Archive

Tradução do texto da página 5 de Alcida Brant.

dados internacionais de catalogação
na publicação (cip)

B385s Beauvoir, Simone de
     O sangue dos outros/ Simone de
  Beauvoir; traduzido por
  Heloysa de Lima Dantas; prefácio por Mary
  Del Priore. - 4ª ed. - Rio de Janeiro: Nova
  Fronteira, 2023.
  224 p.;15,5 x 23 cm
  Tradução de: *Le sang des autres*

  ISBN: 978-65-5640-595-7

  1. Literatura francesa. I. Dantas, Heloysa de
  Lima. II. Título.
          CDD: 843
          CDU: 821.133.1

André Queiroz – CRB-4/2242

Conheça outros livros da autora:

Simone de Beauvoir, em suas memórias, nos dá a conhecer sua vida e obra. Quatro volumes foram publicados entre 1958 e 1972: *Memórias de uma moça bem-comportada*, *A força da idade*, *A força das coisas* e *Balanço final*. A estes se uniu a narrativa *Uma morte muito suave*, de 1964. A amplitude desse empreendimento autobiográfico encontra sua justificativa numa contradição essencial ao escritor: a impossibilidade de escolher entre a alegria de viver e a necessidade de escrever; de um lado, o esplendor do contingente; do outro, o rigor salvador. Fazer da própria existência o objeto de sua obra era, em parte, solucionar esse dilema.

Simone de Beauvoir nasceu em Paris, a 9 de janeiro de 1908. Até terminar a educação básica, estudou no Curso Désir, de rigorosa orientação católica. Tendo conseguido o certificado de professora de filosofia em 1929, deu aulas em Marseille, Rouen e Paris até 1943. *Quando o espiritual domina*, finalizado bem antes da Segunda Guerra Mundial, só veio a ser publicado em 1979. *A convidada*, de 1943, deve ser considerado sua estreia literária. Seguiram-se então *O sangue dos outros*, de 1945, *Todos os homens são mortais*, de 1946, *Os mandarins* — romance que lhe valeu o Prêmio Goncourt em 1954 —, *As belas imagens*, de 1966, e *A mulher desiludida*, de 1968.

Além do famoso *O segundo sexo*, publicado em 1949 e desde então livro de referência do movimento feminista mundial, a obra teórica de Simone de Beauvoir compreende numerosos ensaios filosóficos, e por vezes polêmicos, entre os quais se destaca *A velhice*, de 1970. Escreveu também para o teatro e relatou algumas de suas viagens ao exterior em dois livros.

Depois da morte de Sartre, Simone de Beauvoir publicou *A cerimônia do adeus*, em 1981, e *Cartas a Castor*, em 1983, o qual reúne uma parte da abundante correspondência que ele lhe enviou. Até o dia de sua morte, 14 de abril de 1986, colaborou ativamente para a revista fundada por ambos, *Les Temps Modernes*, e manifestou, de diferentes e incontáveis maneiras, sua solidariedade total ao feminismo.

O sangue dos outros
— MARY DEL PRIORE —

Janeiro de 1941: Paris está sob as botas dos nazistas. A Europa, mergulhada na Segunda Guerra Mundial, que matou cerca de sessenta milhões de pessoas, sacudia as certezas de quem as tinha. Sobretudo da burguesia que animava as ruas de Paris. Desamparado, o governo tinha abandonado a capital, refugiando-se em Bordeaux, e a República foi abolida. Enquanto Simone de Beauvoir escrevia romances, uma França de cócoras assinou um armistício com Hitler. Desde 1940, medidas para limitar a circulação de pessoas e a deportação de judeus se instalaram. Uma zona livre sob o comando do marechal Pétain, herói da Primeira Guerra, em Vichy, levou ao sul do país milhares de refugiados.

Simone não é ainda a autora feminista que se tornaria, mas uma jovem professora que, depois de ter trabalhado em Marselha, tinha conseguido um emprego em Paris. Lecionou, então, no famoso Liceu Voltaire entre 1936 e 1939, do qual foi suspensa em decorrência de sua ligação amorosa com uma aluna, Bianca Bienenfeld. Ela escreveu, à época, seu primeiro romance, *Quando o espiritual domina*, recusado pela editora mais famosa então, a Gallimard, lançado apenas em 1979.[*]

O contexto da guerra que induziu os intelectuais franceses a se dividirem entre a colaboração com o inimigo e a resistência ao ocupante — ou seja, a grande História coletiva —, e a realidade da mulher numa relação com o companheiro Jean-Paul Sartre — ou seja, a pequena História individual — consolidavam então os temas escolhidos pela ficcionista. Dessa conjunção nasceram dois romances: *A convidada* e *O sangue dos outros*. Simone queria falar de ligações amorosas e do amor. Mais tarde, ela diria que, à época, descobrira "a existência dos outros". Antes, apenas sua relação pessoal com amigos ou amantes era o que importava. E o que mais a preocupava era a busca da felicidade. A guerra explodiu o projeto pessoal. Seus valores e ideias ficaram de cabeça para baixo. O impacto emocional de mudanças tão radicais a levaram a se sentir, primeiro, em pedaços. A seguir, a ligar-se umbilicalmente aos outros indivíduos.

---

[*] Publicado em 1943, o romance *A convidada* é, portanto, considerado a estreia literária de Simone de Beauvoir. (N.E.)

O sangue dos outros

O sangue dos outros se passa na cidade ocupada. Dela, vê-se pouco, afinal Paris se esvaziava. Carros, carretas e caminhões carregados de gente, de bens e até de pequenos animais — pássaros e cães — seguiam para o Sul sob o rugido dos poderosos *Stukas* alemães que, sem dó, os metralhavam nas estradas. Uma ciranda de jovens abandonava suas origens burguesas para se debater contra suas próprias angústias. Eles abdicavam dos apartamentos atapetados e cerrados sob grossas cortinas, da comida à mesa, dos pais com os quais se querelavam, para traçar seu destino próprio. A crítica ao capitalismo, ao casamento e mesmo à filantropia, uma prática corrente das famílias bem de vida — "A miséria parecia existir apenas para ser aliviada, para proporcionar aos garotinhos ricos o prazer de dar" —, eram a justificativa para o rompimento com o passado. Os protagonistas se sentiam "culpados" pelo nascimento. Esse seria um "mal de origem" a ser apagado pela adesão às causas operárias e ao sofrimento dos pobres.

Já disse alguém que "a juventude é a idade de todos os possíveis". Por isso, os jovens queriam construir um novo mundo ou refazer o velho. Jean, Hélène, Madeleine, Paul e Denise são os protagonistas desta ciranda. Hélène é um personagem que beira a irritação do leitor pela infantilidade, egoísmo e possessividade. Ela acredita que "as pessoas existem uma a uma, cada uma por si, e não apenas em grandes massas". Ela é a pele que Simone está abandonando nesse momento. Hélène deseja viver um amor simbiótico com Jean, que tinha uma relação com Madeleine e, sobretudo, outros projetos. A "primeira vez" é nos seus braços. Ela quer "abandonar-se" a ele. Renunciar à vida pessoal. Vivem "noites de amor". Ela está apaixonada não só por ele, mas pelo amor em si. Jean, por sua vez, encarna o jovem burguês que opta pela luta partidária, pelo comunismo, trabalhando entre operários e, depois, combatendo na guerra contra o fascismo. E sobre o sentimento amoroso, Jean se sente "culpado por falar. Culpado por me calar". Afinal, a vida tem que servir para alguma coisa. Para fazer justiça social, por exemplo. Ou para que as relações humanas fossem transparentes e sem amarras.

O sangue dos outros não deixa de ser um embrião do que Simone escreverá sobre a condição feminina mais à frente. A proposta de libertação e autonomia já se anuncia no lento e penoso processo de descoberta de si que acompanhará Hélène. E não se tratava apenas da liberdade para si mesma. Mas para todos. Liberdade que o fascismo perseguia e abortava. E, depois de muitos embates, até livrar-se do individualismo que a caracterizava, ela conclui: "Decida existir: eu existo. Recuse. Decida. Eu existo. Haverá um amanhecer". À medida que a guerra esmagava suas existências e planos individuais, Hélène se perguntava: e onde fica o amor? Resposta: o amor reside no reconhecimento dos outros. É uma questão moral. E, apesar de as relações existenciais serem complexas, ela ouve o conselho da amiga Yvonne, de que é preciso tirar proveito de pequenas alegrias.

Simone já havia abordado o tema em *A convidada*, romance publicado em 1943, na Paris ainda ocupada pelos nazistas. Usando personagens imaginários, ela descreve a relação que unia o triângulo amoroso Sartre, ela mesma e a jovem aluna Olga Kosakiewicz, que no livro surge na pele de certa Xavière. Ela então esboça as ideias que retomou no romance posterior sobre a luta entre a consciência individual e as possibilidades de sintonia com a consciência dos outros.

Em *O sangue dos outros*, quem fala é uma mulher profundamente apaixonada. Uma mulher em plena maturidade que encarna um sentimento intenso e poderoso. Simone o teria encontrado algum dia? Sim, nos braços de Nelson Algren, jornalista norte-americano que conheceu em viagem aos Estados Unidos, em 1947, e com quem viveu uma relação apaixonada durante 15 anos. Nas mais de trezentas cartas que trocaram, encontramos as pegadas da apaixonada Hélène.

A Nathalie Sorokine

I
— CAPÍTULO —

Quando abriu a porta, todos os olhares convergiram para ele.

— Que querem vocês de mim? — perguntou.

Laurent estava sentado a cavalo sobre uma cadeira diante do fogo.

— Preciso saber se a coisa está mesmo decidida para amanhã de manhã — disse Laurent.

Amanhã. Olhou ao redor. A sala recendia a roupa lavada e a sopa de repolho. Madeleine fumava, com os cotovelos sobre a toalha. Denise tinha um livro à sua frente. Estavam vivos. Essa noite para eles teria um fim; haveria um amanhecer.

Laurent o encarou.

— Não se pode esperar — disse devagarinho. — É às oito horas que terei de ir, se é que vou mesmo.

Falava cheio de cautela, como a um doente.

— Naturalmente.

Sabia que era preciso responder e não podia fazê-lo.

— Escute, venha me procurar quando acordar; terá somente que bater; preciso refletir.

— Está certo; virei lá pelas seis horas — disse Laurent.

— Como vai ela? — perguntou Denise.

— Está dormindo, por enquanto.

Caminhou para a porta.

— Chame, se precisar de alguma coisa — disse Madeleine. — Laurent vai descansar, mas nós ficaremos aqui a noite toda.

— Obrigado.

Empurrou a porta. Decidir. Os olhos estão cerrados, dos lábios escapa um estertor, o lençol se ergue e torna a cair; ergue-se demais; a vida se faz demasiadamente visível, demasiadamente ruidosa; ela está sofrendo, vai extinguir-se; ao alvorecer estará extinta. Por minha causa. Primeiro Jacques, e agora Hélène. Porque não a amei e porque a amei; porque ela chegou tão perto, porque ficou tão distante. Porque eu existo. Existo e ela, livre, solitária, eterna, ei-la submetida à minha existência, sem poder evitar o fato brutal de minha existência, jungida à sequência mecânica de seus momentos; e na

O sangue dos outros

extremidade da cadeia fatídica, ferida no próprio coração pelo aço inconsciente, a dura presença de metal, minha presença, sua morte. Porque eu aí estava, opaco, inevitável, sem razão. Teria sido preciso não existir jamais. Primeiro Jacques, agora Hélène.

Fora, era noite, a noite sem revérberos, sem estrelas, sem vozes. Uma patrulha passou há pouco. Agora, ninguém mais passa. As ruas estão desertas. Sentinelas estão a postos diante dos grandes hotéis, dos ministérios. Nada acontece. Mas aqui algo está acontecendo: ela se extingue. "Primeiro Jacques." Ainda essas palavras cristalizadas. Contudo, no lento escoar da noite, através de outras palavras e das imagens passadas, o escândalo original desenrola sua história. Assumiu a figura particular de uma história, como se fora possível outra coisa, como se tudo não houvesse sido determinado desde o meu nascimento: a absoluta podridão oculta no âmago de todo destino humano. Conferida integralmente no instante em que nasci e integralmente presente no odor e na penumbra deste quarto de agonia, presente a cada minuto e na eternidade. Eu aqui estou hoje e por todo o sempre. Sempre estive aqui. O tempo, antes, não existia. Desde que o tempo começou, eu aqui estive, para sempre, para além da minha própria morte.

Ele aí estava, mas a princípio não o sabia. Vejo-o agora, debruçado à janela da galeria. Mas ele não sabia. Acreditava que somente o mundo se achava presente. Contemplava as vidraças encoscoradas de onde se exalava, por lufadas, um cheiro de tinta e de poeira, o cheiro do trabalho dos outros; o sol inundava os móveis de carvalho antigo enquanto a gente de baixo sufocava na luz baça das lâmpadas de abajures verdes; as máquinas monótonas roncavam durante toda a tarde. Fugia, por vezes. Ficava outras vezes muito tempo imóvel, deixando o remorso penetrar nele pelos olhos, pelas orelhas, pelas narinas. Junto ao solo, sob as vidraças sujas, estagnava o tédio, na extensa sala de paredes claras o remorso estirava em espirais adocicadas. Não sabia enxergar seu rosto fresco e comportado de menino burguês.

A tapeçaria azul era macia em contato com a face; a cozinha cheia de reflexos acobreados exalava um aroma agradável de toucinho derretido e de caramelo; no salão, murmuravam vozes suaves como a seda. Mas o perfume das flores estivais, nas chamas crepitantes do inverno aconchegante, incansavelmente, rondava o remorso. Era deixado para trás, quando se partia para as férias; sem remorso, as estrelas desfilavam no céu, as maçãs estalavam sob os dentes, a água doce molhava os pés nus. Contudo, assim que se entrava no apartamento amortalhado sob as alvas capas dos móveis, assim que eram sacudidas as cortinas recheadas de naftalina, ele era reencontrado, paciente, intacto. As estações se sucediam, as paisagens mudavam, novas aventuras se desenrolavam nos livros de bordas douradas. Nada, entretanto, alterava o murmúrio uniforme das máquinas.

O odor vindo do sombrio insinuava-se por toda a casa. "Será, um dia, a tua casa." Via-se escrito na fachada, em letras gravadas na pedra: "Blomart & Filho, Impressores." Seu pai, com o passo tranquilo, subia das oficinas para o vasto apartamento; respirava sem se perturbar essa atmosfera espessa estagnada na escadaria. Elizabeth e Suzon tampouco de nada suspeitavam; penduravam gravuras às paredes de seus quartos, espalhavam almofadas em cima de seus divãs-camas. Contudo, ele estava certo de que a mãe conhecia esse mal-estar que alterava o esplendor dos dias mais belos; para ela também infiltrava-se o remorso através das tábuas do assoalho brilhante, através das cortinas de seda e dos espessos tapetes de lã.

Talvez o houvesse ela encontrado ainda em outros lugares, em fisionomias desconhecidas; levava-o consigo para toda parte, debaixo dos agasalhos de peles, sob os vestidos bordados, aderindo intimamente a seu pequenino corpo rechonchudo. Era por isso, sem dúvida, que parecia estar sempre a se desculpar; falava aos empregados, aos fornecedores, num tom de quem busca escusar-se; caminhava com passinhos rápidos, toda encolhida como que para reduzir ainda mais o espaço que ocupava. Teria-lhe agradado interrogá-la mas não sabia bem que palavras deveria usar; ensaiara falar, um dia, do pessoal das oficinas e ela retrucara depressa, num tom despreocupado: "Não, eles não se aborrecem tanto assim; estão habituados. Além disso, todo mundo, na vida, é obrigado a fazer coisas que não gosta." Ele nada mais havia perguntado; o que ela dizia não tinha muita importância; tinha-se sempre a impressão de que ela falava diante de uma testemunha poderosa e cheia de melindres que se devia evitar chocar. Todavia, quando ela, febrilmente, se punha a costurar para o filho da cozinheira um enxovalzinho que poderia comprar no Bon Marché sem a menor dificuldade, quando passava a noite endireitando os remendos desajeitados da camareira, ele tinha a impressão de que a compreendia. "Mas que tolice! Não há motivo!", diziam zangadas Suzon e Elizabeth. Ela não procurava justificar-se; corria, porém, da direita para a esquerda, da manhã à noite, numa fuga incessante, empurrando a cadeira de rodas da velha governanta paralítica, conversando com sua prima surda, na linguagem dos dedos e dos lábios. Não gostava nem da prima, nem da velha governanta. Não era por elas que se desdobrava: era por causa desse odor melancólico que se infiltrava pela casa.

Por vezes, ela levava Jean para ver os seus pobres, quando havia árvores de Natal, merendas de crianças bem lavadinhas que agradeciam cortesmente

O sangue dos outros

o belo urso de pelúcia, ou o aventalzinho limpo; não pareciam infelizes. Também não eram inquietantes os mendigos maltrapilhos acocorados nas calçadas: com seus olhos brancos, seus cotos de membros, essas flautas de metal onde eles sopravam com o nariz, ocupavam na rua um lugar tão natural quanto um camelo no deserto, ou, na China, os chineses de rabicho. E as histórias que se contavam a respeito de poéticos vagabundos, de enternecedores orfãozinhos, acabavam sempre em lágrimas de alegria, em mãos entrelaçadas, em roupas novas e em pães dourados. A miséria parecia existir apenas para ser aliviada, para proporcionar aos garotinhos ricos o prazer de dar; ela não incomodava Jean. Mas ele sabia que havia outra coisa, alguma coisa de que não falavam os livros de bordas douradas, de que não falava a sra. Blomart: era talvez proibido falar delas.

Eu tinha oito anos quando meu coração conheceu pela primeira vez o escândalo. Estava lendo na galeria; minha mãe voltou para casa com uma daquelas fisionomias que nós com frequência lhe víamos, uma fisionomia carregada de censura e de desculpas e disse: "O filhinho de Louise morreu."

Torno a ver a escada em caracol e o corredor lajeado para o qual se abriam tantas portas, todas iguais; mamãe me disse que por trás de cada porta havia um quarto no qual vivia uma família inteira. Entramos. Louise tomou-me em seus braços; suas faces estavam flácidas e molhadas; mamãe sentou-se na cama ao lado dela e pôs-se a falar-lhe em voz baixa. No bercinho havia um bebê pálido, de olhos fechados. Olhei o chão de mosaicos vermelhos, as paredes nuas, o fogareiro a gás e comecei a chorar. Eu chorava, mamãe falava e a criancinha continuava morta. Eu poderia esvaziar meu mealheiro e mamãe poderia velar noites a fio: ela continuaria morta da mesma forma.

— O que tem esta criança? — perguntou meu pai.

— Acompanhou-me à casa de Louise — explicou mamãe.

Ela já havia contado a história mas procurava fazê-la sentir de novo, por meio de palavras: a meningite, a noite de angústia e, de manhã, o pequenino corpo enrijecido. Papai ouvia tomando sopa. Eu não conseguia comer. Embaixo, Louise chorava e não comia; nada poderia devolver-lhe, nunca, o filho; nada conseguiria desfazer essa infelicidade que maculava o mundo.

— Vamos! Tome sopa — disse meu pai. — Todo mundo já acabou.

— Não estou com fome.

— Faça um esforço, meu bem — pediu mamãe.

Levei a colher aos lábios e tornei a colocá-la no prato, com uma espécie de soluço.

— Não consigo!

— Escute — disse meu pai. — É muito triste que o filhinho de Louise tenha morrido; estou desolado por causa dela, mas não podemos chorá-lo a vida toda. Vamos, ande depressa.

E eu comi. A voz áspera afrouxou, de uma só vez, o anel que me apertava a garganta. Sentia o líquido morno deslizar entre as mucosas e, a cada colherada, escorria para dentro de mim algo mais nauseabundo que o cheiro da tipografia. Mas o anel se afrouxara. Não para a vida toda. *Esta noite, até o alvorecer e durante alguns dias talvez. Mas não a vida toda. Afinal de contas, a desgraça é sua e não nossa. É sua a morte. Eles o haviam deitado sobre o banco, com o colarinho rasgado e esse sangue coagulado sobre o rosto; seu sangue, não o meu. "Não esquecerei nunca."* Marcel também o gritou, dentro de seu coração. *"Nunca, meu moleque, meu bestinha, meu rapazinho tão bem-comportado. Jamais teu riso, teus olhos vivos." E sua morte está no fundo de nossas vidas, alheia e tranquila, e nós, vivos, a recordamos; vivemos de recordá-la quando ela não mais existe, quando nunca existiu para aquele que está morto. Não durante toda a nossa vida. Nem mesmo alguns dias. Nem mesmo um minuto. Estás sozinha nesse leito, e eu posso apenas ouvir esse estertor que sai de teus lábios e que não ouves.*

Ele havia engolido a sopa e todo o jantar. Estava agora encolhido sob o piano de cauda; o lustre de cristal reluzia com todas as lâmpadas; debaixo de sua carapaça de açúcar cintilavam as frutas cristalizadas; tenras e coloridas como os bolinhos sorriam às belas damas. Olhava sua mãe: ela não se assemelhava a essas fadas perfumadas; um vestido negro lhe desnudava os ombros; os cabelos, negros como o vestido, enrolavam-se em torno da cabeça, num bandó ondulado; mas, diante dela, não se pensava nem em flores, nem em doces opulentos, nem em conchinhas ou em seixos azulados. Uma presença, uma pura presença humana. Percorria o salão, de um extremo a outro, em seus minúsculos sapatos de cetim, de saltos excessivamente altos, e sorria, também ela. Até mesmo ela. Há pouco, aquele rosto transtornado, aquela voz baixa e intensa que sussurrava ao ouvido de Louise, e agora, esse riso. Forçava-se a contemplar a imagem: Louise sentada à beira da cama, chorando. Ele não estava mais chorando. E até mesmo acompanhava agora, com os olhos, através da imagem congelada e transparente, os vestidos cor de malva, verdes e róseos: e os desejos ressurgiam: desejo de morder esses braços cremosos, de mergulhar o rosto nessas cabeleiras, de amarfanhar como pétalas as sedas vaporosas. O filhinho de Louise está morto. Em vão. Não é minha a desgraça. *Não é minha morte. Fecho os olhos, fico imóvel, mas é de mim mesmo que me lembro e sua morte penetra em minha vida; não sou eu que penetro em sua morte.* Esgueirei-me para baixo do piano

O sangue dos outros

e, na cama, chorei até adormecer, por causa dessa coisa que havia deslizado pela minha garganta com a sopa morna, mais amarga que o remorso, meu pecado. O pecado de sorrir enquanto Louise chorava, o pecado de chorar as minhas lágrimas e não as dela. O pecado de ser um outro.

Mas ele era pequeno demais para compreender. Julgava que o pecado se houvesse introduzido nele de surpresa, porque seus dedos crispados se tinham aberto, porque se desfizera o nó em sua garganta. Não adivinhava que o pecado é este mesmo ar que enche meus pulmões, o sangue que corre em minhas veias, o calor de minha vida. Acreditava que, esforçando-se bastante, nunca mais conheceria esse gosto maculado. Esforçava-se. Sentava-se diante de sua carteira de estudante e seu olhar ingênuo acariciava a página lisa, sem passado, virgem como o futuro. *Folha nua; tela vazia; terra pura e gelada que brilha, muito além das revoluções vindouras. Marcel atirou seu pincel; no rosto de Jacques, esse sangue; esse sangue fumegante para cada gota por nós poupada e para cada gota vertida por nós. Teu sangue. Rubro sobre o branco algodão, sobre as gazes; em tuas veias túrgidas, tão preguiçoso, tão pesado. "Ela não atravessará a noite." Nem flores, nem carro-fúnebre; ocultar-te-emos no seio da terra.* Esta lama em minhas mãos, esta lama em nossas almas, era esse o futuro do garotinho bem-comportado que desenhava com candura traços cheios e isolados. Ele não podia adivinhar. Ignorava o peso de sua própria presença. Translúcido e branco diante da página branca, sorria ao belo porvir racional.

Ela falava de maneira tão razoável; como se não houvesse feito esses gestos friorentos, como se não houvesse caminhado com passinhos hesitantes. Dizia que a miséria e a escravidão, os exércitos e as guerras, assim como as paixões devastadoras e os melancólicos mal-entendidos, não passavam de tolice, da incomensurável tolice dos homens. Se eles tivessem querido, tudo poderia ter sido diferente. Eu me indignava contra sua loucura; achava que deveríamos ter-nos dado as mãos para percorrer a cidade, ela saltitando em sapatinhos de saltos e eu puxando-a para a frente, com meu ardor infantil; teríamos detido os transeuntes nas praças, teríamos entrado nos cafés e arengado às multidões. Isso não parecia assim tão impossível. Numa rua coberta de Sevilha, por uma febricitante manhã de golpe de Estado, pessoas tomadas de pânico se haviam bruscamente posto a correr; dócil à avalancha, papai corria arrastando Elizabeth e Suzon; ela parou e, para conter o avanço estúpido, estendeu seus curtos braços: eu estava persuadido de que, se papai não a houvesse agarrado, se ele também houvesse aberto os grandes braços de homem, a multidão subjugada teria retomado seu andar tranquilo.

Mas meu pai não cuidava de deter a marcha cega do mundo; ele corria, cheio de dignidade, dentro do tumulto, e as exortações nada podiam contra seu passo obstinado. Sorriu, a princípio, quando comecei ingenuamente a interrogá-lo. Depois, não mais sorria; evocava com áspero orgulho sua vida de trabalho e de abstinência. Sobre o luxo que o rodeava, sentia possuir direitos ainda mais seguros pelo fato de não se interessar em desfrutá-los. Trabalhava o dia todo e de noite lia volumosos livros, fazendo anotações. Não gostava de receber visitas, não saía quase nunca. Comia e bebia com indiferença. Poderia se dizer que encarava seus charutos, seus borgonhas, seu armanhaque 1893, como distinções honoríficas, necessárias apenas à paz de sua consciência.

"Os nivelamentos se fazem sempre por baixo", explicava-me ele. "Você não poderá elevar a massa; só conseguirá chegar a suprimir as elites." Sua voz era cortante, irretorquível, mas havia no fundo de seus olhos uma espécie de medo furioso. Calava-me e, pouco a pouco, ia pressentindo a verdade: cheio de volúpia, ele respirava, como um incenso, o odor corrompido do mundo. Pois não era apenas a casa: a cidade toda se achava infestada; a Terra inteira. De noite, nos metrôs, era ainda a mesma angústia a me sufocar. Os homens espalmavam as mãos sobre os joelhos, estavam amortecidos os olhos das mulheres, e o balanceio da marcha misturava na atmosfera pesada seus suores e suas tristezas; o trem atravessava um hall de azulejos onde cartazes multicores refletiam a fisionomia cotidiana da terra, com suas salamandras, suas latas de patê de fígado e, em seguida, mergulhava no túnel escuro. Parecia-me ser esse o único destino daquela multidão esfalfada, e meu coração se apertava. Pensava num filme que vira com meu amigo Marcel: uma cidade escondida nas entranhas da terra, onde os homens se consumiam mergulhados no sofrimento e na noite, enquanto uma raça orgulhosa desfrutava, em brancos terraços, todos os esplendores do sol; a história acabava com uma inundação, uma revolta e uma reconciliação luminosa, em meio à tremenda confusão de alambiques quebrados. Eu perguntava a mim mesmo: "Por que será que estes aqui não se revoltam?" Muitas vezes arrastava Marcel comigo, aos domingos, a Aubervilliers, a Pantin. Caminhávamos durante horas, ao longo de muros desérticos, entre os gasômetros, chaminés de fábricas, casas de tijolos enegrecidos. Existências inteiras aí transcorriam. Da manhã à noite, o mesmo gesto exaustivo. Um único domingo por semana. "Estão acostumados." Era ainda pior, se estavam acostumados.

Ruborizou-se toda, quando pronunciei diante dela a palavra revolução: "Não passa de uma criança! fala sem saber!" Procurei discutir, mas ela interrompeu-me, o corpo todo sacudido por um terror apaixonado. Era insensato pretender alterar fosse lá o que fosse no mundo, na vida; as coisas eram já bastante lamentáveis mesmo cuidando-se de nelas não tocar. Empenhava-se em defender tudo aquilo que seu coração e sua razão condenavam: meu pai, o casamento, o capitalismo. Pois o mal não estava nas instituições, mas nas profundezas de nosso ser. Era preciso esconder-se num canto, tornar-se tanto quanto possível pequeno; mais valia aceitar tudo que tentar um esforço antecipadamente pervertido. Prudência! Insensata prudência! Como se houvesse uma forma de escapar! *Manter a porta fechada, fechados os lábios: mas meu silêncio brada ordens. "Eu vou, já que não dizes nada", ou então: "Já que não dizes nada, não vou." Minha própria presença é palavra. Adianta-te, portanto, adianta-te no lamaçal da noite. Decide. Decretei tua morte e não estou quite. Ainda não. Gostaria de gritar, pedindo clemência: não há clemência. Ó mal-amada! Se eu houvesse desmascarado mais cedo as armadilhas da prudência, teria aberto minha porta, teria aberto meus braços e meu coração. Mudo, rígido. "Não levantarei um dedo para mandar matar um homem." E pesando sobre a terra com todo o meu peso imóvel. Estás morrendo. Outros agonizam devagarinho, com o corpo lanhado de pancadas, a pele grudada aos ossos. Dois milhões de prisioneiros estão tiritando de frio por trás dos arames farpados. A pequena Rosa atirou-se pela janela. Ele foi encontrado na cela, estrangulado com a própria ceroula. Insensato! Ele odiava essa prudência. Levantava a mão, levantava o braço inteiro; olhava para a mãe, cheio de cólera: "Nós transformaremos o mundo!" Que imprudência! que insensata imprudência! Eu queria falar, agir. E aqui está Jacques, deitado no banco com a camisa aberta e sangue coagulado sobre o rosto, de olhos fechados.*

Mas pobre, bom, ingênuo rapaz! Nessa época, tudo parecia tão simples! Brandia o punho, cantava em coro: "A Internacional, amanhã, será a espécie humana." Acabou-se a guerra, e o desemprego, e o trabalho servil, a miséria. Morte aos homens de má vontade e alegria sobre a terra. Reduzia, em pensamento, o velho mundo a pó e, com os fragmentos, reconstruía um universo novo, como uma criança que ajusta as peças de um quebra-cabeça.

— Pronto! Já me inscrevi no partido! — proclamei, arrebatado, entrando no ateliê de Marcel.

Marcel pousou o pincel e virou o cavalete para a parede; todas as telas estavam de frente para a parede, só oferecendo à vista as costas ásperas.

— Tinha que acabar assim, naturalmente.

— Você acha que o mundo vai mudar sozinho, se nós não mexermos nem um dedo? — perguntei.

Marcel balançou a cabeça.

— Não se pode esperar nada deste mundo. A argamassa não presta. Prefiro fabricar outro, novinho em folha.

— Mas o seu só existe nas telas.

Riu de maneira enigmática.

— Quem sabe.

Ele soube. Era jovem, também ele, naquele tempo, e esperava, apesar da desconfiança. Quase todos os dias, lá ia eu bater à sua porta. Acolhia-me, por vezes alegre, por vezes indiferente. Acolhia-me. Deveria ter fechado ferozmente a porta. Ele também não sabia. Ou talvez soubesse que nunca é possível manter uma porta fechada. Eu entrava. Jacques trabalhava, sentado a uma mesinha: parecia-se com o irmão, mas seus traços eram suavemente modelados e não talhados a machado. Marcel colocava uma garrafa de uma zurrapa qualquer sobre a mesa atopetada de cactos, de conchinhas, de raízes de mandrágora e de mosaicos extravagantes que ele fabricava, para se divertir, com pedregulhos, pregos, fósforos e pedaços de barbante. Havia um hipocampo metido num frasco: um pequenino bastão, negro e espinhoso, sustentando uma nobre cabeça de cavalo. Acendíamos os cigarros e conversávamos. Eu gostava de conversar: escolhia cuidadosamente as palavras que deveriam conduzir Marcel até essa terra purificada em cuja direção eu me apressava; e era Jacques quem as ouvia.

Levantava a cabeça e dizia:

— Como poderíamos nós lutar ao lado dos proletários? O problema não é nosso.

— Mas visto que desejamos as mesmas coisas que eles...

— Aí é que está! O operário deseja a *sua* libertação; e o que você deseja é apenas a libertação dos outros.

— Não importa. Trata-se de chegar aos mesmos resultados.

— Mas o resultado não pode ser isolado da luta que a ele conduz. Hegel explica isso tão bem! Você o devia ler.

— Não tenho tempo.

Irritava-me um pouco com suas sutilezas filosóficas. Julgava que ele apenas falava, mas estava vivendo, apaixonadamente.

— É claro; as reivindicações são feitas visando obter — dizia ele. — Mas para obter aquilo que se reivindicou: um bem que não desejei não é meu bem, não é um bem. É isso que os fascistas não conseguem compreender. Admiro Marx porque ele pede aos homens que tomem e não que recebam. Só que você e eu não temos nada que tomar; não pertencemos a essa categoria. Não. A gente não pode *se tornar* comunista.

O sangue dos outros

— Nesse caso, que podemos fazer?
Sacudia os ombros, com despeito.
— Não sei.
Eu sorria; era ainda apenas um adolescente. Não deveria ter sorrido: ele pelo menos sabia que ocupava um lugar sobre a terra e que jamais atravessaria a opacidade da própria presença. E eu continuava não sabendo. Só tinha olhos para esses horizontes futuros onde nenhum remorso havia de vaguear.

E depois, um dia, eu me vi. Eu me vi sólido, opaco, instalado à mesa familiar onde fumegava uma omelete, concentrando toda a luz no meu terno bem cortado, em minhas mãos bem tratadas; vi-me tal como me via Jacques, tal como me viam os operários quando eu perambulava pelos ateliês, tal como eu era: Blomart, filho; diante de seus olhos estupefatos, quatro pares de olhos escandalizados fixos em minha face intumescida, de súbito tornei-me presente a mim mesmo, com evidência.

O rosto havia inchado ainda mais no decorrer da manhã. "O que é que vou poder inventar?" Antes de entrar na sala de jantar ele esfregou o rosto demoradamente com uma toalha umedecida. O olho estava quase fechado.

— Bom dia, mamãe; bom dia, papai — disse com ar desenvolto.
Abaixou-se para beijar a mãe.
— Deus meu! O que foi que lhe aconteceu? — exclamou, horrorizada, a sra. Blomart.
— Oh! Que cara! — comentou Suzon.
Sentou-se, sem responder, e desdobrou o guardanapo.
— Sua mãe perguntou o que lhe aconteceu — disse o sr. Blomart secamente.
— Ora! Não foi nada! — redarguiu Jean, partindo um pedaço de pão. — Fui a um bar de Montmartre ontem à noite, com uns amigos, e houve uma briga.
— Que amigos? — quis saber a mãe.
Estava um pouco ruborizada, como quando se contrariava.
— Marcel e Jacques Ledreu — disse Jean.
Receava corar, ele também; não gostava de lhe mentir.
— Assim, foi um murro que você recebeu aí? — perguntou o sr. Blomart, lentamente.
Seu olho brilhava, perspicaz, por detrás do vidro do lornhão.
— Sim — respondeu.
Passou a mão sobre o rosto inchado.

— O sujeito devia ter punhos sólidos, uns punhos de ferro — comentou o sr. Blomart. Examinou o filho com um ar duro. — O que estava fazendo à meia-noite, na frente do Bullier, no meio de um bando de energúmenos que urravam a *Internacional*?

O sangue subiu ao rosto de Jean, que engoliu a saliva com dificuldade.

— Estava saindo da reunião.

— Que história é essa? — disse a sra. Blomart.

— Aqui está a história — disse o sr. Blomart, se controlando. — O delegado de polícia me telefonou esta manhã para me avisar que seu filho escapou de ser inculpado por insultos e agressões a um agente da força pública. Felizmente, Perrun é um sujeito camarada: mandou libertá-lo assim que reconheceu meu nome.

Uma existência inteira de trabalho e honradez... Jean encarava as veiazinhas arroxeadas que estriavam as faces de seu pai: faces de apoplético. A calma do sr. Blomart revelava um domínio de si mesmo conquistado com dificuldade. Por mais que Jean reagisse, apesar da vermelhidão e da barbicha grisalha, aquele rosto cheio de virtude o intimidava.

— Caíram sobre nós sem que tivesse havido provocação, alegando que estávamos fazendo uma concentração em via pública; esbordoaram-nos e nos levaram para a delegacia.

— Imagino que a polícia tenha feito o que lhe competia fazer — disse o sr. Blomart. — Mas o que eu gostaria de saber é por que motivo você se encontrava numa reunião comunista.

Houve um silêncio de morte. Jean amassava entre os dedos uma bolinha de pão.

— O senhor bem sabe que nunca compartilhei sua opinião a respeito desses assuntos.

— Quer dizer que você é comunista? — perguntou o sr. Blomart.

— Sim — disse Jean.

— Jean! — exclamou sua mãe, em tom de súplica.

Poderia se dizer que ela lhe implorava que retirasse uma frase indecente. O sr. Blomart tomou fôlego: com um gesto amplo, indicou a mesa servida.

— Mas, então, que está você fazendo à mesa de um repulsivo capitalista?

Examinava Jean com um ar zombeteiro.

Então, de repente, ele se viu. Olhou um pouco desnorteado para a grande sala de jantar, para o armário repleto de vinhos antigos, a omelete de queijo; ali estava ele com os outros. Levantou-se, abandonando a sala. Meu apartamento, minha casa; ocupa tão pouco espaço um corpo humano, agita tão pouco ar; é monstruosa esta carapaça soprada ao redor de tão modesto animal. E, em seu armário, todas essas roupas de tecidos selecionados, feitas expressamente para ele: Blomart filho.

Batera a porta às suas costas e caminhara durante muito tempo. Era um lindo dia de outono. Na folhagem avermelhada dos castanheiros balançavam-se, frescas e vivazes, algumas flores que se haviam enganado de estação. Caminhava com seus sapatos caros, seu terno bem cortado; Blomart filho; ocupava, portanto, um lugar sobre a terra, um lugar que não havia escolhido. Não sabia bem o que fazer de si mesmo, mas não estava inquieto: tudo poderia certamente se arranjar; haveria, com toda a certeza, um jeito de viver. Como poderia adivinhar que era ele mesmo esse perigo? *Perigoso como a árvore inconsciente que espalha a sombra imponderável numa curva da estrada; perigoso como aquele brinquedo duro e negro que Jacques olhava sorrindo.* Parecia tão inofensivo caminhar com as mãos metidas nos bolsos, aspirando o odor enferrujado das árvores; empurrava com o pé uma castanha que fugia sobre o asfalto, e esse ar que respirava, não o estava roubando a ninguém. Pensava: "Não haverá mais Blomart filho." Aprenderia depressa o ofício: quando muito, dois anos de aprendizagem; depois o pão que comeria seria verdadeiramente o seu pão. Sentiu-se, de repente, muito feliz; compreendia por que sua infância e sua juventude haviam tido sempre aquele sabor estagnado: era a seiva decomposta do velho mundo circulando em suas veias; mas estava prestes a cortar suas raízes e a criar-se de novo.

Um cheiro de cebola tostada flutuava no corredor, e ouvia-se através da porta um crepitar convidativo. Bateu. "Entre", gritou Marcel. Jacques estava inclinado sobre uma frigideira envolto em espesso vapor picante. Jean passou a mão nos cabelos.

— Como vai, cozinheiro? — Aproximou-se de Marcel, molemente estirado no divã: — Bom dia, velho!

— Bom dia — respondeu Marcel, estendendo uma mão preguiçosa.

Endireitou-se num arranco.

— Mas com que cara você está! Você viu, Jacques?

Jacques desviou-se, com pesar, da frigideira fumegante onde duas enormes salsichas porejavam a gordura num chiar intermitente.

— Santo Deus! O que foi que pôs você nesse estado?

Jean tocou o rosto.

— Recebi uma porretada — respondeu.

— Bateram com toda a força — comentou Jacques maravilhado.

— Foi ontem à noite?

— Foi. Os tiras caíram em cima de nós logo que saímos do Bullier.

Havia orgulho em sua voz. Imbecil, cego. Ignorando o perigo de sua presença, a armadilha oculta em cada palavra, em cada entonação de sua voz complacente. E Marcel, que me deixava falar, sorrindo com seu enorme sorriso de canibal, cego, imbecil, em vez de me atirar pela escada abaixo.

— Poderiam ter estraçalhado você todo — disse Jacques.

— Não se impressione tanto, garoto — comentou Marcel. — Bem vê que ele não está quebrado. — Tocou a têmpora de Jean. — Vamos molhar isso?

— Prefiro que você me dê comida.

Olhava, cheio de cobiça, as salsichas desabrochadas sobre um leito de cebolas douradas; sua pele estalejante havia estourado e uma carne engrumada explodia pelas largas fendas.

— Você ainda não almoçou? — perguntou Marcel. — Está sem coragem de se exibir em casa?

— Eu me exibi, infelizmente.

— Foi uma tragédia?

— Mais ou menos. — Jean deu alguns passos e parou junto do cavalete vazio. — Você não imagina a ideia que me ocorreu há pouco. Estou com vontade de treinar para impressor com o velho Martin sem dizer nada a meu pai. E no dia em que souber um ofício, sairei de casa.

Eu deveria ter adivinhado. Os olhos de Jacques brilhavam incredulamente maravilhados; brilhavam demais.

— Para quê? — perguntou Marcel. — O que vai adiantar isso?

— Não quero ficar a vida toda numa situação falsa.

— E você acha que há situações claras? — perguntou Marcel. Cortou na frigideira um enorme pedaço de salsicha e engoliu-o. — Vamos comer!

— E agora desapareça, dê o fora — disse ele, terminada a refeição. — Vou trabalhar.

— Já vou dar o fora — respondi. Olhei para Jacques, o tempo estava lindo, eu não estava com a menor vontade de ficar sozinho. — Você também vai trabalhar? Não quer vir passear comigo?

Enrubesceu de espanto e de prazer.

— Não vou aborrecê-lo?

— Mas se sou eu que estou convidando!

Fomos nos sentar no parque de Montsouris, junto do lago; havia um cisne passeando na água e, em volta de nós, crianças por todos os lados.

O sangue dos outros

— Que sorte tem você — disse Jacques. — Parece que você sabe sempre o que deve fazer.

— Se você não se enredasse numa porção de escrúpulos de intelectual...

— Mas eu sou um intelectual.

Levantei os ombros.

— Então conforme-se. Continue a filosofar.

— Agir só por agir seria uma trapaça — disse. — Mas talvez minhas hesitações também sejam uma trapaça.

Olhava-me, cheio de incerteza. Era tão jovem, tão ardoroso; deveria ser-lhe fácil viver; seria de acreditar que a única coisa que tinha a fazer era deixar-se levar.

—Você é tímido demais — disse eu. — Enquanto ficar tentando saber se a causa do proletário é realmente a sua causa, ela jamais o será. Limite-se a afirmar: é a minha causa.

— Está certo — concordou ele. — Mas não posso afirmá-lo sem razão. Seria necessário havê-lo dito. — Contemplou um momento, em silêncio, o grande cisne branco e depois sorriu. —Vou lhe mostrar uma coisa.

— Mostre.

Hesitou e meteu a mão num bolso.

— É um poema, meu último poema.

Eu não entendia muito de poesias, mas o poema me agradou.

— Parece-me que é um belo poema — comentei. — Em todo o caso, gostei. Você já fez muitos?

— Alguns. Posso mostrá-los a você, se quiser.

Estava com um ar todo feliz.

— E Marcel, o que acha deles?

— Ora! Marcel é meu irmão; você sabe como é... — fez Jacques todo encabulado.

Eu desconfiava que Marcel considerava o irmão um pequeno gênio. Quem era, aliás, aquele que eu começava tranquilamente a assassinar ali junto do tanque onde nadava um cisne, sob o plácido olhar das mães de família? *Quem não chegou a ser?*

Passei, desde então, todos os meus dias nas oficinas. "Quero aprender a técnica", explicava a meu pai. Banhava-me, por minha vez, no odor do trabalho, na luz mortiça das lâmpadas de abajures verdes. "A ventilação é insuficiente", dizia eu ao velho Martin. "É preciso instalar novos ventiladores. Você deveria falar com meu pai." Ele cofiava o bigode. "Foi sempre assim", respondia.

Simone de Beauvoir

Lá estavam eles, um punhado de velhos operários, mais semelhantes a empregados domésticos que a verdadeiros proletários; detestava suas vozes cheias de deferência e sua resignação obstinada. Tinha sido sempre assim: exatamente! Era preciso destruir todas aquelas coisas que existiam inertes, sem ter sido escolhidas. Eu me escolhia de novo, eu mesmo, sentado diante do teclado do linotipo. "Hei de fazê-lo." Tocava em meu avental de pano cinzento: hei de fechar a porta atrás de mim, caminharei pela rua de cabeça erguida e de mãos vazias. Acabou-se o Blomart filho: ficou apenas um homem, um homem de verdade e sem mácula, dependendo somente de si mesmo. Erguia a cabeça e encontrava o olhar de um jovem operário que desviava depressa os olhos. Sob o avental empoeirado, adivinhava-se a roupa de *tweed* claro; me tomaria, sem dúvida, por um provocador, se tentasse conversar com ele. Eu era ainda o filho do patrão.

— Quando vai se decidir? — perguntava Jacques.

— Quando conhecer realmente o ofício.

Dois anos assim transcorreram. Havia-me tornado um bom tipógrafo. Conhecia todos os segredos da composição e da impressão. E ainda não ia embora.

— Quando houver encontrado um emprego.

Mas não estava procurando. Era por causa dela. Ela ali estava, congelada, silenciosa, nunca fazendo perguntas mas sempre pronta a apertar os lábios ao primeiro impacto, como naquele almoço depois do *meeting* do Bullier, como no dia em que descobriu os encontros clandestinos de Suzon. Tínhamos liberdade, a liberdade de conspurcar nossas almas, de estragar nossas vidas; ela só tomava a liberdade de sofrer por isso. Teria sido melhor se exigisse alguma coisa. Seria possível odiar suas exigências e censuras. Mas ela ali estava e nada mais; tinha-lhe rancor por isso, simplesmente porque ela ali estava. Era sua própria presença que eu devia detestar. Podia eu amá-la e odiar sua presença? Não chegava a compreender e debatia-me contra a verdade. *A verdade do meu amor e da tua morte.* A culpa não era dela; não era minha a culpa. E ali estava a culpa entre nós, e nós apenas podíamos nos evitar. Fugindo-lhe e fugindo do mal que eu lhe fazia por minha culpa, fugindo de mim mesmo para não decifrar em mim o segredo que sobre ela pesava.

— Basta conversar com ela. Acabará compreendendo.

Aproximou-se dela uma noite. Estava sentada na saleta, lendo, junto da lâmpada. Cortara há um ano os belos cabelos negros que se avolumavam curtos e vigorosos ao redor da cabeça; até mesmo seus cabelos constituíam uma riqueza humana; nem uma pelugem animal, nem uma vegetação: cabelos bem-tratados, escovados, luzidios graças aos cuidados de mãos inteligentes. Contemplou-os demoradamente e veio sentar-se diante dela. Começou a falar, de uma tirada: "Sabe, mamãe, não vou continuar com a tipografia." Ouviu um momento e falou em seguida, por sua vez, o busto alteado, apoiando-se com as duas mãos aos braços da poltrona. "Que loucura!" A indignação emprestava à sua voz uma entonação mundana.

Ele suplicava.

— Escute, procure compreender-me; eu desaprovo esse regime. Como quer você que eu concorde em aceitar seus benefícios?

— Mas você já tem se beneficiado; o que recusa são os deveres. Educação, saúde, tudo você deve a seu pai e agora que ele precisa de você, você o vai deixar sozinho.

— Não pedi nenhuma das coisas de que me beneficiei até agora. Não me considero comprometido.

Ela se levantou; caminhou até o piano, arranjou algumas flores num vaso e, em seguida, voltou-se:

— Nesse caso, o que está esperando para avisar seu pai?

— Queria falar antes com você.

— Não está direito: você o deixou pagar seu aprendizado, come agora confortavelmente o seu pão enquanto aguarda um emprego; é fácil demais.

Encarou-a encolerizado. Tinham sido por causa dela as suas hesitações, aquela covardia que ela censurava. Ela também o olhava com os lábios apertados, as faces afogueadas. Mediram-se, um instante, com os olhos, cada qual desafiando no outro a imagem das próprias fraquezas.

— Está bem: vou já falar com ele.

— É só o que você tem a fazer.

A voz era áspera, cortante. Dentro dela, ele ouvia outra voz que suplicava: que ele não fale; ainda não; que eu o tenha ainda algum tempo comigo! Mas nenhum dos dois devia tomar conhecimento desse balbuciar sem palavras. Saiu da sala; atirou, de passagem, um pontapé a um pufe de seda. Com que ímpeto de justiça enraivecida tomava ela o partido daquele homem a quem não amava! Pronta sempre a sacrificar-se em primeiro lugar e a sacrificar consigo aquilo que lhe era mais caro. Ela assim o quis. Tem razão, aliás; não posso agir de outra forma. Desceu um andar e bateu à porta dos escritórios.

— Queria lhe falar.

— Sente-se.

Sentara-se. Tinha falado sem timidez, sem circunlóquios, na euforia da libertação. Já que o obrigavam, ele estava mais do que satisfeito por queimar todos os navios às suas costas; estava, assim, atirado à luta, de uma vez por todas; não diferiria mais tão completamente do desempregado em busca do pão de cada dia. Esvaziou a carteira sobre a escrivaninha. "Juro que você não ouvirá mais falar de mim."

"Eu o fiz." Abriu seu guarda-roupa e olhou aliviado para os ternos pendurados nos cabides. Estava acabado. Abriu sobre a cama um número antigo do *Humanité*, atirou sobre ele a escova de dentes, sabonete, a navalha de barbear. Hesitou um instante, depois apanhou ainda uma camisa, lenços, duas cuecas e três pares de meias. O pacote não seria pesado. "Tentarei em Thierry, Coutant & Filho, Faber."

Pôs o embrulho debaixo do braço: "Vou fazê-lo." E tinha feito. Repetiu: "Eu o fiz." Tornava a ver as lâmpadas verdes, a oficina empoeirada; tornava a ver-se revestido do avental cinzento, prometendo: "Hei de fazê-lo." Naquela ocasião era tão fácil; bastava decidir não a ver; nem isso: era suficiente não resolver vê-la e ele não a estava vendo. Ela, porém, estava presente enquanto ele embrulhava a roupa. No salão ou no quarto. Num lugar qualquer do apartamento. Falou enraivecido: "A culpa não foi minha. Não podia fazer outra coisa." Não podia... Como se a fatalidade existisse, fora dele mesmo, impessoal, indiferente; como se fosse possível pedir-lhe socorro. Mas lá estava o espinho em seu coração. "Ela só tinha a mim." De agora em diante, sozinha entre os cetins e os veludos com o remorso que ronda e milhares de espinhos vivos transpassando-lhe também o coração. Não derramará uma lágrima mas ficará acordada até mais tarde ainda, debruçando-se com gelado desvelo sobre os vestidos de Elizabeth e Suzon. No entanto, não foi sua a culpa. A culpa não foi dela, não foi minha. Onde estava a culpa? Irritava-se. Achava que essa culpa deveria estar em algum lugar, que poderia ser extirpada com as mãos como uma erva daninha. "Eu a deveria ter preparado aos poucos. Ela não deveria ter se obstinado." Mas teríamos de qualquer forma chegado a este ponto: minha partida, sua solidão e seu injusto sofrimento. Lançou um último olhar para o quarto, para esse quarto onde ele não mais estaria. Os móveis, as gravuras escolhidas por ela cercariam apenas a sua ausência; e ela estugaria o passo quando passasse diante da porta fechada. Transpôs o umbral. O corredor estava silencioso; as tábuas do assoalho encerado estalaram sob seus pés. Andou até a extremidade do corredor e bateu.

— Entre.

Estava ajoelhada diante de um amontoado de meias de seda bege e cinzentas. De propósito; ela estragava de propósito a existência. Mas de que maneira defendê-la contra ela mesma? Ele, por vezes, o conseguia; somente ele. E ele ia embora.

— Acabo de falar com papai. — Ela levantou a cabeça. — Intimou-me a deixar a casa imediatamente.

— Imediatamente?

Continuava ajoelhada, mas sua mão deixara cair o pacote de meias que segurava.

— É natural. — Levantou os ombros. — Você tinha razão, não tenho mais nada a fazer aqui.

— Imediatamente — repetiu ela, lábios entreabertos, não mais enrijecida, mas toda entregue ao calor benfazejo de sua cólera. — O que vai fazer?

— Arranjarei trabalho depressa. Enquanto espero, vou me instalar em casa de Marcel. — Aproximou-se dela, tocou-lhe no ombro. — Não a queria fazer sofrer.

Ela passou a mão pelos cabelos, descobrindo uma fronte cansada.

— Já que você acredita estar agindo direito...

Desceu devagar a escada. "Foi isso que eu quis. Não há nada a lamentar." Ela ficara lá em cima, ajoelhada diante do monte de meias, sozinha. Eu o fiz. Mas fiz outra coisa também: não queria que ela sofresse. *Ah! eu não queria a sua morte. Aqui está ela estendida sobre a cama, as pálpebras inertes; a cabeleira amarela sobre o travesseiro já tem o aspecto de uma planta emurchecida. Tornarei a ver os seus olhos vivos?* Dizia: "Não há nada a lamentar." Insensato! Havia tudo a lamentar; o crime está em toda parte, irremediável, inexpiável: o crime de existir. "Não há nada a lamentar." Apelava doidamente para esse consolo desesperado, buscando justificar seu ato e sentindo, não obstante, esse peso que o arrasta para trás e que não é diferente dele mesmo, pensando num assomo de cólera: "Seria preciso não ter nada atrás de si."

— Sempre temos alguma coisa atrás de nós — disse Marcel. — É por isso que sua tentativa me parece tão arbitrária.

— Mas não estou tentando nada de extraordinário — justificou-se Jean. Estava sentado no divã recheado de cavacos de madeira estalejantes, com um copo de boa bagaceira na mão. — Desejo apenas iniciar-me na vida sem mais vantagens que os outros, e possuir somente aquilo que um homem pode ganhar com os próprios meios.

— Os próprios meios — disse Marcel. — É fácil dizer.

Examinou Jean dos pés à cabeça.

Simone de Beauvoir

— Está certo — disse este. — Meu pai pagou esta roupa, estes sapatos; pagou também meu aprendizado. Mas ninguém parte jamais do zero absoluto.

— É exatamente o que estou dizendo. — Sorriu Marcel, revelando os dentes cinzentos, cavando sulcos profundos em sua pele de crocodilo. — Se se tratasse apenas dessa roupa! Mas sua cultura, suas amizades, sua saúde de jovem burguês bem nutrido. Você não pode eliminar o passado.

— Não restará muita coisa dele depois que eu tiver vivido alguns meses como um verdadeiro operário.

— Haverá sempre um abismo entre você e um operário: você está escolhendo livremente uma condição que a ele é imposta.

— É verdade, mas pelo menos terei feito o possível.

Marcel deu de ombros.

Meu esforço não me parecia tão irrisório assim; minha vida mudara de uma vez por todas. Havia realmente apagado meu nome, minha imagem, e nas oficinas de Coutant & Filhos, eu não passava de um trabalhador exatamente igual aos outros. Atravessava diariamente às oito horas o pátio cinzento onde se amontoavam, debaixo de toldos, fardos de papel. Os operários não voltavam a cabeça à minha passagem, os contramestres não me sorriam; instalava-me à frente de minha máquina, examinava-a com cuidado: era eu o responsável; e começava a bater no teclado: "É para valer. É para toda a vida." Quando despia o avental, não era mais para voltar a um salão sedoso, florido de tulipas. Atravessava de ônibus as ruas tristonhas de Clichy, via-me num quarto onde flutuava um odor de cozinha e de roupa lavada, apertado, tendo um fogareiro a gás a um canto e uma pia de cozinha fazendo as vezes de lavabo. "Não é nada divertido", dizia minha mãe. Aprazia-me, entretanto, que minha hesitação estivesse reduzida às justas proporções do homem: as seis superfícies necessárias para se construir um cubo, um orifício para deixar entrar a luz, outro para que eu mesmo pudesse entrar.

— Você deve estar feliz — dizia-me Jacques.

— Estou muito feliz.

Ele ia buscar-me muitas vezes à saída da oficina; jantávamos num restaurante modesto, a preço fixo; ele descobria poesia nas toalhas de papel, nos saleiros entupidos, nos copos cheios de impressões digitais e até mesmo naquele gosto ambíguo de gordura que se tornara agora, para mim, o gosto uniforme de todo alimento; íamos nos sentar nas cadeiras duras dos cinemas de bairro, bebíamos vinho tinto nos botecos. Perguntava-me:

— Você não está achando difícil adaptar-se? Está, de verdade, no mesmo pé que os outros?

O sangue dos outros

— Acho até que poderei chegar facilmente a influenciá-los.

Era preciso ter paciência. Sabia que o comunismo tinha dificuldade em penetrar naquelas pequenas empresas, mas eu tinha jeito para falar; conseguia fazer-me ouvir nas reuniões sindicais. Esperava chegar a ser designado como delegado ao comitê da Federação, onde seria possível efetuar um trabalho proveitoso.

— Tenho uma notícia para você — anunciou Jacques.

Estávamos sentados num pequeno café da porta de Clichy, junto da vidraça onde se podia ler em caracteres escritos a giz: "Aqui pode-se trazer a própria comida." Dois pedreiros, salpicados de gesso, bebiam um litro de vinho na mesa vizinha.

— Uma boa notícia?

—Você vai ver; vou me inscrever no partido.

— De verdade? Está decidido?

Examinava Jacques, com certa hesitação. "Era o que eu queria." No entanto, eu hesitava. Começava a desconfiar que as coisas nunca se passam como as havíamos desejado.

— Sim, estou resolvido. Você está surpreendido?

Sorria todo orgulhoso.

—Você estava fazendo tantas objeções ao marxismo, uma noite dessas.

Jacques deu de ombros.

— O sistema não tem tanta importância. A questão para mim era saber se eu podia agir. — E alguma coisa se desemperrou: — Sim, eu posso. — Sorriu. — E isso aconteceu vendo você viver.

— Estou contente — disse eu. Não estava contente. Teria preferido que Jacques se convencesse por si mesmo, à força de argumentos razoáveis: tinha a impressão de o haver colhido numa armadilha. Acrescentei: — Gostaria de compreender melhor o que fez você decidir.

— Naquela noite, voltei para casa a pé, depois de nossa discussão. Não estava mais pensando no que havíamos dito, mas sim em você, em mim, e bruscamente senti que não podia mais suportar continuar vivendo sem que minha vida servisse para alguma coisa.

— Compreendo.

A sensação de desconforto não se dissipava. Será que eu servia para alguma coisa? A questão, para mim, não era esta. Não estava a meu alcance escolher um destino justo num mundo injusto; eu desejava a justiça. Para quem a desejava eu? Para os outros ou para mim mesmo? Você me disse, um dia, com furor: é sempre por nós mesmos que lutamos. Eu lutava contra o remorso e a culpa, a culpa de estar aqui, minha culpa. Como tinha eu ousado arrastar para aquele combate outra pessoa que não eu próprio?

— O que procuro não é tanto servir.

Mas Jacques não ouviu. Ele também tinha de travar uma luta que não era a de mais ninguém.

—Você acha que sou jovem demais, que nada posso fazer?

Dominei-me.

— Os jovens representam nossa maior força — disse eu. Olhei para Jacques com o olhar que ele esperava de mim, um olhar experimentado de militante seguro de seus objetivos. — Temos necessidade de punhos e de gargantas possantes, neste momento. Apresentarei você a Bourgade, depois de amanhã.

Havia trabalho naquela época para aqueles que desejavam reconstruir o mundo; os muros de Paris estavam recobertos de cartazes eleitorais e quase todas as noites, pela cidade inteira e pelos subúrbios, enfrentavam-se os nossos amigos e os nossos inimigos. Quase toda noite Jacques ia me encontrar, e entrávamos juntos num barracão ou numa sala de aula repleta de uma multidão agitada. Gostava de vê-lo trepidante a meu lado, corado e feliz. Abafávamos debaixo de vaias as belas frases dos oradores bem-pensantes; quando os nossos tomavam a palavra, impúnhamos o silêncio a murros.

—Você acha que vai haver barulho esta noite, barulho de verdade? — perguntou Jacques.

—Acho que sim. Não deixamos Taittinger abrir a boca anteontem. Eles, hoje, vão procurar nos fazer dançar.

Estávamos eufóricos naquela tarde. Denise exultava de felicidade. Somente Marcel conservava uma fisionomia carrancuda. Tinha cortado o cabelo para a ocasião, mas não conseguia parecer decente; suportava com uma polidez exausta os cumprimentos de uma elite mundana com alma de artista.

— Braun já recebeu oito propostas — contou Denise. — Diz que é um sucesso formidável. O crítico dos *Cahiers d'Art* declarou que você é o maior pintor de sua geração.

Seus olhos reluziam: sob sua fronte transparecia uma tonalidade rósea cheia de vida e nós nos lembrávamos, de repente, surpreendidos, que ela só tinha 18 anos; ninguém se lembrava disso, em geral. A voz, os sorrisos, a maquilagem, tudo nela era de tal forma fabricado que até mesmo o frescor parecia uma graça artificial; apenas a luxuriante cabeleira ruiva fazia pressentir, sob os vestidos caros, um corpo percorrido por uma seiva animal. Colheu num prato um bolinho solitário: — Sirvam-se de sanduíches — disse ela. — Ainda há em quantidade.

O sangue dos outros

Jean deu uma dentada num pãozinho recheado com patê de fígado; o gosto adocicado lhe recordou o lustre de cristal e as belas damas apetitosas de sua infância; o tapete, sob seus pés, era espesso e, de mistura com o odor da pintura a óleo, flutuava no ar um perfume de feminidade distinta. Três meses haviam bastado: era com espanto que se encontrava, agora, de novo, nesse ambiente açucarado; era o cheiro de papel, o ruído das máquinas, o gosto dos bifes mal passados que compunham o tecido cotidiano de seus dias. "Deixei de ser um deles." As mulheres eram esguias e frágeis como objetos de vidro canelado; ouvia, escandalizadamente divertido, suas vozes tagarelas, suas vozes cantantes, de modulações aveludadas.

Aproximou-se da parede. Quando penetrara, há pouco, nesse viveiro de aves humanas, as imagens modestamente encerradas entre quatro pedaços de madeira tinham permanecido diante dele planas e silenciosas. Para arrancar-lhes o segredo, era preciso acreditar nelas. Queria acreditar. Parou diante de um quadro. Entre dois muros arrasados de sol, um círculo solitário rolava para o infinito até o ponto onde as paralelas se encontram. Enquanto olhava, a imagem ia pouco a pouco se animando. O que dizia não podia ser traduzido em palavras: era dito pela pintura e nenhuma linguagem lhe teria conseguido exprimir o sentido; no entanto, falava. Deu alguns passos. Sob seus olhos atentos, todas as telas adquiriam vida. Despertavam memórias mais antigas que o nascimento do mundo; evocavam para além das revoluções futuras a fisionomia imprevisível da terra; desvendavam os segredos de uma praia retalhada, de um deserto cheio de conchas, tais como se encontravam, solitários, repousando dentro de si mesmos, ao abrigo de toda consciência. Essas estátuas sem rosto, esses homens transformados em sal, esses lugares queimados pelo fogo da morte, esses oceanos coagulados na imobilidade do instante puro eram as mil e uma imagens da ausência. E, àquele que contemplava esse universo sem testemunha, parecia-lhe estar ausente de si mesmo, repousando fora da própria história, numa eternidade vazia e branca. E, no entanto, esse sonho de pureza e de ausência existia apenas porque eu ali estava para lhe emprestar a força de minha vida. Marcel sabia.

— Deixa — disse ele. — Vem beber um trago. — Arrastou Jean para a comprida mesa recoberta por uma toalha branca diante da qual se agitava Denise. — Você não tem outra coisa para nos dar além desse champanhe infecto?

— Tenho vinho do Porto — respondeu.

— Vinho do Porto de merceeiro — disse Marcel. — Enfim, já que hoje é dia de festa...

— Não resmungue — reclamou Denise. — Foi maçante, mas agora acabou.

— Acabou! — exclamou Marcel. — Isso vai ficar dependurado aí às paredes durante trinta dias. Como é que fui consentir numa coisa dessas?

— Seria preciso um outro público — disse Jean. — Um público de verdade.

— Seria preciso que eu não tivesse necessidade do público — retrucou Marcel. Agarrou uma cadeira com as mãos. — Seria preciso que meus quadros existissem como esta cadeira; é sólida, pode-se sentar em cima dela; quando formos embora ela ficará aí, plantada em seus quatro pés.

Denise deu de ombros.

— Pois bem! Vire marceneiro — resmungou com ar irritado.

Marcel largou a cadeira que rolou no tapete.

— Mas uma cadeira não é interessante.

— Deixe de se queixar, então! — disse Denise. — Dentro de um mês você estará célebre! — Sorriu, maliciosa. — Afinal de contas, não é assim tão ruim ser um grande pintor; há muita gente boa que se tem contentado com isso.

Ninguém respondeu. Denise empregava, muitas vezes, expressões que não tinham o menor sentido para nós. Nem Jacques nem eu compreendíamos direito por que Marcel havia decidido casar-se com ela. Gostava, sem dúvida, daquele rostinho seco e inteligente, esmagado pela pesada massa dos cabelos; além disso, não atribuía a menor importância àquilo que fazia da própria vida. Denise quis conquistá-lo e conquistou-o; conseguira fazê-lo concordar com aquela exposição; esperava caminhar ao lado dele, sem obstáculos, para a glória e a felicidade. Torno a ver seu sorriso escarlate e aquele cálido olhar em que se refletia o ouro sombrio dos cabelos. Jamais coisa alguma lhe havia resistido: era uma jovem mimada, uma brilhante estudante; caminhava através da vida com um desembaraço mundano e atrevido. Para ela, aquele dia que findava tinha sido triunfal.

— Vamos diretamente para lá ou passamos primeiro em sua casa? — perguntou Jacques.

— Vamos passar lá em casa, por causa dos revólveres.

— Você acha que é preciso levá-los?

— Não pode fazer mal nenhum. Na segunda-feira, quando eles atiraram, os camaradas não tinham com que se defender.

A noite havia caído. Atravessávamos os bairros elegantes onde eu não me sentia à vontade. No meio daqueles pedestres que se atropelavam nos passeios, sentia-me mais isolado que um átomo desgarrado no éter. Não passava, para eles, de um corpo atravancador, e distinguia a meu redor apenas um enxamear desorientado. Era à hora em que se fechavam as lojas; narizes colados às vidraças, sonhavam as vendedoras com a saída noturna. Também para você, acabavam de se acender os revérberos. Você tinha recolhido para dentro da confeitaria os frascos de balas; estava mordiscando um pedaço de chocolate, contemplando através do vidro aquela gente feliz que tinha o direito de passear de noite sem tutores; pensava como é triste ser pequenina. Mas eu só via, por detrás das vitrinas, mocinhas anônimas cujo destino girava indefinidamente sobre si mesmo, separado para sempre do meu.

Deixamos as ruas burguesas, seguimos a comprida avenida toda fervilhante de uma opulência popular, e subimos até o meu quarto. No armário que servia de guarda-comidas, apanhei um pedaço de pão e queijo.

— Quer um pedaço de salsicha?

— Não — respondeu Jacques. — Aqueles cafés gelados me tiraram o apetite.

Meti a mão na gaveta da cômoda. Lá estavam os dois revólveres debaixo dos lenços e das camisas: o que eu havia comprado com as minhas economias e o que Jacques havia surripiado ao pai. Examinei a trava de segurança. Era meticuloso, imaginava não deixar nada ao acaso.

— Tome — disse eu. — Só o puxe se estiver realmente ameaçado. Aqueles senhores ficariam radiantes de poder reproduzir o golpe dos funerais nacionais.

Jacques sopesou a arma, curioso: "É incrível que isto possa matar. Parece realmente um brinquedo."

Se diria um brinquedo. E não teria eu o aspecto de um rapaz inofensivo, sentado no meio dos camaradas, batendo as mãos e os pés. Eles eram meus irmãos, Jacques era meu irmão, um mesmo ímpeto nos arrastava. Amanhã, graças a nós, a revolução será realizada e aqueles que nos vaiam, nós lhes fechamos a boca a murros. Camisa aberta ao peito, cabelos descendo em longas mechas sobre o rosto corado, Jacques lutava no meio dos cassetetes que se erguiam, os lábios contraídos, feliz por despender sua vida...

"Ruth! Ruth!" Ela se agita no leito, chama. Não sei a quem está chamando. Sozinhos os dois nesse quarto, os dois juntos no quarto e solitários ambos. Ruth. Quem estará ela vendo? Ouço esse nome, mas não vejo nenhum rosto. Olho-a; há horas que a estou olhando e nada vejo por detrás de suas pálpebras fechadas; ao meu redor, minhas recordações se atropelam;

desenrola-se minha história. No tumulto explode um tiro e, logo em seguida, outro: "Foi o rapaz quem atirou primeiro!"

Assassino. Assassino. Eu caminhava na noite, titubeava, corria, fugia. Lá estava ele, tranquilo, entre seus poemas e seus livros. Tomei-o pela mão, entreguei-lhe um revólver, empurrei-o para o meio das balas. Assassino. No topo da escadaria, está Marcel lendo ou dormindo, mergulhado no cheiro da pintura a óleo, junto do hipocampo imóvel, esperando Jacques. Subo a escada; não posso subir; não posso descer; é preciso que o tempo pare, que eu desapareça, que Marcel desapareça, que o mundo desapareça; e os degraus estão firmes sob meus pés, cada gradil em seu lugar. Atrás da porta, Marcel espera Jacques; e eu aqui estou e vou falar. Uma palavra e a coisa vai existir, nunca mais deixará de existir. Um estalido seco, uma palavra e o tempo se fendeu, dividiu-se em dois blocos que nunca mais se poderão juntar. Bato à porta.

Primeiro Jacques: agora, Hélène. E ainda não basta. Virá Laurent. Os instantes prosseguem seu curso, impelindo-se uns aos outros, impelindo-me para a frente, sem cessar. Avanço dentro da noite do futuro. Decido. Acossado pela vida que me atira para a frente, para novos cadáveres, para as mulheres em pranto, para as portas das prisões que se fecham e se abrem, que se abrem para a morte. Nos muros de Paris, nos azulejos brancos dos metrôs, um cartaz amarelo, novinho em folha, com palavras novas. *"Não vá." Tudo então terá sido inútil, você terá morrido sem razão.* Ah! Como deter o implacável ímpeto. Avança, avança, decide. Cada pulsar de meu coração lança no mundo uma decisão irrevogável. Fechar a porta, fechar os olhos: *decidir fechar a porta, fechar os olhos.*

Não há salvação alguma. Nem mesmo a embriaguez do desespero e a cega resolução, já que você está aí, nessa cama, na luz selvagem de sua morte.

II
— CAPÍTULO —

A bicicleta continuava ali, nova, reluzente, com seu quadro azul-claro e seu guidão niquelado, brilhando contra a pedra escura da parede. Era tão esbelta, tão elegante: mesmo imóvel, dava a impressão de continuar rasgando o espaço. Hélène nunca havia visto uma bicicleta tão requintada. "Eu a pintaria de verde-escuro", pensou, "ficaria ainda mais bonita". Afastou-se da janela, despeitada. Que adiantava ficar ali, olhando, agitando-se. Não conseguia fazer outra coisa, há oito dias. Uma presa tão bela!, pensava nisso incessantemente, debruçava-se à janela vinte vezes por dia para contemplá-la, mas não havia conseguido ainda apoderar-se dela. "Estou ficando boba", pensou com tristeza. Quando pequena, fazia o que queria, sem nunca hesitar. Enxugou o pincel no avental. Pronto. Tinha terminado seu dia. Outro dia começaria amanhã, exatamente igual. Tirou da bolsa um pedaço de cartão quadriculado: 20 de novembro de 1934. Pintou de cinzento o quadrinho vazio. Cinza preto: apenas dois dias vermelhos desde o início do mês.

O carrilhão soou, embaixo. Hélène desceu a escada. Um garotinho, no meio da confeitaria, examinava com ar tímido os potes de confeitos.

— O que é que você quer? — perguntou Hélène.
— Isto — disse o garoto, apontando uma trufa de chocolate.

Hélène apanhou a trufa com uma pinça e enrolou-a em papel de seda.
— É um franco.

Atirou a moeda para dentro da gaveta da caixa e, através da vitrina, acompanhou com o olhar o garoto que seguia pela rua saboreando a gulodiima. Voltava para casa todo mundo estava voltando para casa; era uma hora triste; eles também iam voltar. A noite descia sobre as pralinas. Hélène sentiu na boca um sabor cotidiano de banha coagulada.

Abriu a porta que dava para o pátio; o guidão, os para-lamas brilhavam na sombra. Hélène aproximou-se; devia ser delicioso sentar-se nesse belo selim amarelo e agarrar com força o guidão. Lançou um olhar para o cubículo da porteira. Poderia se dizer que esta não arredara pé, de propósito, todos esses dias. "Mas eu a quero, preciso dela", pensou Hélène. Tão lisa, tão limpa, tão alegre; frágil e robusta, ao mesmo tempo; com suas rodas raiadas e seus grossos pneus bonachões. Pinçou entre os dedos um dos raios esguios,

O sangue dos outros

apoiou a mão contra o invólucro cor de tijolo: sentiu uma resistência semelhante à de um mineral; era estranho pensar que ali havia apenas uma fina membrana cheia de ar. Hélène afastou-se um pouco: que ar altivo tinha ela, e livre. "Eu poderia ir aonde quisesse. Voltaria tarde, à noite. Haveria este círculo de luz a me preceder nas ruas silenciosas; ouviria em surdina, um suave roçar uniforme. Cuidaria bem dela: teria uma almotoliazinha, como os mecânicos, e despejaria óleo em suas entranhas." Levantou a cabeça para as janelas do terceiro andar. "Contanto que ela não fique com medo e não a leve para o apartamento!" Hélène sentia a cabeça escaldar; o desejo tornava-lhe trêmulos os lábios e os dedos. "A primeira vez que a porteira sair..."

A sineta tocou na loja. Ela se apressou.

— Paul! Que boa lembrança! — exclamou, alegre.

Ele a tomou nos braços e beijou-lhe o rosto; ela lhe devolveu um beijo rápido.

— Ajude-me a fechar a loja e depois iremos lá para casa. Quer um chocolate?

— Agora não — disse Paul. Abriu a porta e apanhou um dos pesados frascos alinhados na calçada. — Você sempre se espanta quando alguém recusa um chocolate! — acrescentou, rindo. — Você queria por força me empanturrar na primeira vez que nos vimos.

— Era meu único meio de sedução.

— Você não precisou disso para me agradar.

— É verdade; seu amor foi sempre desinteressado. — Hélène sorriu. — Você me leva para jantar fora? Tenho uns dinheirinhos guardados, por isso quem convida sou eu.

— Hoje não. Vou jantar com um colega.

— Ah! — fez Hélène.

— Amanhã, se você quiser — propôs Paul.

Hélène agarrou um frasco sem responder. Esses jantares com Paul não representavam nenhuma festa, mas sempre eram melhores do que as refeições em família; e essa noite, justamente, ela teria gostado de sair. Amanhã... ora! Era amanhã. Terminaram de recolher os frascos em silêncio.

— O que fez você? — quis saber Paul, carinhoso.

— Trabalhei. O que mais queria você que eu fizesse?

— Você vai me mostrar.

— Se quiser — disse Hélène.

Fê-lo entrar em seu quarto e Paul aproximou-se da mesa.

— É bonito de verdade! — exclamou.

— Sabe! Verdier me disse que a maioria dos desenhos que eles venderam eram meus — disse Hélène. — Mas você vai ver! Aquela ordinária não vai me dar nem um tostão de aumento.

Era sempre a mesma coisa: recebia Paul cheia de alegria e, ao cabo de cinco minutos, estava aborrecida em sua companhia. Examinou-o com olhar crítico: podia ser considerado bonito, com sua gaforinha loura e sua pele clara pintada de sardas; mas os olhos eram ternos demais, sob a fronte obstinada. A casca era dura, mas transparente: percebia-se, através dela, um inocente molusco, exatamente igual ao que se poderia descobrir dentro de si mesmo.

— Em que está pensando? — perguntou Paul.

— Não acho a vida muito divertida — gemeu Hélène.

— No entanto, você tem sorte — disse Paul. — Imagine se tivesse de trabalhar oito horas por dia num escritório ou numa fábrica...

— Seria melhor eu me suicidar — respondeu ela. Acrescentou, agressiva: — Gostaria de saber como é que você faz para estar sempre de bom humor.

— Os operários não têm muito tempo para se preocupar com seus humores — retrucou Paul, um tanto secamente.

Encarou-o, irada: era irritante quando começava a lhe encher os ouvidos com as virtudes proletárias.

— Já sei que sou uma pequeno-burguesa; você vive me censurando por causa disso. E daí? O que tem isso? É engraçada essa maneira de explicar as pessoas sempre pelas aparências; parece que o que pensamos, o que somos, não depende de nós.

— Depende muito de nossa condição — disse Paul. Sorriu. — E é justamente por você ser uma pequeno-burguesa que essa ideia a revolta. Tem necessidade de imaginar que o que lhe sucede é único e que você também é única.

— Disso eu estou bem certa.

— Todos os pequeno-burgueses têm essa mania de originalidade — declarou Paul. — Não compreendem que isso é mais uma forma de se assemelharem. — Ruminava sua ideia com ar determinado e satisfeito. — O operário pouco liga para sua originalidade; fico, pelo contrário, muito contente por me sentir igual aos camaradas.

— Em primeiro lugar, você não é igual. Você é um tipógrafo, tem instrução.

— Isso não altera nada. Um operário é sempre um operário.

— De modo que — perguntou Hélène —, na sua opinião, há milhares de moças iguais a mim pelo mundo?

O sangue dos outros

Paul riu, placidamente.

— Você sabe, dizem que não existem duas folhas de árvore exatamente idênticas.

Hélène sacudiu os ombros com impaciência.

— Mas, de um modo geral, é possível confundi-las?

— De um modo geral, sim — concordou Paul continuando a rir.

— Está bem. — Hélène plantou-se diante dele. — Mas como é então que você pretende dizer que me ama, a mim e não a outra?

— Há milhares de indivíduos como eu, pelo mundo. E isso representa milhares de amores iguais ao nosso. — Segurou Hélène pelos ombros e olhou-a alegremente. — Cada um ama sua cada uma.

— Mas, em suma, seria possível trocar os cada uns e as cada umas — fez Hélène desvencilhando-se. — Parece que, quando se ama verdadeiramente alguém, não se pode nem conceber a ideia de substituí-lo por outro.

— Naturalmente — disse Paul. — Mas acontece o mesmo com os outros amores: cada um só quer o seu.

— Ah! Você está me confundindo — disse Hélène, dando um passo para ele. — Responda, sim ou não: você poderia gostar de outra moça?

Paul hesitou um instante: o pior com ele é que sempre levava tudo demasiadamente a sério; ela não exigia que ele respondesse com tamanha sinceridade.

— Esta agora, acho difícil imaginar; no entanto, eu bem sei que sim. E você também poderia ter amado um outro sujeito.

— Eu nunca disse o contrário — fez Hélène, Paul corou levemente; mas a seta não havia atingido o alvo; incomodava-o apenas o fato de vê-la rebaixar-se e pretender feri-lo. Tinha-se vontade de esmurrá-lo, em certas ocasiões, a fim de abalar sua exagerada modéstia. Não se julgava extraordinário, mas, a seus olhos, Hélène também não tinha nada de especial; ninguém tinha nada de especial e amar-se não constituía uma coisa invulgar. Ele estava perfeitamente seguro de que ela o amava.

— Não há o menor interesse de se ficar discutindo essas coisas. Talvez nem tenha sentido imaginar que tudo poderia ter sido diferente. O que há de certo é o meu amor por você. — Aplicou-lhe uma palmada. — E você sabe bem disso, sua marota.

— Você o vive sempre repetindo — disse Hélène.

— Não se faça de tola.

Envolveu-a num abraço e colou os lábios aos dela; eram lábios honestos e frescos que ela gostava de sentir contra os seus; fechou os olhos, sentindo-se confortavelmente aconchegada por aquele braço sólido, por aquele calor em seu corpo, aquela ternura envolvente. Desprendeu-se, sorrindo.

— Pois bem! Se você realmente me ama, faça alguma coisa por mim.

— O quê? — perguntou ele.

— Despache seu amigo e leve-me para jantar com você.

A fisionomia de Paul se fechou.

— Não posso — disse.

— Diga antes que não quer. — Hélène virou-lhe as costas, tirou um pente da bolsa e passou-o nos cabelos alvoroçados.

— É, no mínimo, alguém do partido.

— Não — emendou Paul, depressa. — É Blomart, sabe!

— Ah! Blomart! — exclamou Hélène.

Enrolou uma mecha de cabelos num dedo. Era o único dos companheiros de que lhe falava Paul que ela queria conhecer.

— Pois então não o despache. Leve-me com você.

— Que ideia! — exclamou Paul.

— Por quê? Você se envergonha de mim?

— Mas isso não tem sentido! Já lhe disse que nós temos de conversar seriamente.

— A respeito de quê?

— Não lhe interessa.

— Aí é que está! Interessa, sim!

Paul deu de ombros; estava com um ar desconsolado. "Não sou nada camarada", pensou Hélène. Mas vivia há tanto tempo metida no seu canto que sentia necessidade de variar um pouco; se ela não cuidasse dos próprios interesses, ninguém o iria fazer por ela. Era a regra: cada um por si.

— Já que estou dizendo que me interessa — insistiu —, você pode muito bem explicar.

— Muito bem! Você sabe que existe uma porção de agrupamentos sindicais; são numerosos demais; nossas forças se dispersam; vai ser realizado um congresso em Toulouse para tentar unificá-los. Blomart é o representante de um deles. Gostaria de convencê-lo a votar conosco.

— Sim — disse Hélène. — Vocês não fazem parte do mesmo grupo?

— Ele já foi comunista, há tempos, mas saiu do partido — disse Paul, reprovando. — E, agora, recusa terminantemente filiar-se à *Internacional*. Pretende ressuscitar o velho sindicalismo francês; nada de política, restringindo-se os sindicatos ao terreno profissional. Mas é no terreno político que se está jogando a parada, atualmente.

O sangue dos outros

Ia continuar; nesses assuntos, ele não conhecia meias medidas: ou não dizia nada ou falava demais. Hélène interrompeu-o:

— Eu não os impediria de conversar. Onde vão vocês se encontrar?

— No Port-Salut. — Paul hesitou um instante. — Mas não posso levá-la; o que é que você iria fazer lá?

— Mas se estou com vontade de ir — insistiu Hélène amuada.

— Por favor — pediu Paul, com carinho. — Deixe de caprichos. Sairemos juntos amanhã.

— Amanhã não me interessa — disse Hélène. A voz se tornou chorosa: — Você diz que me ama, e por um favorzinho de nada que eu peço...

— É engraçado que você não queira compreender — disse Paul, já um pouco irritado.

— Compreendo muito bem: isso não se faz. — Hélène levantou os ombros. — Exatamente! Quando se ama, fazem-se coisas que não devem ser feitas.

— Ora! Baboseiras de cinema!

Paul tinha um ar plácido e definitivo que fez ferver o sangue de Hélène.

— É a sua última palavra? — perguntou. — Não vai me levar?

Paul balançou a cabeça, meio risonho.

— Não — declarou.

— Pois bem! Também pode ir embora desde já, não o estou segurando.

Caminhou para a porta e abriu-a.

— Quer me levar ou não?

— Ora! Chega! — Fez Paul saindo. — Até amanhã.

— Se eu estiver por aqui — gritou ela, furiosa.

Debruçou-se sobre o corrimão; a sineta da entrada tilintou e a porta tornou a fechar-se. "Foi-se embora. Pouco se incomoda que eu fique aqui mofando; pouco se incomoda que eu me zangue com ele, nem está mais se lembrando disso!" Sentou num degrau da escada. Paul a amava, estava certa disso; amava-a há três anos, fiel, dedicada, ardentemente; mas ela não tinha a impressão de lhe ser indispensável: não era indispensável a ninguém. Quem se preocupava com ela naquele instante? Lá estava ela, imersa no aroma de mel e chocolate que subia da confeitaria; poderia estar, da mesma forma, em qualquer outro lugar; seria exatamente a mesma coisa. Quando criança, não estava jamais em parte alguma: estava nos braços de Deus. Este a amava com um amor eterno e ela sentia-se eterna como ele; encolhida na penumbra, oferecia-lhe cada pulsar do coração e o suspiro mais insignificante adquiria uma importância infinita, pois era Deus mesmo quem o recolhia. Paul era menos atencioso; e, mesmo que o fosse um pouco mais, Paul não era Deus. Hélène se levantou. "Não preciso de ninguém. Eu existo, eu, Hélène; isto não é suficiente?"

Tornou a subir para o quarto e aproximou-se do espelho: "Meus olhos, meu rosto", pensou, com certa exaltação. "Eu. Apenas eu sou eu." Acontecia-lhe raramente chegar a extrair de si mesma essas breves centelhas; por mais que toquemos nossa própria mão como se ela nos fosse estranha, encontramo-nos sempre, de chofre, no âmago de uma intimidade irremediável. Hélène atirou-se na cama. Sua alegria já se havia evaporado. Não havia ninguém diante dela: achava-se encerrada dentro de si mesma; podia, à vontade, fingir amar-se! Esse amor não passava de uma pequenina e morna palpitação no interior de sua concha; e esse tédio, essa acre insipidez de leite coalhado, era a própria carne de que era feita, uma carne viscosa e flácida, percorrida por ligeiros estremecimentos. Exatamente como uma ostra: uma ostra deve sentir a própria existência precisamente dessa maneira; meus pensamentos são os cílios vibráteis: parecem dirigir-se para alguma coisa, e depois se retraem, tornam a partir, caem novamente. Hélène pôs-se em pé de um salto. Não era possível; era preciso haver alguma coisa. Como será que fazem as outras pessoas? Talvez sejam ostras mais aperfeiçoadas que eu, nem sequer imaginam que sua casca possa ter um exterior.

— Srta. Bertrand?

Hélène inclinou-se sobre o corrimão.

— Sim?

— Vou sair um instante. Posso pôr o cartaz avisando para virem bater aqui?

— Certamente — disse Hélène. — A senhora voltará daqui a quanto tempo?

— Meia hora, mais ou menos. Obrigada — agradeceu a porteira.

— De nada — respondeu Hélène.

Esperou um instante e disparou pela escada abaixo com o coração batendo violentamente. Era agora ou nunca: não poderá haver melhor oportunidade. Abriu a porta do pátio e esgueirou-se ao longo da parede. Janelas brilhavam, na fachada escura, ameaçadoras como olhares. Se alguém a visse, se encontrasse seus pais ou um inquilino? Ficou imóvel: suas mãos estavam úmidas, as pernas trêmulas. "Terei ficado assim tão covarde?" Ela queria aquela máquina; parecia-lhe ser aquele o seu quinhão no mundo e se não soubesse apoderar-se dele não lhe restaria nenhuma esperança. "Eu a quero." Agarrou no guidão. Como era leve! Parou de novo: a padeira ia vê-la passar e o salsicheiro, o quarteirão inteiro a ia reconhecer; seria o mesmo que deixar um bilhete assinado: "Fui eu que apanhei a bicicleta." "Tanto

O sangue dos outros

pior", disse ela, apertando os dentes. Caminhou para o portão empurrando a máquina. Estava tremendo tanto agora que não seria nem mesmo capaz de se equilibrar no selim. "É um absurdo", repetiu, desesperada. Dentro de uma hora, a casa estará em polvorosa. "Serei denunciada, vão tomá-la de volta." Olhou angustiada ao seu redor: já lhe era insuportável essa restituição: a bicicleta era propriedade sua, um bichinho doméstico, querido e obediente, sua amiga, sua filha adorada. "Fugir com ela, nunca mais voltar..." Passou a mão na testa molhada: "Há um jeito, só um."

Trouxe a bicicleta de volta para o seu lugar e atravessou o pátio correndo. Tanto pior para o seu amor-próprio: afinal de contas, eles não tinham realmente brigado. Disparou como uma flecha pela rua Saint-Jacques e parou à porta do restaurante. E se ele recusar? Tomou uma respiração profunda; seu rosto queimava; um nevoeiro a separava do mundo; seu olhar permanecera lá atrás, preso ao metal brilhante: "Brigo com ele se recusar; nunca mais o hei de ver." Empurrou a porta; um aquecedor roncava no meio da sala lajeada; várias pessoas se achavam sentadas em torno das mesas recobertas de toalhas de oleado. Paul, no entanto, não se encontrava ali.

— Deseja alguma coisa? — perguntou o patrão.

Seu ventre se projetava, ameaçador, debaixo do avental azul.

— Estou procurando uma pessoa — murmurou Hélène. Seus olhos se detiveram num rapaz solitário, sentado a uma das mesas do fundo; não estava comendo, parecia aguardar, com um livro aberto à sua frente. Encaminhou-se para ele. Encarou-a com ar interrogativo: já não era mais um rapazinho, deveria ter pelo menos trinta anos. Seu olhar não era hostil.

— O seu nome não é Blomart?

Sorriu.

— Sim, sou eu mesmo.

— Sabe se Paul vai demorar?

— Paul Perrier? Estou esperando por ele.

Continuava a sorrir: um estranho sorriso contido; não se conseguia perceber se era amável ou irônico. Ela hesitou.

— Precisava pedir-lhe um favor. — Olhou para Blomart cheia de angústia. — É urgente.

— E se eu o pudesse fazer em lugar dele?

O coração de Hélène disparou a bater. Seria ainda melhor do que Paul; ninguém, no bairro, conhecia aquela fisionomia. Examinou-o. Até que ponto poderia confiar nele?

— Será que eu não posso? — continuou ele.

— Talvez — disse Hélène. — Se quisesse... — Ela devia estar com um ar idiota, balançando-se, assim, de um pé para o outro: — Aí está! Eu não queria voltar para casa agora porque meus pais me obrigariam a jantar e isso me amola. Mas tenho uma bicicleta no pátio e preciso dela já... Quer trazê-la para mim? É pertinho daqui.

Olhou para o relógio. Sete e trinta e cinco; já fazia vinte minutos que a porteira tinha saído.

— Está bem — disse Blomart. — Mas se alguém me vir apanhando sua bicicleta, o que é que vai pensar?

— Nesse caso, venha buscar-me aqui e direi que fui eu que mandei.

Olhou-o com ar suplicante. Blomart levantou-se.

— É na rua Saint-Jacques, 200; no pátio, a bicicleta azul-clara. É a única, aliás. Ande depressa porque eu preferiria que ninguém o visse.

— Trago-a já e já — prometeu Blomart.

Deixou-se cair sentada no banco de madeira. Chegaria ele a tempo? E se o apanhassem... Era melhor não pensar nisso. Não pensar em nada era a melhor coisa a fazer. Quando crescemos, começamos a pensar demais.

— O que é que você está fazendo aí?

Paul havia surgido bruscamente e examinava Hélène com um ar irritado; sua pele enrubescera de cólera.

— Estou esperando teu camarada — disse Hélène. — É muito gentil. Parece que não lhe causo muita repugnância.

— Onde está ele? — quis saber Paul.

— Mandei-o tratar de um assunto.

— Que topete! — fez Paul, num tom mais brando. — Já que está aqui, fique, mas não vai se divertir nem um pouco.

Sentou-se.

— Eu me divirto muito bem — respondeu Hélène. Não desprendia os olhos do vidro fosco da porta. Sete minutos. Já deveria estar de volta.

— O que é que você quer comer? — perguntou Paul.

— Não sei, não estou com fome.

Seria chato se lhe acontecesse alguma coisa por causa dela. Era bastante agradável à vista, com seu grosso pulôver de gola olímpica, seus abundantes cabelos negros, o pescoço robusto e o talhe esbelto; não tinha o aspecto de um operário, nem o de um burguês ou de um tipo do Quartier Latin. Ela estremeceu. Lá estava ele emoldurado no vão da porta, sorrindo.

— Sua bicicleta está aí — disse ele. — Vai usá-la já ou quer que a ponha para dentro?

O sangue dos outros

— Oh! Muito obrigada!

Hélène teve vontade de abraçá-lo. Minha bicicleta; minha, de verdade; vou sair daqui a pouco pelas ruas, atravessarei Paris inteirinha; tenho certeza de que ela roda muito bem. Sua vida lhe parecia toda transfigurada.

— Ponha-a para dentro, faz favor.

— Sua bicicleta? — estranhou Paul. — Que história é essa? — Olhou a linda máquina azul-clara que Blomart encostara à parede. — Aquilo é seu? Desde quando?

Hélène sorriu sem responder. Paul interrogou Blomart com os olhos.

— É sua, essa bicicleta?

— Não, é a dela, que eu fui buscar — explicou Blomart. — Ela me pediu que a fosse buscar.

Olhava também Hélène, um tanto intrigado.

— E esta, agora! — explodiu Paul. Agarrou Hélène pelos ombros. — Você bem podia dar seus golpes sozinha em vez de atirar os riscos para as costas dos outros. Imagine só! E se ele fosse apanhado?

Blomart se pôs a rir.

—Arre! Eu me deixei embrulhar direitinho — disse, com voz desconsolada.

Seu riso era jovem e simpático, mas em seus olhos, na comissura dos lábios, havia uma porção de reticências que Hélène não conseguia decifrar.

— Desculpe — disse ela. — Mas eu não podia ir, eu mesma; todos os porteiros do bairro me teriam reconhecido.

— Não tem importância — disse Blomart. Sentou-se e passou o cardápio para ela. — O que vai escolher? A emoção não lhe deu fome?

— Patê e um bife com fritas — resolveu Hélène.

— A mesma coisa para mim — disse Blomart ao patrão, que se havia aproximado. — E uma garrafa de vinho tinto.

— Para mim também: patê e bife — disse Paul, enfarruscado. Estava pensativo, com um aspecto de determinação; de repente, falou: — Esta história é idiota. Vou levar a máquina de volta.

— Minha bicicleta! — gritou Hélène. — Paul, se você fizer isso, nunca mais o verei.

—Vou devolvê-la.

Paul levantou-se. Os olhos de Hélène encheram-se de lágrimas. Paul era mais forte que ela e era teimoso.

— Se você for — disse ela, apertando os dentes —, eu irei atrás, urrando na rua. Você há de ver o escândalo. Experimente só; experimente...

— Escute — interveio Blomart, olhando Paul com ar conciliador. — Agora que já tive o trabalho de afanar essa bicicleta, deixe que fique com ela.

Paul hesitou.

— Mas isso é idiota. Vão suspeitar dela imediatamente.

— Não estou ligando. Não terão nenhuma prova.

— Onde vai escondê-la?

— Por que não em sua casa? — perguntou ela.

— Não — recusou Paul. — Não quero me meter nisso.

— Poderiam guardá-la em minha casa — ofereceu Blomart.

— Oh! Seria ótimo — disse Hélène. — Eu poderia ir lá pintá-la? Não iria incomodar?

— Nem um pouco. De que cor vai pintá-la?

— Verde-escuro. Não acha que ficaria bom?

— Verde-escuro? — repetiu Blomart. — Não me parece má a ideia.

— Acho que essas brincadeiras tinham cabimento quando você era pequena — disse Paul. — Mas não têm graça nenhuma agora. Pense um pouco! Ponha-se no lugar da pobre criatura que não vai mais encontrar sua bicicleta...

— Exatamente — fez Hélène. — Isso me delicia. A pobre criatura! Mas é uma ruiva horrorosa, coberta de peles e com o apartamento cheio de tapetes. Além disso, ela não usa nunca a bicicleta; fazia oito dias que ela estava no pátio.

— Você seria capaz de roubar qualquer um — disse Paul. — Você não se incomoda.

— Não é verdade. — Hélène deu de ombros. — Não entendo por que você, sendo comunista, se cansa tanto defendendo a propriedade.

— Uma coisa não tem nada com a outra. Você fala como esses burgueses que imaginam que ser comunista significa vasculhar o bolso do vizinho.

— Não vejo o menor motivo para não roubar uns sórdidos ricaços.

Hélène voltou-se para Blomart, com a esperança de encontrar alguma cumplicidade em seus olhos.

— Eu, pessoalmente, também não o faria — disse ele.

Conservava sempre o mesmo ar amável e algo irônico. "Como se eu tivesse quatro anos", pensou Hélène com um pouco de raiva.

— Ah, sim? Por quê? — perguntou, desapontada.

— Não adianta nada.

— Como! — protestou Hélène. — Adianta-me muito! A bicicleta é minha agora.

— Sim, está bem.

Blomart sorria. Seu sorriso não era transparente como o sorriso de Paul. Hélène examinou-o, perplexa.

— Então, por que está me censurando?

— Mas eu não a estou censurando — disse Blomart delicadamente.

— Declarou que não teria feito como eu — disse ela, com impaciência.

Ele fez um gesto vago.

— Oh! Fico sempre embaraçado quando devo agir em meu próprio benefício. — Falava em tom sério, nesse mesmo tom que, em Paul, era tão irritante. Mas acontecia que, com ele, as palavras não soavam falso. Tinha abandonado o lar aos vinte anos a fim de nada possuir. Devia ter bons motivos.

— Mas sempre se procura o próprio benefício — argumentou Hélène. — Acho que está muito certo — acrescentou em tom reivindicativo. — Afinal, cada um só tem a si mesmo.

— Você, sim; você só tem a si mesma — protestou Paul.

— Porque sou uma pequeno-burguesa, já sei — interrompeu Hélène, arreganhando-lhe os dentes.

— Está certo; em seu benefício, sim — disse Blomart. — Mas depende de onde o colocamos.

— O que está querendo dizer? — perguntou Hélène.

Ele falava de má vontade, as palavras custavam a sair; considerava-a, evidentemente, uma criança, não queria descer e discutir com ela.

— Os nossos pequeninos desejos pessoais não me parecem lá muito interessantes — disse ele. — Não vejo por que motivo teríamos alguma vantagem em satisfazê-los.

— Os meus me interessam — disse Hélène.

Estava irritada. Agradava-lhe, num sentido, conversar com ele; parecia ter uma reserva de recursos secretos. E era agradável pensar que ele estava escolhendo as palavras, de propósito, para ela, sentir seu olhar brilhante pousado sobre sua pessoa. Mas que ar seguro! Provocava um desejo imediato de contradizê-lo.

— Acho que devemos ter mais orgulho — disse Blomart.

— Mais orgulho? — Hélène estava surpreendida.

— Sim — disse Blomart.

Ela não compreendia bem o que ele queria dizer, mas as palavras lhe haviam soado como um insulto. Em suma, sua indulgência com relação ao roubo da bicicleta significava que ele o achava pueril. Olhava Hélène do alto de sua estatura de homem e de adulto.

— Gostaria de saber o que resta — disse ela agressivamente — quando não nos interessamos mais nem pelas coisas que desejamos.

— Muitas coisas — disse Blomart gentilmente.

Havia em sua voz uma expressão fraternal. Será que existiam pessoas às quais ele falava sempre com essa voz? Uma mulher, talvez. Era estranho pensar que havia uma existência inteira por trás, em volta dele.

— O quê? — perguntou.

— A explicação seria muito longa — redarguiu Blomart com ar jovial. — Você o descobrirá sozinha, se é que realmente não o sabe.

A cólera inflamou de novo as faces de Hélène. Decididamente, ele não queria se dar ao trabalho de conversar com ela; atirava-lhe em rosto um insulto e passava adiante, com toda a desenvoltura.

— Oh! Já sei! Deveria preocupar-me com a felicidade da humanidade. — Olhou para Paul, zombeteira. — Os operários têm o senso da solidariedade.

— Perfeitamente — disse Paul.

— Mas cada um que cuide de si, é muito mais simples. Eu me defendo: o vizinho que faça o mesmo.

— Não duvido nada que você já tenha nascido defendida — disse Blomart.

Hélène sentiu um nó formar-se em sua garganta: não valiam a pena tantos sorrisos, se era para acabar zombando dela.

— Ela não é tão ruim quanto parece — riu Paul. — Não é capaz de ver um coitado sem vender a própria camisa para acudi-lo.

Ele não precisava vir em socorro de Hélène: ela era bastante crescida para se defender sozinha. Além disso, não se incomodava absolutamente de escandalizar Blomart.

— Evidentemente, não gosto de ver ninguém sofrer. — Encarou Blomart com ar provocante. — Mas veja só: eu talvez seja um monstro: não me abalo de jeito nenhum pelas pessoas que não conheço.

— Não é nada monstruoso. Pelo contrário, é um caso muito frequente.

Blomart falava com voz indiferente. Hélène agarrou o copo de vinho: veio-lhe um desejo de atirar-lho ao rosto. Ridicularizá-la não era nada difícil para quem passava a vida em discussões e reuniões. "Isso só o faria torcer-se de rir." Esvaziou o copo e colocou-o sobre a mesa.

— Em todo o caso, é melhor do que ficar a me pavonear, cheia de importância, como se o destino da humanidade estivesse pendente de minhas mãos — declarou com voz vacilante.

— Certamente — concordou Blomart, rindo. Nem sequer procurava disfarçar o desdém.

— Estou convencida de que a humanidade não dá a menor importância às parolagens de vocês.

O sangue dos outros

Não podia mais controlar-se; não saberia dizer exatamente por que havia começado a empregar aquele tom enfurecido, mas já não podia recuar; sua cólera se exacerbava a cada réplica. E Blomart ria. Ela se levantou e apanhou o mantô.

— Divirtam-se aí sozinhos — fez ela.

Apanhou a bicicleta, transpôs a porta do restaurante e montou. Continuariam a divertir-se às suas costas; Paul devia estar um pouco aborrecido, mas Blomart, com certeza, achara engraçado o incidente. Os olhos de Hélène encheram-se de lágrimas de raiva. Aqueles dois figurões. Estavam agora conversando, entre homens, e ela não passava de uma garota superficial e caprichosa. Estremeceu: a garoa atravessava-lhe o mantô muito leve; não era nada agradável rodar de bicicleta naquele frio. "Por que será que fui tão idiota? Nunca sei como me portar." Freou e encostou a bicicleta à calçada. Talvez não fosse muito prudente deixá-la ali. Paciência. Além de tudo, era apenas uma bicicleta e nada mais. Empurrou a porta de um grande café todo iluminado e debruçou-se no balcão: "Um rum." O rum lhe queimou a garganta. Fora Paul quem a exasperara; se ao menos ele não tivesse estado lá. Será que ele se interessava mesmo pelas pessoas? De verdade? Essa gente toda: homens, mulheres, jovens, velhos. Riam e bebiam ruidosamente. O que é que se pode achar neles? Que têm eles que eu não tenho? Conheço-me de cor, é sempre a mesma coisa, mas eles não são melhores. Você o descobrirá sozinha. Não, não se descobre nada. Haverá alguma coisa que seja interessante? Que mereça um esforço?

A bicicleta continuava no mesmo lugar, apoiada ao passeio, dócil e fiel. Hélène segurou o guidão, mal-humorada; será que teria de arrastá-la a noite toda? Não tinha vontade de tornar a montar; era mais fácil pensar andando. "Para que sirvo eu?" De qualquer forma era difícil pensar; suas ideias se dispersavam em todos os sentidos. "É de outro rum que estou precisando." Entrou num café Biard: "Dois runs." O garçom estava limpando o balcão com um pano. Esta luz tristonha; a chuvinha lá fora. E eu. Estou aqui. Por que precisamente aqui? Eu. Quem? Alguém que diz eu. E essa presença algum dia não será mais sentida por ninguém. Apoiou a mão contra o balcão. É impossível. Sempre estive, sempre estarei aqui. É a eternidade. Examinou os pés; estavam pregados ao solo; como poderia ela mexer-se? Para ir aonde?

Hélène viu-se novamente na rua. Olhou a bicicleta com repugnância: exatamente onde a havia deixado, semelhante a um cão paciente e importuno. Afastou-se, nauseada: era preferível conservar as mãos livres, bastava-lhe já o que tinha a fazer com os pés: era preciso colocá-los um adiante do outro, o que não é tão simples quanto se supõe. Deu alguns passos. "Não adianta nada", pensou. Encostou-se a uma árvore. O tronco estava pegajoso de bruma líquida, gotas geladas caíam dos galhos nus. Hélène sentia o frio que atravessava cada fibra de seu corpo. Recomeçou a andar. "Não adianta nada", repetiu. De qualquer forma, ficava-se sempre no mesmo lugar, como nos pesadelos. Progredir, recuar; não havia nenhum objetivo.

"Ele saberia explicar-me!" O rosto pálido, a voz descuidada e grave. Não parecia absurdo que ele existisse: parecia ter motivos para isso. "Se eu pudesse conversar com ele longe de Paul!" Subitamente, no frio glacial, crepitou uma chama: era só escrever-lhe. Um objetivo. Aí estava, já, o objetivo; o tempo recomeçou a correr, cálido, palpável. Hélène tropeçou contra a borda da calçada e se pôs a rir.

III
— CAPÍTULO —

Alguém bateu. A porta se abre devagarinho.

—Você não precisa de nada?

Balançou a cabeça.

— Não, obrigado.

Precisar de quê? Para quê? Fora daqui, essas palavras com certeza ainda têm um sentido. Do outro lado da porta há um quarto, uma casa inteira, uma rua, uma cidade. E gente, outras pessoas que dormem ou que velam.

— Laurent foi dormir?

— Foi. Virá procurá-lo às seis horas. — Madeleine aproximou-se da cama. — Ela ainda está dormindo?

— Está dormindo o tempo todo.

— Não esqueça — disse Madeleine —, estou com Denise, aí ao lado.

Torna a fechar a porta. Um leve movimento na cama.

— Que horas são?

As palavras vêm baixinho, numa voz infantil. Ele se inclina, acaricia a mão pousada no lençol.

— Duas horas, meu bem.

Ela abre os olhos.

— Eu dormi.

Fica atenta um instante, ouvindo; não ouve o que se passa lá fora, mas sim dentro de si mesma.

— Continuam fazendo barulho lá em cima, está ouvindo?

Ele não ouve nada; inclina-se avidamente para essa agonia, mas não pode compartilhá-la.

— Gostaria que eles se calassem.

—Vou falar com eles. Torne a dormir.

— Sim. — O olhar azul vacila. — Paul, onde está Paul? — pergunta ela.

— Está salvo. Amanhã à noite, já terá passado a fronteira. Virá aqui antes de ir embora.

Torna a fechar os olhos; as palavras não penetraram seu sonho. Esse sonho pesado onde rumoreja um sangue violáceo e que eu não posso sonhar. Não. Não adormeça de novo. Acorde de uma vez, acorde para sempre. Ela abriu os olhos, os lábios, estava novamente junto de mim e eu não soube retê-la.

O sangue dos outros

Seria necessário penetrar à força em seu coração, desfazer o nevoeiro, obrigá-la a ouvir-me, suplicar-lhe: fique viva, volte para mim. Volte; ainda ontem era tão fácil. As mãos pousadas na direção, você olhava o céu e dizia: "Que linda noite!" Uma noite linda demais, tão cálida. Você sorria: eu voltarei. Nunca mais verei seu sorriso. Poderia se dizer que seu lábio se tornou muito curto, descobre os dentes, e as narinas estão apertadas; em sua carne viva, já se está amoldando um cadáver. É preciso fechar os olhos, esquecer essa máscara mortuária; já não poderei mais fazê-lo amanhã; só a ela verei. "Eu voltarei." Deveria tê-la envolvido em meus braços para não mais os abrir: não vá, eu a amo, fique comigo. Essas palavras, você as ouviu no silêncio; e você partiu. Eu as deveria ter gritado mais alto. Eu a amo. Agora, eu falo e você não mais escuta. Você me ouvia com tanta paixão: e eu me calava. Será que não voltamos nunca mais, em nenhuma vida? Ela está aí tão próxima, tão jovem em sua blusa clara, jovem como a esperança deste verão triunfante. Usava uma saia pregueada de xadrez vermelho e verde, blusa branca, e, à cintura, um largo cinto de couro vermelho; uma franja escondia-lhe a testa e os cabelos caíam bem lisos dos dois lados do rosto. Todos os olhares se voltaram para ela quando apareceu de súbito na moldura da porta; não parecia uma mulher de operário e, contudo, não parecia deslocada ao atravessar a oficina; talvez fosse por causa de certa negligência em seu traje, em seus gestos, em toda a sua pessoa. Aproximou-se de mim com ar assustado e agressivo, estendeu-me bruscamente um embrulho.

— Trouxe-lhe comida.

Tomei o embrulho, um enorme pacote envolto em papel pardo, canhestramente amarrado.

— Você é muito gentil.

Olhei-a, hesitante; balançava-se de um pé para outro, toda desajeitada. Eu estava embaraçado: embaraçado por não haver respondido às suas cartas, mas, sobretudo, por as haver recebido.

— Então — disse ela impaciente — não vai nem mesmo abri-lo?

Ela devia imaginar que havíamos jejuado durante aqueles dois dias de cativeiro voluntário: tinha saqueado a confeitaria, escolhendo entre as mercadorias açucaradas aquilo que lhe parecera mais sólido, mais másculo: tijolos de pão de mel, grossas barras de chocolate, espessos biscoitos; não conseguira impedir-se de acrescentar aqui e acolá um caramelo, uma banana-passa, um rochedo confeitado. Cheirou os alimentos, sorrindo cheia de cobiça.

— Vá distribuí-los depressa a seus amigos: vocês devem estar com fome, não?

Corri os olhos pela oficina e encontrei seis pares de olhos divertidos. "Quem quer sobremesa?", gritei. Arremessei para todos os lados bolinhos, caixas de tâmaras, caramelos castanhos e dourados, e mordi um pedaço de pão de mel.

— Você não quer nada?

— Não, é tudo para vocês.

Seus olhos brilhavam: acompanhava atentamente o movimento de meus maxilares e eu tive a impressão de que ela sentia na própria boca a pasta melosa que se esmagava contra o meu palato. Eu estava cada vez mais envergonhado: seu olhar minucioso esquadrinhava meu rosto, gravava a forma de minhas sobrancelhas, a tonalidade exata de meus cabelos; ninguém me havia jamais perscrutado daquela maneira. Madeleine não me olhava, não olhava nada: as coisas ali estavam, ao redor dela, confusas e vagamente assustadoras, e ela, de preferência, buscava não percebê-las. Marcel me examinava, por vezes, mas limitava-se a observar meus traços com desolada imparcialidade. Enquanto o olhar de Hélène interrogava, avaliava, exigia explicações. Quem se atreve a estar aí, assim, diante de mim? Mastiguei em silêncio um enorme pedaço de pão de mel e disse, em seguida:

— Deixaram você passar?

Deu de ombros.

— Parece que sim.

— Têm ordem de só deixar entrar as mães e as mulheres...

Sorriu, um pouco desafiadora.

— Disse que vinha ver meu noivo.

— Paul está na oficina ao lado — disse eu precipitadamente.

— Mas foi o seu nome que eu dei. Acho mesmo que foi por isso que me mandaram embora.

Devo ter demonstrado alguma contrariedade, porque ela perguntou:

— Isso o aborrece?

— Um pouco. Fui eu quem dei ordens e não quero gozar de nenhuma regalia.

Sentou-se num banquinho e cruzou as pernas; belas pernas bronzeadas. Usava sandálias de couro e meinhas brancas.

— E por que não? — perguntou.

— Escute, se você quer mesmo conversar, vamos marcar um encontro. A greve não vai durar mais muito tempo. Mas você não pode ficar aqui.

— Mas eu vim de longe. Não, eu fico. Assim você será obrigado a me responder.

O sangue dos outros

Sorri. Suas cartas me haviam desagradado: cartas de menina enfastiada. Mas ela devia ser de melhor estofo: havia em seus olhos, em sua fronte, nas maçãs de seu rosto, uma violência de animalzinho selvagem ao passo que tremulavam em sua boca mil promessas de doçura: aquele rosto me agradava. Lancei um olhar aos camaradas; não nos davam atenção. Alguns jogavam baralho sobre uma mesa de mármore: outros se haviam estirado no chão, fumando; Portal aquecia numa espiriteira a marmita trazida por sua mulher. Laurent escrevia uma carta; poderia se dizer que estávamos em algum centro popular, se não fosse o cenário em torno de nós: o mesmo cenário habitual de nossas jornadas de trabalho. Parecia espantoso aquele desabrochar despreocupado de existências individuais naquelas oficinas onde se desenrolava, há pouco, rigidamente, um duro labor coletivo. O chumbo endurecera nos cadinhos; apagara-se o fogo, os sinais do teclado eram agora apenas manchas indistintas, os tipos de chumbo haviam se tornado informes como se não soubéssemos ler. Unicamente nós existíamos, descuidados dessas coisas inumanas, voltados inteiramente para nós mesmos. Éramos livres e púnhamos à prova nossa força. Não obedecíamos a nenhuma ordem e não incumbíramos ninguém de atuar em nosso nome: a greve havia explodido, espontânea, livre de pressões de partidos, sem objetivo político; brotara do próprio coração dos trabalhadores, de suas necessidades, de suas esperanças. Sentia-me realizado. Vinha lutando há anos, pacientemente, para chegar a este resultado: à afirmação daquela solidariedade serena em que cada um hauria nos outros a força de impor a própria vontade, sem interferir na liberdade de ninguém, e continuando responsável por si mesmo.

Balançava o pé com impaciência; a ponta de sua sandália roçou meu braço.

— Está zangado?

— Eu? Por quê?

— Não diz nada...

— Estava olhando: essas greves são um sucesso. Imagine que esta mesma cena se repete, neste momento, por toda a França, em milhares de fábricas e oficinas.

Seus olhos azuis escureceram sob a franja que acentuava ainda mais seu ar determinado.

— Por que zomba de mim?

— Estou zombando de você?

— Não vim de tão longe para ouvi-lo falar de sua greve.

Seu olhar atrevido percorria-me o rosto todo, analisava cada ruga, cada prega em minha fronte. Mas sua boca demasiadamente terna a embaraçava e assim, desajeitada, passou a língua nos lábios.

— Por que não respondeu às minhas cartas?

— Mas eu respondi.

— Uma vez só. Um bilhete de quatro linhas.

— Não havia mais nada a dizer.

Olhou para mim como se me quisesse bater.

— Haverá algum mal em procurar rever uma pessoa que nos pode ser útil?

— E haverá algum mal, quando essa pessoa não lhe puder ser útil, em recusar revê-la?

Decidira terminantemente não a encorajar: não tinha tempo a perder com ela; contudo, achava-a encantadora com seu rostinho sério e zangado; uma onda de sangue inflamou-lhe as faces.

— Está claro que lhe é indiferente que eu fique mofando no meu canto, sem saber o que fazer de mim mesma.

— Tem de ser indiferente, forçosamente: eu não a conheço.

— E agora, já me conhece?

Desfechou-me um sorrisinho expressivo.

— Ouça — disse eu —, compreendo-a muito bem. Você está na idade em que a gente se aborrece, qualquer distração serve. Mas comigo é diferente: já tenho coisas demais para fazer; não tenho tempo algum para dedicar a você.

— Não tem tempo... — Seu pé continuava a se balançar impaciente: — Sempre se arranja tempo quando se quer.

— Vamos admitir que eu não quero.

Imobilizou-se como que para deixar as palavras penetrarem melhor e baixou a cabeça.

— Eu não lhe sou simpática?

A pergunta soou tão sincera que fiquei desconcertado; nessa maneira de expor-se às respostas mais cruéis havia uma coragem que provocava o respeito. A primeira coisa que me impressionou em você foi esse apego temerário à sinceridade.

— Você é muito simpática. Mas veja: está se iludindo muito a respeito do que eu poderia fazer por você; nada tenho a ensinar-lhe a não ser que se interesse pelo sindicalismo.

Ela deu de ombros.

— Se você não me servir para nada, eu mesma poderei percebê-lo.

Era difícil escapar às suas garrazinhas tenazes.

— Não, vamos ficar nisso mesmo. Se eu fosse frequentar todas as pessoas que acho simpáticas, não faria outra coisa na vida.

O sangue dos outros

— Conhece tantas assim? Que sorte! — Suspirou. — Eu não conheço ninguém.

— Antes de tudo, você tem Perrier...

O brilho sombrio tornou a acender-se em seus olhos.

— Ah! É por causa de Paul! Fique tranquilo, não tenho a menor intenção de me apaixonar por você.

— Nunca pensei nisso.

Mas não estava assim tão sossegado; seu estado de espírito me parecia propício às paixões e, evidentemente, teria achado sem graça amar o noivo.

— Só que estamos cozinhando há anos no mesmo caldo, Paul e eu. Gostaria de ouvir outra música.

—Você gosta de ler. Um bom livro é a melhor coisa para nos fazer sair da própria concha.

Sacudiu o ombro irritada.

— Está claro que eu leio. Mas não é a mesma coisa. — Bateu com o calcanhar no pé do banquinho. — Bem se vê que você não sabe o que é ficar sozinha em seu canto, da manhã à noite.

— Isso há de mudar, pode ficar sossegada. — Dei um passo, afastando-me dela: —Você vai me desculpar, mas tenho um trabalho a fazer.

— Trabalho? Mas vocês estão em greve!

— Exatamente, estou escrevendo um artigo sobre a greve.

— Deixe-me ver.

— Ainda não está feito. Além disso, não lhe interessaria.

— Então explique — disse ela. —Você não é comunista?

— Não.

— Qual é a diferença?

— Os comunistas encaram os homens como peças de um jogo de xadrez; trata-se de ganhar a partida; as peças em si não têm importância.

Ela olhou com desdém, em torno.

— E você acha que eles têm assim tanta importância? É a única coisa, em política, que deve ser divertida: sentir entre as mãos uma porção de cordéis e puxá-los.

—Você não sabe o que diz.

◆

Foi um acidente. Você não vai deixar o partido por causa disso. O partido precisa de você, rapaz. Nós o haveremos de vingar. Dois punhos, um cérebro: é tão pouca coisa; restam tantas cabeças e tantos punhos. Bati à porta, de noite, e Marcel veio abrir: seu único irmão tinha morrido. Que me matem, que me metam na terra. Perigoso como a árvore na curva da estrada, como aquele revólver carregado, como a guerra, como a peste. Escondam-me; afastem-me. Mas estou vivo. Pelo menos, nunca mais hei de agir. Nunca mais.

―◆―

— Mas você não puxa cordéis quando organiza essas greves?
— Elas se organizaram sem a minha interferência — disse eu.

Depois de abandonar o partido, eu permanecera dois anos em letargia; tinha, em seguida, recomeçado pouco a pouco a me dedicar à vida sindical. Esse trabalho me parecia lícito pois nada tinha de trabalho político: era realizado numa escala humana. Eu não tinha de escolher pelos outros; não decidia nada; cada membro do sindicato reconhecia sua própria vontade coletiva; não exercia nenhuma ação sobre o grupo a que pertencia: limitava-me a constituir o instrumento através do qual esse grupo realizava sua existência; em mim, suas aspirações confusas ordenavam-se em pensamentos coerentes, seus desejos dispersos adquiriam uma forma tangível; utilizavam minha voz para se fazerem ouvir. Mas era só. Nada de inesperado nem de arbitrário acontecia a essas vidas por meu intermédio, nada que não brotasse delas mesmas. Mas não desejava explicar essas coisas a Hélène. Estendi-lhe a mão.

— Até logo. Vá embora direitinho.
— E se eu não quiser ir?
— Não posso obrigá-la.

Fui sentar-me diante do mármore onde havia espalhado meus papéis. Ficou um instante indecisa, depois veio para mim.

— Até logo, então — disse com voz triste.
— Até logo.

Eu me havia defendido bem; estava orgulhoso de minha incorruptível prudência. Cego, ainda uma vez. Eu a repelia conscientemente; pretendia repeli-la: mas essa voz, esse rosto, esse passado que a atraíam não eram eu? Minha recusa mesma constituía um passado a mais. "Eu não contribuí para isto." Madeleine deu de ombros. Ela tinha razão, eu era responsável. Responsável pela doçura e pela dureza de meu olhar, por minha história, por minha vida, por meu ser. Eu estava ali, diante de você; e, pelo fato de ali estar, você me encontrou, sem motivo, sem o haver querido: você poderia, daí em diante, aproximar-se ou fugir, mas não podia impedir que eu existisse à sua frente. Um constrangimento absurdo pesava sobre sua existência e esse constrangimento era eu. Julgava poder fazer de minha vida o que eu decidisse, sentia-me livre e sem remorso. E constituía aquele escândalo para outrem, para todo o sempre. Mas eu não sabia. Acreditava ser suficiente dizer "não". Não, não a verei de novo. Não, não arrastarei meus companheiros para uma luta política. Não, não exigiremos uma intervenção.

— É verdade, no entanto, o que eles lhe objetam — disse Marcel. — Não fazer política é outra maneira de fazê-la.

— Vá falando — disse Denise —, você que nem sequer votou.

Está servindo o café no meio do vasto ateliê vazio. Tínhamos retirado, na véspera, em surdina, os móveis preciosos, as poucas telas e as tapeçarias que Marcel ainda possuía para evitar uma penhora.

— É tão absurdo quanto votar — disse Marcel, sorrindo. — Só que dá menos trabalho.

— Essa objeção, para mim, não passa de um sofisma — disse eu. — Seria necessário demonstrar que existe uma primazia da política, que o homem é um animal político e que sua atitude é sempre política, pense ele o que pensar. Não aceito isso. A política é a arte de atuar de fora sobre os homens; no dia em que a humanidade inteira se organizar internamente, não haverá mais necessidade de política.

— Que eloquência! Você está ensaiando conosco o discurso que vai fazer daqui a pouco?

Acho que, no mundo todo, era eu quem mais divertia Marcel. Pretender não se comprometer no absurdo universal constituía um cúmulo de absurdo que ele não havia encontrado em ninguém. A segurança com que Denise se atirava em todas as armadilhas parecia-lhe menos ridícula do que meus esforços para delas escapar. Quanto a ele, era-lhe indiferente chafurdar no lodo terrestre: a questão era outra.

Eu lhe sorri, sem rancor. Havia oito anos que não me sentia tão feliz. Era meu próprio triunfo que eu estava aclamando no rubro esplendor daquele 14 de julho: o triunfo de minha vida, de minhas ideias.

— Não quer vir dar uma volta lá pela Bastilha?

— Com um céu destes? — Seus olhos indicaram o céu de um azul deslumbrante. — Não. Vou dormir um pouco.

Sua existência só transcorria à noite. Passava dormindo a maior parte do dia.

— E você? — perguntei a Denise. — Não quer vir?

Seu olhar melancólico atardava-se na porta por onde Marcel acabara de desaparecer.

— Não estou com muita vontade. —Voltou-se para mim. — E pensar que poderíamos ter sido tão felizes!

—Você não conseguirá fazer Marcel mudar. É preciso aceitá-lo tal como é.

— Eu tento, mas não há jeito. Ele faz de propósito.

Controlou a voz trêmula de lágrimas.

—Tenho a certeza de que ele está se metendo num beco sem saída; não será nunca capaz de se desenredar.

Já havia anos que Marcel deixara de pintar aquelas imagens que, para adquirir vida, exigiam a complacência de um olhar estranho. Desejava criar, de fato. Entalhara madeira, modelara a argila, enfrentara o mármore diretamente: acariciava, satisfeito, a rígida matéria em que sua mão havia moldado uma forma expressiva, uma forma que se equilibrava sozinha, em torno da qual nos era possível circular, e que nada tinha a invejar a uma cadeira ou a uma mesa. Entretanto, pusera-se muito depressa a considerar suas obras com um olhar sombrio. O mármore, a pesada pedra nua, existia. "Mas o rosto, onde está o rosto?" E Marcel se enfurecia. Espetava dois dedos para mim. "Está em seus olhos, só em seus olhos." Empilhara, uma manhã, seus trabalhos todos numa carrocinha de mão, atrelara-se aos varais e puxara-a até os entrepostos de Bercy, despejando a carga no Sena. Denise havia chorado dias a fio.

— Com ele, assim que renunciamos a alguma coisa, percebemos que é preciso imediatamente renunciar a outra. Até onde irá isso?

Seu rosto fenecera sob os cabelos reluzentes, os olhos tinham aprendido a desconfiar. Usava um vestido elegante mas gasto nos cotovelos e ajustado à cintura por um cinto barato.

—Você deveria procurar viver sua própria vida e não ficar suspensa à vida de Marcel.

— O que quer você que eu faça? Não sou nenhum gênio.

— Ninguém é obrigado a ser gênio.

Encarou-me com ar de dúvida; gostava dos valores seguros.

— Odeio a mediocridade. — Girou nos calcanhares e deu um passo para a mesa.—Você acha isso bonito? — perguntou, indicando uma espécie de montículo feito de conchinhas e seixos aglomerados. Marcel empregava agora todo o seu tempo nessas construções: trançava barbantes, palha e rolos de calafetar janelas; fabricava mosaicos com fragmentos de gravuras. Esses objetos o satisfaziam porque nem mesmo em pensamento seria possível isolar seu sentido obscuro de sua existência material.

O sangue dos outros

— Marcel não espera que sejam bonitos — disse eu.

Ela deu de ombros.

— Um fracassado: é nisso que ele se está transformando.

Era difícil explicar-lhe que o sucesso, a glória, não mereciam lamentações tão pungentes. "Mas o que é que tem importância então?", perguntava ela. E eu não podia responder por ela. Sabia o que era importante para mim, assim como Marcel sabia o que era importante para ele. Mas não havíamos encontrado em nenhum firmamento essas medidas absolutas, definitivas, cuja revelação Denise exigia.

— Confie nele.

— Não acha que tenho sido paciente? — disse ela.

Olhei para ela, penalizado. Não era pequeno o seu mérito. Aceitava a pobreza sem se queixar, jamais fazia recriminações a Marcel, procurava com empenho compreender aquilo que ela denominava "seu complexo". Leal, inteligente, corajosa. Mas uma infelicidade secreta tornava inúteis todas essas virtudes.

Toquei-lhe no braço.

— Você não deveria ficar aqui. Venha comigo.

— Receio que seja muito cansativo.

Sorriu-me sem alegria: receava ser indiscreta. Não insisti. Não conseguia despertar em mim mesmo nenhuma simpatia real para com ela e eu me censurava às vezes por isso.

— Não se incomode — dizia Madeleine. — Tudo isso é desgraça burguesa, infelicidade de luxo.

Madeleine não compreendia que alguém pudesse queixar-se da própria sorte, nem regozijar-se com ela, nem recear ou esperar alguma coisa.

— O que será que eles imaginam? — perguntou, indicando a caudal negra e rubra que se escoava entre os passeios.

Ela caminhava a meu lado, mancando. Seus sapatos lhe machucavam sempre os pés, pois ela os comprava ao acaso de uma oportunidade, de uma troca, de um favor a prestar.

— Acreditam que amanhã será melhor que hoje — respondi.

Eu também o acreditava. Tantas promessas estavam desabrochando em meio às hesitações daquele início de experiência!

— Qual! A vida nunca valerá grande coisa, façam eles o que fizerem.

Não retruquei: eu jamais tentava discutir com Madeleine. Quanto mais convincentes os argumentos que lhe fossem opostos, tanto mais desconfiada de seus artifícios se mostrava ela. Era, aliás, verdade que sua vida não valia lá grande coisa, visto que era ela própria que assim a desvalorizava; seu corpo não tinha mais grande valor, entregava-o com indiferença a quem o solicitasse; nem seu tempo: passava-o, sobretudo, fumando ou dormindo, com os olhos perdidos no vácuo; não teria sido desprovida de inteligência se não julgasse que seus pensamentos também não valiam grande coisa: raramente consentia em deter-se neles. Seus prazeres, seus interesses, seus aborrecimentos, até mesmo seus sentimentos pouco contavam a seus olhos, e ninguém poderia fazê-los contar; ninguém, salvo ela mesma, poderia fazer com que, para ela, fosse importante viver. Mas, para aqueles homens que desfilavam cantando, ser um homem constituía um empreendimento importante. A vida amanhã ia adquirir um sentido, um sentido que já começava a surgir, graças ao poder de suas esperanças.

—Você quer vir comigo ou prefere ir me esperar num café?

—Você ainda vai falar?

— Prometi um discurso aos companheiros.

Gauthier estava falando no meio da praça, trepado num estrado.

Devia haver uma zona de silêncio em redor dele, mas estávamos muito distantes, e suas palavras se perdiam no imenso vozear da multidão.

— O que está ele dizendo? — quis saber Madeleine.

— Não sei.

— E você? O que vai dizer?

—Venha e ficará sabendo.

— Não, fico esperando aqui.

Encostou-se a uma árvore e tirou os sapatos, mostrando as meias furadas e consteladas de manchas vermelhas: salpicava-as com esmalte de unhas a fim de impedir que as malhas corressem.

— Pode demorar — avisei.

— Não faz mal.

Passou diante de nós um batalhão de crianças de lenço vermelho ao pescoço e boina vermelha à cabeça. Vieram, em seguida, mulheres berrando com a música dos lampiões: "La Roque, ao cadafalso!" As bandeiras drapejavam acima de nossas cabeças, panos tricolores misturados a estandartes vermelhos; tinham sido erguidos tablados em todas as esquinas de Paris e guirlandas balançavam-se entre as árvores: 1936, 14 de julho de 1936. Como erguíamos altivos as cabeças! Não estava ainda tudo conquistado, por certo, restava-nos muita coisa a fazer; entretanto, tínhamos sabido, pela primeira vez, congregar as forças da esperança, superando as divisões dos partidos.

O sangue dos outros

Não era ontem? Ele atravessou a multidão. Gostaria de proclamar bem alto a alegria que lhe transbordava do coração: uma alegria, sua e deles.

"Camaradas." Lá estava ele falando. As palavras que dizia, quem as inventava era ele, mas aqueles que as estavam ouvindo ouviam-nas não com os ouvidos, mas sim no mais profundo de seus seres. Falava para si mesmo e eles o aclamavam: era para eles que falava. Contava a imensa boa vontade que acabava de despontar na França e que se iria irradiar pelo mundo; assegurava-lhes que saberiam impor a toda a Terra seus métodos de paz. Pois é sobretudo nosso, camaradas sindicalistas, o triunfo deste dia: os resultados obtidos constituem apenas um início; entretanto, o que constitui nosso orgulho, o que justifica qualquer esperança, é o fato de os havermos obtido por meio de greves puramente profissionais. Falava e suas palavras não eram súplicas nem ordens: um cântico, um cântico festivo. Por sua boca cantavam todos, em coro. *Como se não houvéssemos ocupado cada qual um lugar sobre a Terra; como se não constituísse cada qual um obstáculo para os outros, cada qual representando um eu unicamente para si mesmo, existindo ao lado dos outros e para sempre separado deles: um outro.* Cantavam a magia da liberdade, o poder da fraternidade e a soberana glória de ser um homem. Dentro em breve, guerra, violência, arbitrariedades se tornariam impossíveis: seria inútil a própria política, pois não mais haveria separação entre os homens, congregados numa única humanidade. Era esta a suprema esperança por eles aclamada no fundo do porvir: a reconciliação de todos os homens no livre reconhecimento de sua liberdade.

— Você vai me dar suas anotações — pediu Gauthier. — Quero publicar seu discurso na *Vie Syndicale*.

— Foi formidável o seu discurso — disse Laurent.

Blomart pôs a mão em seu ombro.

— É um companheiro da oficina — disse ele.

— Você também foi formidável — disse Laurent a Gauthier. — É você quem escreve na *Vie Syndicale?*

— É ele quem a dirige — explicou Blomart, sorrindo.

Estava feliz. As bandeiras se agitavam, a multidão cantava, e os companheiros de trabalho, os camaradas do sindicato, os que se calavam como os que falavam, os importantes no movimento e os que nada eram, todos lhe batiam às costas, batiam-se às costas uns aos outros e apertavam-se as mãos. Nossa festa. Nossa vitória. Lembrou-se de outra multidão, nos metrôs de sua infância, e do antigo odor do remorso. Estava acabado. Respirava, sem remorso, o cheiro de tinta e de poeira, o cheiro de suor e de trabalho; caminhava, sem remorso, ao longo dos muros nus, contemplava os gasômetros e as chaminés das fábricas, pois, para além do cansaço e dos horizontes cinzentos, esses homens sabiam impor sua vontade, e sua existência não era um surdo vegetar de planta: talhavam-se um destino. Comungava com eles, cheio de orgulho, pensando: sou um deles.

— Deixei-a muito tempo esperando. Não se aborreceu demais?

— Não — respondeu Madeleine. — Podia vê-lo daqui, a agitar-se.

Tinha permanecido em pé, apoiando-se contra o tronco da árvore. Tomei-lhe o braço. Foi nesse momento exato que você surgiu diante de mim, agarrada ao braço de Paul, um laço escarlate ensanguentando sua blusa branca, e as faces brilhando de animação.

— Estão procurando você por toda parte — disse Paul.

Você lhe dardejou um olhar furioso e depois examinou Madeleine, que procurava desajeitadamente meter o pé no sapato. Fiz as apresentações.

— Ouvimos seu discurso — disse Paul com ironia.

— Ah! Estavam aí?

— Sim. — Levantou os ombros. — Como se a França pudesse separar seu destino do destino do mundo...

Quis responder, mas você interrompeu, impaciente.

— Não vamos ficar plantados aqui durante uma hora.

— Cansa ficar em pé — disse Madeleine.

Você a examinou com desdém.

— É? Pois eu não estou cansada.

Acompanhamos a corrente sombria que se escoava desordenadamente entre as casas ornamentadas; o solo se achava juncado de papéis: laços, bandeiras, manifestos; sentamo-nos numa esquina, num baile popular: o garçom colocou em nossa mesa três chopes duplos e um refresco de romã: Hélène adorava essas bebidas de cores indigestas.

— Vejam só esses idiotas todos aí cantando — disse Paul. — Acreditam que vão preparar um ninhozinho bem confortável no meio da Europa. Bem calafetados, trancafiados, com os Pireneus ao sul e a linha Maginot ao norte. Enquanto isso, o fascismo se instala à nossa porta. Sabem, no entanto, que não se pode ficar no plano nacional.

— Sem dúvida — respondi. — Mas é preciso começar vencendo a partida nesse plano.

Houve um silêncio. Madeleine escutava o acordeão, sorrindo. Hélène balançava as pernas como uma estudante travessa. Eu não estava interessado em continuar a discussão. Sabia perfeitamente que a França não estava sozinha no mundo. Nem eu estava sozinho; mas havia conseguido organizar ao meu

O sangue dos outros

redor uma vida sem compromissos, sem privilégios, não devendo nada a pessoa alguma e não podendo representar para ninguém uma fonte de desgraças. Sorri para Madeleine: pairava em seu rosto uma expressão beatífica e tranquila. Eu não lhe consagrava, sem dúvida, uma parte muito grande de mim mesmo, mas ela não esperava mais: não saberia o que fazer. Só lhe era possível viver assim, ao sabor das circunstâncias, e os momentos que passava comigo ainda eram os melhores de sua existência. Eu só me sentia responsável por mim mesmo, e essa responsabilidade, eu a assumia em paz: eu era aquilo que desejava ser, minha vida não se distinguia do plano intencional que eu traçara. Entretanto, você, por cima da mesinha de ferro, observava esse rosto que eu não havia escolhido.

— Você, naturalmente, não sabe dançar, não é?

— Já soube, mas receio ter esquecido.

— Experimente — disse Madeleine.

Ela examinava Hélène sem hostilidade nem simpatia, de uma vez por todas, a fim de não mais precisar pensar nela.

— Vamos experimentar — disse eu.

Enlacei Hélène; eu havia esquecido tudo, mas bastava que eu me deixasse levar, pois ela dançava por dois.

— Quem é essa pessoa que está com você? — perguntou.

— Uma amiga.

— Também cuida dessas histórias de sindicatos?

— De modo algum. Isso a aborrece tanto quanto a você.

— O que faz ela?

— Nada.

— Nada? — Encarou-me com aquele jeito de quem exige explicações. — Por que é que você sai com ela?

— Porque gosto dela.

— E ela?

— Também gosta de mim — respondi um pouco secamente.

Houve um momento de silêncio.

— Era engraçado ver você trepado naquele estrado há pouco — disse ela.

Eu sorri.

— Devo tê-la aborrecido bastante.

Olhou-me muito séria.

— Não. Procurei compreender. Interessou-me o que você disse sobre a liberdade.

— Quem sabe? Talvez seja um começo. Você pode acabar se apaixonando pelas questões sociais.

— Isso me surpreenderia. — Olhou em redor. — Evidentemente a impressão é intensa, quando estamos assim envolvidos pela multidão: dançamos e cantamos com os outros. Mas assim que paramos, parece-me que ficamos nauseados como depois de uma bebedeira.

— Certamente. Mas um trabalho político ou sindical não tem nada a ver com essas manifestações.

Ela refletiu.

— O que realmente me agradou em seu discurso foi o fato de você parecer admitir que as pessoas existem uma a uma, cada uma por si e não apenas em grandes massas...

— As massas são constituídas de indivíduos que existem um a um; não é o número que importa.

— Ah! Você pensa mesmo assim?! — exclamou. Seu rosto iluminou-se. — Paul parece sempre acreditar que somos apenas formigas num formigueiro. Tudo que fazemos ou sentimos parece, então, ter tão pouca importância! A vida nesse caso não vale mesmo a pena.

Dançava, a cabeça um pouco inclinada para trás, os cabelos louros flutuando em liberdade em torno do rostinho fino: brilhavam ao sol, e sua blusa branca resplandecia de luz. Ainda mais, porém, do que os cabelos, a cútis de criança ou o azul dos olhos, o que lhe conferia tamanho esplendor era aquela chama de vida projetando-se no futuro. Seu olhar pousava em minha fronte, no céu, sondava o horizonte para lhe arrancar todas as promessas, suas pernas tremiam num ímpeto contido: o mundo estava diante de você, tão vasto, era uma presa tão bela! Acabou-se o futuro e o mundo se apaga. Estão fechados os seus olhos, as imagens giram em sua cabeça latejante, como esse sangue que corre de seu coração para seu coração; mesmo quando suas pálpebras se erguem, as coisas aí estão, evidentes e inertes, como num sonho, não mais se distinguindo de você mesma; o mundo perde a esperança para fundir-se em você; vai diminuindo até reduzir-se a esse tênue clarão que empalidece, que se vai apagar. O futuro se retrai para a imobilidade do instante: só haverá, dentro em pouco, um presente coincidindo exatamente consigo mesmo; o tempo deixará de existir, não mais existirá o mundo, não haverá mais ninguém. Você dançava, colada a mim, e já se tecia entre nós esse laço que me prende à sua agonia; eu já havia penetrado involuntariamente em sua vida a fim de ficar um dia sozinho assim, involuntariamente, às portas de sua morte.

A música cessou. Hélène lançou um olhar desconsolado para o tablado florido. "Que pena! Eu teria gostado tanto de continuar a conversar!"

O sangue dos outros

— Dançaremos de novo daqui a pouco.
Sacudiu os ombros, irritada.
— Não é nada interessante quando é preciso interromper-se a cada momento.
Vibrava-lhe na voz uma solicitação imperiosa, mas me fingi de surdo. Voltamos a nossos lugares. Madeleine e Perrier conversavam; ela se dava bem com ele, sorria-lhe. Eu apreciava aqueles sorrisos com os quais ela parecia jamais concordar; não lhe faltaria um certo encanto se ela consentisse em deixar o rosto expandir-se; apesar da expressão taciturna, havia algo de atraente em seus gestos lentos, em seu corpo roliço e no olhar distante.
Hélène aspirou com um canudo as gotas rosadas suspensas às paredes do copo.
— Gostaria de beber mais um — disse ela.
Balançava de novo as pernas, com um ar impertinente e aborrecido.
— Resolvemos ir jantar juntos, todos quatro — disse Madeleine. — Está de acordo?
— Claro que estou de acordo! Aonde iremos?
Não era pergunta a que se pudesse responder depressa. Madeleine era sensível aos ambientes: havia lugares em que se sentia indefesa, como um animal acossado, e outros, mais propícios, onde ela podia esquecer um instante o medo que lhe inspirava o mundo. Começamos a discutir. Hélène calava-se afetadamente; haviam-lhe trazido um segundo refresco e, com o canudo, ela soprava bolhas de ar no líquido cor-de-rosa. Levantou-se bruscamente:
— Você prometeu dançar mais uma vez.
Levantei-me também, satisfeito, e dançamos algum tempo em silêncio; mas ela gemeu, de repente.
— Oh! Que dor de cabeça!
Parei.
— Quer ir sentar-se?
— Se você fosse bonzinho iria me arranjar um comprimido de aspirina.
— Vou já.
Saí depressa; encontrei fechada a primeira farmácia e tive de prosseguir até a Câmara Municipal; estava satisfeito de poder prestar um favor a Hélène: eu teria gostado de fazer alguma coisa por ela se não sentisse que o menor gesto meu poderia pô-la em perigo.
Coloquei três comprimidos de aspirina sobre a mesa. Hélène estava sentada sozinha diante dos quatro copos vazios.
— Onde estão os outros?

— Foram na frente reservar uma mesa. Disseram que, se não se apressassem, não encontrariam mais lugar em parte alguma.

— Para onde foram?

— Para o Demory, na rua Broca.

— Tão longe! — estranhei. — Vamos encontrá-los. Não vai tomar o comprimido?

— Já não está doendo tanto. Prefiro esperar um pouco.

Saímos alegremente pelas ruas onde se atenuava e abrandava o calor do dia. Aquele imprevisto passeio a dois não me aborrecia de modo algum; pelo contrário. Procurava responder o melhor possível às perguntas com que ela me bombardeava; Poderia se dizer que me tomava pela própria Divindade.

— Em suma — perguntou —, por que vivemos nós?

Estávamos entrando no Demory; caminhei até o fundo da sala: nem Madeleine nem Paul ali estavam.

— Você tem certeza de que o encontro era aqui?

— Tenho...

— Você não me parece estar tão certa assim...

— Tenho certeza absoluta. — Dirigiu-se para uma mesa. — Só temos que sentar e esperar.

— Não hão de demorar — concordei.

Hélène apoiou o queixo na palma da mão.

— Explique-me — recomeçou ela. — Por que motivo vivemos?

— Não sou nenhum evangelho — disse eu, um tanto embaraçado.

— Mas, enfim! Você sabe por que vive. — Examinou atentamente os dedos que abria em leque. — Eu não sei.

— Há, com toda a certeza, coisas de que você gosta, coisas que deseja...

— Gosto de chocolate e de belas bicicletas — disse sorrindo.

— Antes isso que nada.

Olhou de novo para os dedos; parecia de repente entristecida.

— Quando eu era pequena, acreditava em Deus; era ótimo; exigia-se alguma coisa de mim, a cada instante; parecia-me, então, que eu *devia* existir. Era uma necessidade.

Sorri-lhe com simpatia.

— Penso que seu mal é achar que os seus motivos para existir deveriam descer-lhe prontinhos do céu: nós é que temos de criar.

— Mas não podemos acreditar neles quando sabemos que somos nós mesmos que os criamos. É apenas uma forma de nos iludirmos.

O sangue dos outros

— Por quê? Ninguém cria assim no ar; cria-se levado pelo amor, por alguma aspiração, e o que foi assim criado ergue-se diante de nós, sólido, real.

Não desviava os olhos da porta, enquanto falava. Começava a inquietar-me. Essa história toda me parecia suspeita. Por que não tinham eles esperado dez minutos? Madeleine jamais fora sujeita a essas crises de açodamento prático.

— É estranha essa demora. Será que você não confundiu tudo?

— Claro que não — disse ela um pouco impaciente. — Devem ter ido dar uma volta antes de vir. — Mergulhou de novo os olhos nos meus. — Como é que podemos extrair de nós mesmos motivos válidos para viver, já que temos de morrer?

— Isso não altera nada.

— Pois eu acho que altera tudo.

Olhou-me curiosamente.

— Não lhe importa saber que um dia não estará mais aqui, que nem sequer haverá alguém que se lembre de você?

— Que importância terá isso, se eu houver vivido como pretendia?

— Mas, para ser interessante, a vida deve assemelhar-se a uma ascensão: sobe-se um degrau, depois outro, e mais outro, e cada degrau prepara o seguinte. — Deu de ombros. — E então, se tudo deve desabar quando alcançamos o cume... tudo se torna absurdo desde o início. Não acha?

— Não — respondi, distraído.

Minha atenção se desviara da conversa; estava realmente preocupado.

— Escute — disse eu. — Vou tomar um táxi e percorrer os restaurantes de que falamos. Você fica aqui. Se eles chegarem, diga-lhes que voltarei dentro de um quarto de hora.

Olhou-me com ar sorrateiro.

— Estamos passando muito bem sem eles.

— Tenho certeza de que você se enganou. Estão nos esperando noutro lugar.

— Eles que esperem — disse irritada.

Levantei-me.

— Não é isso que você quer dizer.

— É isso mesmo.

— Mas eu não.

Atirou-me um olhar triunfante.

— Em todo caso não vale a pena ir procurá-los: você não os encontrará.

— Por quê?

Passou a língua nos lábios.

— Despachei-os para a outra extremidade de Paris.

Encarei-a, sem compreender.

— Disse que você se tinha lembrado de repente de um encontro, que eles deveriam ir na frente para reservar seus lugares no restaurante e que iríamos encontrá-los.

— Em que restaurante?

Olhou em redor, com ar matreiro.

— Um outro, muito diferente.

Eu estava contrariado; já havia pessoas demais que tratavam Madeleine sem consideração. Era razão de sobra para que eu fizesse questão de jamais a desconsiderar.

— Por que fez essa tolice?

— Queria conversar com você.

— Pois bem! Já conversamos. Diga agora onde eles nos esperam e vamos depressa.

Balançou a cabeça.

— Não digo.

— Mas isso é absurdo! Você sabe que não me obrigará a conversar à força!

Apertou os lábios, sem responder. Levantei-me.

—Voltarei para casa se você se recusar a responder.

Sua fisionomia endureceu.

— Pode voltar.

—Você está estragando uma tarde que poderia ter sido agradável.

— Ora! — Deu de ombros, enfurecida. — Já era aborrecido demais, há pouco.

— E para não se aborrecer, você não hesita em mortificar três pessoas? Você não passa de uma egoísta!

O sangue afluiu-lhe ao rosto.

— Fico radiante de poder chateá-lo um pouco! Você é tão duro para comigo!

— Não sou duro. Não quero me meter num caso com você.

Empurrei a porta da cervejaria e dirigi-me a grandes passadas para o ponto de meu ônibus: ela corria a meu lado.

— É por causa daquela feiosa?

Sufocava de ciúme, com um despudor que me fez rir por dentro. Eu jamais tinha visto uma mulher tão ignorante dos artifícios femininos.

— Madeleine não tem nada a ver com isso.

Era verdade; nenhum compromisso nos ligava; encontrávamo-nos diariamente durante certos períodos e depois Madeleine desaparecia semanas a fio; contava-me ingenuamente suas decepções sentimentais. Se eu tivesse tido aventuras, se me houvesse apaixonado por alguma mulher, eu lho diria, sem constrangimento.

— Está dispensada de me acompanhar.

Alonguei ainda mais os passos. O melhor seria contar a Madeleine a história toda: era fácil feri-la nas pequeninas coisas, mas era capaz de aceitar tudo, desde que se cuidasse de poupar suas suscetibilidades.

Alcancei a praça dos Gobelins; os terraços dos cafés estavam repletos até a calçada; as lâmpadas se achavam acesas, lanternas japonesas balouçavam nas árvores. Ouvi atrás de mim uma vozinha sem fôlego:

— Espere por mim.

Voltei-me. Você chegou pertinho de mim e olhou-me: olhou-me com insistência tão misteriosa que tive a impressão de que seus olhos estavam tornando a me criar! Já não sabia direito quem você estava vendo. Você recuperou o fôlego.

—Vou lhe dizer onde eles estão: mandei que fossem ao Port-Salut.

—Vamos depressa; não é longe daqui. Não vamos chegar atrasados demais.

— Não estou com vontade de ir.

Você me estendeu a mão e disse, baixando a cabeça: "Até logo; eu lhe peço desculpas." Senti nos braços um enorme impulso para aconchegá-la a mim, apertá-la contra meu coração. Em meus braços, o gesto parecia tão fácil: fácil de fazer e fácil de desfazer; um gesto transparente e apenas semelhante a si mesmo. Mantive, porém, os braços colados ao corpo. Um gesto, e Jacques morreu. Um gesto, e uma coisa nova surge no mundo, uma coisa criada por mim e que se desenvolve fora de mim, sem mim, arrastando após si avalanchas imprevisíveis. "Ele apertou-me nos braços." Sob aquele olhar, eu já sentia meu rosto escapar-me: em que se teria transformado dentro de seu coração o acontecimento opaco com que eu sobrecarregaria seu passado? Apertei-lhe a mão com indiferença, deixei-a ir, sozinha, pelas ruas em festa: você chorava e eu não o sabia. Segui meu caminho, ainda me acreditando também sozinho, e acariciando, à vontade, um vago pesar. Como se todos os beijos que não lhe havia dado não nos houvessem amarrado um ao outro tão fortemente quanto os mais ardentes abraços; tão fortemente quanto esses beijos que não mais lhe darei, as palavras que não mais lhe direi e que me ligam para sempre a você, meu único amor.

IV
— CAPÍTULO —

Hélène espreguiçou-se; enroscara-se toda diante da lareira e as labaredas lhe tostavam o rosto. Yvonne, de olhos baixos, costurava: a agulha penetrava com regularidade mecânica no pedaço de seda vermelha. Um dia mole e cinzento esbarrava contra as vidraças do quarto. "Pronto!", pensou Hélène, "Vai começar. Está começando." Apertou um pedaço de casca dourada e um pouco de resina umedeceu-lhe os dedos.

— Não gosto dos domingos.

— Pois eu gosto — respondeu Yvonne.

Domingo, segunda... não devia fazer nenhuma diferença para ela. Ficava em casa aos domingos, mas continuava a costurar: nunca parava de costurar. Houve, no meio das cinzas, uma pequenina detonação seca.

— Você se lembra? — perguntou Yvonne. — Que explosão, quando assamos castanhas pela primeira vez!

— Foi mesmo! — concordou Hélène, e acrescentou saudosa: — Como nós nos divertíamos! — Meteu as pinças na cinza quente. — Acho que já estão assadas.

Uma voz chamou, na sala ao lado: "Yvonne!"

— Já vou!

Yvonne pousou o trabalho, fez uma careta para Hélène e saiu do quarto. Hélène descascou uma castanha e meteu-a toda na boca; seus dedos recendiam a madeira queimada, tangerina e tabaco: um cheiro gostoso; a castanha estalava entre os dentes, fazia calor. "Tudo isso existe", pensou. Mas não era verdade: em torno dela havia somente o vácuo. "Pronto! Já começou! Como detesto sofrer!" Fechou os olhos. O rádio cantava, no apartamento vizinho: "Toda estrada tem pedras, em toda estrada há tristezas." Hélène não procurava reagir; era inútil. Um ano, e posso contar nos dedos as vezes em que o vi. E agora, somente ele existe.

— Sabe o que ela queria? — perguntou Yvonne, rindo. — Que eu lhe limpasse o nariz. Decidiu que tirar os braços de baixo dos lençóis provocava-lhe angústia.

Hélène conservou o rosto voltado para as chamas, para que Yvonne não lhe percebesse os olhos nublados.

— Você não deveria ceder sempre.

O sangue dos outros

— Ora! São os seus únicos prazeres!
— O prazer de a perseguir. Ela está tão doente quanto você ou eu.
— Em todo caso, ela não deve se divertir muito.

Yvonne retomara o trabalho e Hélène lhe depositou no colo um punhado de castanhas.

— Estão ótimas! — comentou Yvonne. — Torradinhas, um pouquinho queimadas, exatamente como eu gosto! — Lançou a Hélène um olhar rápido e sentenciou: — Você não sabe tirar bastante proveito das pequenas alegrias da vida.

— Idiota!

Yvonne tinha, com certeza, adivinhado, mas nunca faria perguntas; sabia ver, compreender e calar; todos, junto dela, se sentiam com segurança.

— Tenho certeza de que você vai ficar acordada a noite toda hoje outra vez — disse Hélène com uma espécie de rancor.

— O que não tem remédio remediado está, não é? — Fez flocar a blusa rutilante. — Os vestidos das damas de honra engordam. Isso vai fazer um efeito de casamento. É pena que a noiva tenha o estômago abaixo do umbigo.

— Abaixo do umbigo?

— É tão magra que não há roupa que apareça. Vive revestida de borracha em volta das coxas e na barriga.

— O noivo vai ter uma surpresa! — disse Hélène.

Yvonne pôs-se a rir.

— Se você soubesse como há mulheres que são como caixas de surpresas! Muitas vezes, a costureira, quando entrega um vestido de baile, fornece também um busto.

A agulha penetrava na bainha, saía, tornava a penetrar. Era de alucinar! Nunca, nunca! Ele nunca me há de amar!

— Olhe — disse Yvonne. — Não estou querendo mandar você embora; mas se quiser mesmo estar em casa de Paul às seis horas...

— Que horas são?

— Seis em ponto.

Hélène bocejou.

— Vou indo devagarinho.

Paul. Minha vida, minha verdadeira vida. Já não tenho mais vida. Só esta ausência. Não vou tornar a vê-lo tão cedo. E ele nem se lembra de que não vai me ver; nem tem ideia de que não me ama. Tudo está completo ao seu redor. Eu não existo para ele, não existo de modo algum.

— Coitado do Paul! — Yvonne estava concentrada, enfiando a agulha.

— Coitado, por quê? — perguntou Hélène, pondo-se de pé. — Ele vai indo muito bem. — Vestiu o mantô, inclinou-se para Yvonne e beijou-lhe os cabelos negros. — Até amanhã. Estarei no Biard às seis horas.

— Até amanhã. Divirta-se!

— Divertir-me! Eu deveria ter vergonha! Agarrada a noite toda àquela blusa cor-de-rosa, com a louca gemendo no quarto pegado.

Hélène apressou o passo. Era estranho: Yvonne só vivia costurando, descascando batatas e cuidando de uma doente imaginária. Sua vida, no entanto, não parecia absurda; era até reconfortante saber que Yvonne existia, exatamente como era, inclinada sobre o trabalho no quarto solitário. "Será por minha culpa que minha vida é absurda?" Minha vida. Talvez houvesse sido suficiente dizer: é a minha vida. Mas Hélène não mais o podia dizer, não o queria. No entanto, nunca terei outra vida. Nunca. Nunca.

— Estou um pouco atrasada.

— Não faz mal — respondeu Paul. — O café ainda está quente. — Desobstruiu a poltrona e aproximou-a do aquecedor. — Sente-se aí!

Ele encheu uma xícara e estendeu-a para Hélène.

— É ótimo o seu café! — disse ela. — Você é um bom dono de casa.

— É! A mulher que se casar comigo não fará um mau negócio!

Sentou-se no braço da poltrona, e Hélène apoiou a cabeça contra ele. Alguns lenços secavam estendidos no cano de metal, e uma chaleira roncava, cheia de água fervendo.

— Pobre Paul — pensou Hélène, enternecida. — Eu deveria ser mais boazinha para com ele. Pobre Paul querido!

— Você vai ver que casinha gostosa hei de arranjar para nós. Eu lhe farei uma mesa de trabalho enorme, com uma bela madeira bem resistente e uma estante para os seus livros. Penduraremos suas aquarelas nas paredes, será uma beleza.

— Você é bonzinho!

Gostava de sentir aquela mão deslizando pelos seus cabelos, numa carícia lenta e monótona.

— Comprarei uma barraca e, no verão, iremos acampar aos domingos.

— Como você é bonzinho! — repetiu Hélène.

Diante de seus olhos desfilavam suavemente essas visões de felicidade modesta: o quartinho limpo, a carne cozinhando devagar, cercada de cebolas pequeninas, o cinema com os sorvetes durante o intervalo e os ramalhetes amarelos e lilases trazidos no porta-malas nas tardes de domingo. Era domingo e faziam-se projetos para domingos.

O sangue dos outros

—Você está bem? — perguntou Paul, apertando Hélène contra si.

— Estou bem, sim.

Vislumbrou, de súbito, a cabeça negra emergindo da gola olímpica do pulôver. "Ele está por aí, num lugar qualquer; agora, neste instante mesmo, ele existe, em carne e osso." A imagem dissipou-se. Um sonho sem consistência. Havia apenas aquela mão de carne tocando de leve a nuca de Hélène. Uns lábios pousaram em sua face, em suas têmporas, na comissura dos seus lábios, e uma pálida névoa açucarada envolveu Hélène: fechou os olhos. Entregava-se sem resistência àquele encantamento que a transmudava suavemente em planta; era uma árvore agora, um grande álamo prateado cujas folhas aveludadas a brisa de verão agitava. Uma boca ardente colava-se à sua boca, por sobre a blusa uma mão lhe acariciava os seios, as espáduas: espessavam-se em torno dela os tépidos vapores, sentiu dissolverem-se os ossos e os músculos; sua carne se tornava uma massa úmida e esponjosa, fervilhante de vidas obscuras: milhares de insetos picavam-na, zumbindo, com seus ferrões adocicados. Paul tomou-a nos braços, colocou-a no leito e estendeu-se ao lado dela: seus dedos teciam sobre o seu ventre uma túnica ardente. Respirou com esforço: era-lhe difícil respirar, mergulhava no coração da noite, afundava; de olhos fechados, paralisada por aquela rede de seda ardente, parecia-lhe que jamais voltaria à superfície do mundo, que ficaria para sempre fechada naquelas trevas viscosas, obscura e flácida medusa, para sempre deitada num leito de urtigas encantadas. Empurrou Paul com as duas mãos e ergueu-se.

— Solte-me — disse ela.

Pulou para fora da cama, sem olhá-lo. Suas faces ardiam; aproximou-se do espelho; seu rosto estava congestionado, os cabelos em desordem, a blusa amarrotada: sua imagem lhe causou horror. Tirou da bolsa um pente e o estojo de pó: o coração continuava a bater acelerado e não cessara ainda aquele pulular de insetos em seu corpo. Sobressaltou-se: Paul se aproximara e envolvia-lhe os ombros com os braços.

—Você não quer? Por quê?

Fizera a pergunta com voz clara, olhando-a bem de frente com seus olhos límpidos; ela desviou o olhar.

— Não sei.

Paul sorriu com carinho.

— Mas você não é mais uma garotinha! De que tem medo?

— Não estou com medo.

Desvencilhou-se e começou a passar o pente nos cabelos.

— Está com medo, sim. — Segurou-a pelos ombros, docemente. — É natural. As mulheres costumam ter medo, na primeira vez. Espanto-me somente por você, tão corajosa, deixar-se intimidar como as outras.

Examinava Hélène com ar perplexo: ela continuou a se pentear em silêncio; como podia ele discutir semelhante assunto com tamanha tranquilidade? Suas perguntas a embaraçavam, como se lhe houvesse pedido que se despisse diante dele.

— Com a confiança que existe entre nós, você bem poderia esquecer esse medo.

— Tem razão — concordou ela.

Não sabia o que dizer: que teriam a ver a confiança e a amizade com aquela solidão de larva de que seu corpo ainda se lembrava, cheio de angústia?

— Pois então? — disse Paul.

Tornava a abraçá-la; julgava-se naturalmente autorizado, visto que ela se calava. Mas Hélène retraiu-se, dizendo violentamente:

— Então, não estou com vontade.

Paul não a largou, mas o sangue lhe subiu ao rosto.

— Não é bem verdade.

Hélène deu uma risadinha.

— Escute, quem pode dizer sou eu.

— Eu também posso.

As faces de Hélène se abrasaram: ele tinha ouvidos para contar as batidas de seu coração, tinha olhos e mãos...

— Acontece somente que você se contrai logo. Mas se se deixasse levar...

— É claro que sinto alguma coisa quando um sujeito me bolina. — De furor, Hélène chegava a gaguejar. — Não sou feita de gelo, mas não vamos logo dizer que tenho vontade de ir para a cama com todos os cafajestes que se esfregam em mim no cinema.

— Por que motivo você leva as coisas para esse lado? Seria bom conversarmos sobre isso, de uma vez por todas.

— Não há nada a dizer — disse Hélène, controlando a voz. — Digamos que estou com medo; é tolice, já sei, mas tenha um pouquinho de paciência que há de acabar passando.

— Sua teimosa! — disse Paul.

Beijou-a no canto dos olhos; Hélène apertou os lábios: não tinha nenhuma vontade de bater-lhe, nem de colar-se à sua boca, nem de chorar; no entanto, era-lhe necessário contrair todos os músculos a fim de controlar a tempestade que rugia dentro dela.

O sangue dos outros

— Vamos sair — disse ela.
— Como queira.
Paul a acompanhou docilmente pela escada. Resignava-se, ainda uma vez, a não compreendê-la: ele se resignava depressa. Ela o olhou com um rancor logo transmudado em angústia. Não conseguia compreender-se a si mesma. Na rua, não fazia frio nem calor, e as pessoas subiam e desciam a avenida com passos lânguidos: tinha-se a impressão de que dentro deles acontecia o mesmo que fora: nem frio nem quente. Hélène sentia-se inteiramente friável e cinzenta. Os braços de Paul a teriam defendido contra a umidade insípida daquele domingo. Por que o tinha ela repelido? Aquela maré de tristeza no fundo de sua garganta, a opressão no estômago, a aridez em sua boca nada mais eram que o desejo.

— Vou lhe propor uma coisa — disse Paul. — Por que não nos casamos logo?
— Casar-nos?
— Isso mesmo.

Hélène ficou um momento aturdida; aquele casamento era como o fundo misterioso da noite: fazia parte dos mitos em que todo o mundo fala com seriedade, mas nos quais ninguém acredita de verdade.

— Mas onde iríamos morar?
— Em minha casa; hei de dar um jeito. Não há nenhuma razão para você continuar com sua família até a primavera. — Apertou o braço de Hélène. — Coitadinha! compreende-se que você esteja nervosa; aquilo não é vida.

Olhou-o com rancor. Tinha vontade de lhe gritar: não seja tão bonzinho! Tinha ímpetos de lhe dilacerar o rosto para obrigá-lo finalmente a deixar de insistir naquela gentileza absurda. Que coisa estúpida! Ele a amava e ela não o amava, e aquele que ela amava não a amava.

— Isso não iria alterar muito as coisas, pois eu não poderia trabalhar naquela gaiola. Enquanto não tivermos o apartamento, serei obrigada, de qualquer forma, a ir passar os dias na rua Saint-Jacques.

— Há de alterar muita coisa, sim.
— Não poderei estar mais tempo em sua companhia.
— Mas nossas relações serão muito diferentes.

Um rubor de humilhação e de cólera incendiou o rosto de Hélène. "Ele acha que estou precisando de um homem; algumas boas noites de amor haveriam de me equilibrar."

— Já disse que não estou ansiando por essas relações — lançou num desafio.

— Mas, afinal, você pretende ficar virgem a vida toda?
— Acha que você é o único homem no mundo com quem eu poderia dormir?

Paul olhou para ela com um ar de censura.

— Escute, Hélène: desculpe-me se não fui muito jeitoso, ainda agora. Mas não seja tão desagradável: você bem sabe que eu só quero é vê-la feliz. Vamos conversar com calma.

Estava sendo injusta e má, bem o sabia; mas ela queria turvar aquelas águas límpidas. Ele estava demasiadamente seguro de que ela o amava. Era esse o seu crime? Pouco importava; ele devia ter, com toda a certeza, alguma culpa, já que ela desejava tão ansiosamente feri-lo.

— Falando com calma — disse ela —, por que motivo decretou você que eu devo me meter na sua cama?

— Ora! Chega! — exclamou Paul, impaciente.

Ela sorriu, satisfeita; era difícil irritá-lo, mas ela o conseguia por vezes.

— Não estou brincando. Já que você quer conversar, vamos conversar seriamente. Por quê?

— Pensei que você me amasse — retrucou Paul com ironia.

— E você?

— Eu, o quê?

— Você me ama?

Ele levantou os ombros.

— O que é que você está querendo? O que querem dizer todas essas perguntas idiotas?

— Oh! Eu sei! Já se sabe que nós nos amamos; já se sabe disso há muito tempo. É um escândalo procurar saber o que isso significa.

— Pois me parece claro — disse Paul.

— Mas não a mim — insistiu Hélène. Olhou-o com ar provocante. — Será que você se mataria se eu morresse?

— Não seja infantil!

— Você não se mataria. E se tivesse de escolher entre a minha pessoa e seu trabalho político, o que escolheria?

— Hélène, já lhe disse cinquenta vezes que meu trabalho sou eu mesmo. Não posso escolher não ser o que sou. Mas, tal como sou, eu a amo. Meu único desejo é tudo compartilhar com você.

— Sou útil à sua felicidade, mas não lhe sou necessária para viver.

— Quem é necessário e a quem? Sempre se vive.

— Vive-se.

O sangue dos outros

Para Paul, os anos de juventude passados em comum, seu acordo revoltado contra a mediocridade, o entendimento de seus corpos prestes a unir-se constituíam um laço bastante forte. Mas o amor era outra coisa. Era uma maldição.

— Mas você não é nenhuma romanesca! Será que gostaria que tivéssemos palpitações cada vez que nos encontrássemos e que ficássemos a trocar mechas de cabelos?

— É fácil zombar. Para você, para haver um amor basta que duas pessoas gostem de estar juntas e não repugnem fisicamente uma à outra.

— Diga logo — disse Paul. — Você acha que deixou de me amar?

A cólera vibrava em sua voz. Hélène ficou silenciosa: faltou-lhe, de súbito, a coragem.

— Não sei — murmurou ela.

Olhou ansiosamente para Paul: e se fosse perdê-lo? Só tinha a ele no mundo! O que seria dela?

— O quê? Você se aborrece comigo?

— Não — disse Hélène.

— Não gosta quando eu a beijo?

— Gosto.

— E então?

Iam atravessando os jardins do Observatório; uma fina camada de lama recobria a terra gelada, algumas folhas ainda pendiam das árvores.

— Pois então? — repetiu Paul.

— Eu gosto de você — disse ela, sem ânimo.

— Mas você acharia muito aborrecido passar a vida comigo?

Ele procurava rir, só que estava pouco à vontade, embora ainda julgasse, apesar de tudo, que aquilo não passava de um capricho de menina exaltada. Ela o havia tantas vezes maltratado sem razão.

— Acho que o casamento não me convém.

— Você estava fazendo projetos comigo, há menos de uma hora.

— Ora! É difícil contradizê-lo! — a voz de Hélène soava mais agressiva do que pretendia. — Você parecia tão seguro das coisas: não costumava pedir minha opinião.

— Você, em geral, não se acanha de manifestá-la, sem esperar nenhum convite — disse Paul. Encarou Hélène, cheio de incerteza. Depois disse, em tom conciliador: — Você está zangada comigo e diz seja o que for para me aborrecer.

— Mas estou dizendo a verdade. Parece-lhe tão extraordinário que eu não esteja morrendo de vontade de me casar com você?

Paul estacou e pôs a mão na grade que cercava o jardim.

— É verdade mesmo? Você não me ama?

Ela não respondeu.

— Mentiu-me, então, durante todo esse tempo.

Havia adotado aquela voz firme e incisiva de que só se utilizava nas discussões políticas; seus traços haviam endurecido. Hélène sentiu-se, de repente, intimidada; ele não mais lhe pertencia, estava ali, diante dela, julgando-a.

— Eu não menti — disse ela. — Gosto muito de você.

Lançou-lhe um olhar suplicante: portara-se tão mal para com ele! Era preciso que ele não o percebesse, senão ela iria sentir-se acabrunhada de vergonha.

— Não jogue com as palavras. Você deveria ter me avisado de que havia um mal-entendido entre nós.

— Mas eu tentei — disse Hélène.

— Você me fez mais de cinquenta cenas absurdas, mas nunca me falou honestamente.

Os olhos de Hélène se encheram de lágrimas: parecia que ele a estava desprezando de verdade; já teria isso acontecido alguma vez, sem que ela o percebesse? Teve subitamente a impressão de que fora somente por complacência que ele consentira em ser manobrado por ela.

— Tive medo de fazê-lo zangar-se — disse ela lastimosamente.

— Hélène! Você sabe mesmo o que está dizendo?

Desprezava-a realmente; seus olhos se haviam tornado sombrios; não se podia mais ler neles; eram alucinantes todos aqueles pensamentos em sua cabeça e que ela não mais podia dominar. Hélène se pôs a chorar.

— Oh! Deixe-se de choradeiras! — disse Paul.

Hélène mordeu os lábios; comportara-se durante todo esse tempo como uma criança mimada; não seria ela capaz de lhe responder de igual para igual?

— O que aconteceu foi somente que eu nunca analisei meus sentimentos; estava habituada a achar que o amava.

— E como veio a perceber que não era verdade?

Ela não teve coragem de lhe enfrentar o olhar.

— Pouco a pouco — disse evasivamente.

Ele agarrou-lhe o braço.

— Você gosta de outro?

Era ele agora quem lia nela; ele era rápido demais e ela não sabia o que inventar; ia perdê-lo e não queria perdê-lo.

— Quem é?

O sangue dos outros

— Não é isso.

Ele deu de ombros.

— Não quer dizer?

O que deveria ela dizer? Jamais imaginara que gostasse tanto de Paul. Ele nunca lhe havia parecido tão opaco, tão real!

— Está bem — disse Paul. — Boa noite.

Virou as costas e já tinha partido antes que ela esboçasse um gesto. Pôs-se a correr.

— Paul!

Ele se voltou.

— O que é que você quer?

Ficou diante dele, interditada; não queria perdê-lo; queria que ele continuasse a amá-la, sem esperar retribuição; não havia palavras para exprimir isso.

— Bom, quando resolver falar, mande me avisar.

Ficou olhando-o afastar-se. "Ele me acha nojenta!", pensou, desesperada. "Fui mesmo uma nojenta com ele." Deixou-se cair sobre um banco úmido. "Não tenho mais ninguém, agora. Por minha culpa." As lágrimas a sufocavam. Ele não chorara, sabia se comportar; mas sofria por causa dela. "Nunca me preocupei com ele; só queria tê-lo a meu lado, fiel e reconfortante. Covarde, injusta, leviana, traidora. Sórdida, fui uma sórdida", repetiu, cheia de desespero. Era intolerável o remorso que a devorava; um remorso inútil que não apagava nenhuma culpa. "Perdão..." Não havia, porém, mais nenhum céu para o qual a alma pudesse arrojar-se, liberta do peso de seu passado; permanecia atolada em si mesma, tão vã, tão solitária quanto um morto sepultado na terra.

"Quero vê-lo." Hélène levantou-se e saiu a correr. "Vai dizer que devo ir me entender com Paul. Mas é ele que eu quero ver." Saltou sobre o degrau do ônibus. Tanto pior para o seu rosto impassível, tanto pior para suas palavras gélidas. Era preciso que ele soubesse. Tudo se tornava menos horrível desde que pudesse pensar que ele ia saber. A tarde opressiva, o remorso, a angústia: tudo isso começaria a existir para ele e então não haveria mais nada a lamentar, nada mais a desejar.

Hélène desceu do ônibus. Rua Sauffroy. A rua dele. A casa dele. Um calafrio percorreu-lhe a espinha. O mundo era tão repleto ao redor dele, que mal se podia respirar; chegando-se diante dele, o ar faltava completamente, sufocava-se. Terceiro andar à esquerda. Qual era a sua janela? Havia tantas, algumas escuras, outras iluminadas. "Será que terei coragem?" De vez em quando, ele lhe atirava a migalha de uma hora de sua presença; mas se a achasse indiscreta, se se zangasse, talvez se prevalecesse disso para não mais a ver. Subiu a escada. Percebia-se luz sob a sua porta: pensou, com o coração batendo: "Ele está aí, em carne e osso." Reteve a respiração: havia percebido um murmúrio de vozes.

Desceu a escada, correndo. Suas faces queimavam: "O que é que vou fazer?" Ficou olhando a casa: nem cogitava ir embora; a vida estava ali. Encostou-se a uma parede e contou as janelas. A vida toda atrás daquele pequeno retângulo luminoso.

O retângulo escureceu. Hélène recuou e esgueirou-se para trás de um portão. Estava entorpecida de frio: devia ter ficado muito tempo imóvel. Esperou alguns minutos e Madeleine transpôs a porta do edifício. Blomart a acompanhava e tomou-lhe o braço. Por que ela? Por que razão ele a amava? "Eu a devia ter olhado melhor", pensou Hélène. Tinha-a achado feia, velha e tola, mas devia haver nela algo de mais precioso que a beleza, que a inteligência, visto que ele a amava. Hélène adiantou-se, com cautela, colada ao muro. Madeleine usava um leve mantô azul com uma echarpe vermelha e um chapéu de feltro que lhe escondia metade do rosto.

Entraram num restaurante. Era um pequeno restaurante todo pintado de amarelo, precedido de uma espécie de recinto fechado por uma grade de madeira, servindo, provavelmente, de terraço, durante o verão. Hélène aproximou-se da vidraça. Os dois se haviam sentado, um em face do outro; avistava-se o perfil de Blomart segurando o cardápio. Costumava vir, certamente, com frequência, àquele lugar. Hélène examinou a garçonete, o balcão de zinco, o aparador com as cestas de pão, as frutas e o volumoso salsichão. Era decepcionante, em certo sentido; não se podia adivinhar por que motivo ele havia preferido aquele restaurante e não um outro qualquer; os galheteiros, as toalhas de papel não esclareciam coisa alguma, salvo quanto a si mesmos: nada poderiam revelar a respeito de Blomart, por mais que se tentasse analisá-los. E, no entanto, Hélène sentia-se satisfeita: não teria conseguido jamais imaginar por si mesma essa ambiência que lhe era assim oferecida, sem nenhum esforço, de uma só vez, com exatidão.

"Que estão eles comendo?" Pôs-se nas pontas dos pés, mas mal podia enxergar a mesa. Era estranho pensar que ele comia como uma pessoa qualquer. Olhava a comida no prato, percebia-lhe o gosto, mastigava-a com atenção. Hélène tinha a impressão de que ele comia por mera condescendência, para não ser diferente dos outros; parecia não ter desejos nem necessidades. Não dependia de ninguém, nem de nada, nem sequer de seu próprio corpo.

O sangue dos outros

Afastou-se da vidraça: "Eu deveria ir embora." Voltariam juntos, sem dúvida, e ela não poderia falar com Blomart. "Vou-me embora." Aniquilar-se de novo; e aniquilar ao mesmo tempo a esperança, a decepção, a fadiga: não, não tinha coragem. Havia, pelo menos, aquela expectativa; se desistisse, não haveria mais nada: nem ausência, nem presença, absolutamente nada. Oito horas. Seria preciso, então, telefonar. Mas a sala de jantar tornara-se tão distante, com seus pratos de porcelana e seu cheiro de chocolate velho; não era concebível que se pudesse fazê-la surgir da extremidade de um fio. Um abismo separava aquele mundo de vegetações lânguidas das ruas iluminadas pela presença de Blomart.

Estremeceu. "Aonde vão eles?" Estavam saindo do restaurante. Deslizou novamente atrás deles. Vê-lo, segui-lo, estabelecia um laço entre ambos. Irei segui-los durante toda a noite. Sentiu um nó na garganta. Tinham se aproximado da entrada do metrô, apertavam-se as mãos. Madeleine desceu a escada e Blomart afastou-se.

Hélène ocultou-se atrás de um poste para deixá-lo passar: não desejava perturbar imediatamente sua solidão. Sozinho. Existia agora somente para si mesmo. "Como será dentro de sua cabeça?" Caminhava agora mais rapidamente que antes, quando ao lado de Madeleine, com passos um tanto pesados. Era ele mesmo, verdadeiramente, naquele instante. Era fascinante vê-lo existir em face de si mesmo, em sua verdade absoluta.

— Boa noite — disse Hélène, tocando-lhe o braço.
Ele voltou-se.
— O que está fazendo aqui?
— Seguindo-o.
— Há muito tempo?
— Segui você a noite toda.

Ela sorria: era difícil falar, sorrir, recebendo aquele rosto, assim, em pleno coração. Nunca podia recordar com exatidão aquele olhar a um tempo distante e acolhedor.

Ele a encarou, hesitando:
— Você tinha necessidade de me ver?
— Sim, preciso falar com você. Vamos até sua casa.
— Como queira.

Pôs-se a andar em silêncio, ao lado dele. Não atrás: ao lado. Vagueava, há pouco, em sua esteira, inconsistente como uma sombra; agora, estava ali, de verdade; aquelas ruas tinham acabado de penetrar em sua própria vida.

Ele próprio a convidava a subir essa escada por onde ela se tinha insinuado como uma intrusa.

— É aqui, então, que você mora!

— É. Isso parece espantá-la?

Estava sorrindo. Quando pensava nele, via-o sem idade, com o rosto severo e definitivo; esquecia o fulgor irônico de seus olhos, o frêmito das narinas, e esse ardor contido que lhe dava, por vezes, uma aparência de extrema juventude. Ele se aproximou da lareira e espertou os carvões avermelhados que enchiam a grade.

— Aqueça-se. Você parece que está enregelada.

— Estou muito bem.

O quarto dele. Contemplou o tapete, o divã forrado de um belo tecido estampado, as prateleiras carregadas de livros, os estranhos quadros pendurados às paredes. Ele dava a impressão de ser tão completamente responsável por si mesmo que nada parecia poder acontecer-lhe por acaso; contudo, também não era possível imaginá-lo escolhendo cuidadosamente os móveis. Era como se suas roupas, o ambiente em que vivia, os pratos que comia lhe houvessem sido atribuídos por toda a eternidade.

— E então? — Ele a examinava com curiosidade. — O que aconteceu?

— Pois bem! Aí está! — Hélène hesitou um segundo. — Rompi com Paul.

— Rompeu? Você quer dizer que brigaram?

— Não. Está tudo acabado mesmo.

— Por quê?

Blomart estava sentado à sua frente. Hélène não sentia mais nenhuma vontade de lhe contar suas histórias. Ele estava ali, nada mais tinha importância.

— Eu não o amo.

— Tem certeza?

— Absoluta.

Ele inclinou a cabeça para o fogo, parecendo um pouco preocupado. Estava pensando nela e nele também. Para ela, não havia necessidade alguma de pensar: sem preocupações, sem remorsos, podia descansar tranquilamente em suas mãos.

— E ele, o que diz?

— Não está nada satisfeito.

— Ele a ama. — Blomart olhou para ela. — Mesmo que não esteja apaixonada, acha que isso é motivo suficiente para um rompimento?

— Oh! Mas eu gostaria de continuar a vê-lo. Contanto que não se falasse mais em casamento, nem... nem em sentimentos — concluiu ela.

O sangue dos outros

Houve um silêncio.
— Quer que eu fale com ele?
— Não, não — respondeu Hélène. — Não há nada a dizer.
— Mas, então, que posso fazer?
— Nada. Não há nada a fazer.
— Por que veio ver-me então?
— Queria que você ficasse sabendo.
A fisionomia de Blomart se fechou.
— Está zangado por eu ter vindo? — perguntou ela.
— Parece-me que não havia muita necessidade.
— Naturalmente. Nunca lhe parece necessário ver-me!
Blomart mergulhou o atiçador entre os carvões incandescentes, sem responder. Está falando consigo mesmo. Está dizendo coisas para si mesmo, dentro de sua cabeça. Tantas coisas que não posso tomar conhecimento, sob esses cabelos negros que eu gostaria tanto de tocar.
— Já fiz o cálculo, sabe? Você me vê durante cerca de três horas por mês. Isso representa a ducentésima quadragésima parte de sua existência.
— Já lhe expliquei mais de vinte vezes...
— Suas razões não me convencem — disse Hélène, desviando o rosto. — Se receia que eu me apegue a você, já é tarde demais.
Ele se calara de novo, contemplando o fogo com um ar impenetrável.
— Em que está pensando? — perguntou ela.
— Estou pensando que não nos devemos mais ver.
Hélène agarrou os braços da poltrona.
— Ah! Mas eu não concordarei com isso! — exclamou. Apoderou-se dela um terror tão violento que teve a impressão de estarem a lhe arrancar as entranhas: — Irei esperá-lo todos os dias à saída da oficina, hei de segui-lo pelas ruas, eu...
— Não, você não vai fazer nada disso. Sabe muito bem que não conseguirá nada de mim com esses métodos.
Lágrimas de raiva inundaram os olhos de Hélène.
— Mas por quê? Por quê?
— Eu não a amo — respondeu ele, com dureza.
— Já sei que você não me ama. Não me incomodo — disse Hélène, com violência. — Não estou lhe pedindo que me ame.
— Paul a ama. E Paul é meu amigo. Além disso, há também Madeleine, que iria sofrer. E ela precisa de mim.
— Mas eu também preciso de você — soluçou ela.

— Não, você precisa de distrações. Há de esquecer-me mais depressa do que espera.

Tinha um aspecto inexorável: duas rugazinhas verticais lhe endureciam a fronte e sua voz era calma. Um rochedo.

— Não é verdade. Nunca poderei esquecê-lo: só que isso lhe será indiferente, desde que não ouça mais falar de mim; poderei ser tão infeliz quanto uma pedra, que você continuará com a consciência tranquila. — Sua voz se estrangulou. — Seu hipócrita ordinário!

— Você precisa ir embora agora.

Ela o encarou com um ar provocante e segurou com mais força os braços da poltrona.

— Não vou.

Ele levantou-se.

— Vou eu, então.

— Se você fizer isso... — estava sufocada —, se você fizer isso eu arrebentarei tudo, hei de rasgar todos os papéis...

— Não há nada de valor aqui. Divirta-se!

Apanhou o sobretudo e abriu a porta. Ela se precipitou.

— Não, não! Volte! — gritou.

Desceu a escada atrás dele, mas suas pernas eram longas e ele caminhava depressa. Ela estava perdendo o fôlego e ele já desaparecia na multidão de transeuntes. Virou uma esquina.

"Ele há de ver; ele há de ver." Hélène mordeu o lenço; ele não ia ver nada; ela não lhe podia fazer nenhum mal: ele estava fora de seu alcance. Encostou-se a um poste: tinha a sensação de que ia cair na calçada, desfalecida de raiva.

"Eu o odeio." Entrou num ônibus. Nunca, nunca, ele nunca haverá de amar-me. Lá estava o sofrimento, adocicado, nauseante. Não queria mergulhar naquele lodo tépido. Paul a ama. Será que ele me considera uma condenada a ir para a cama com Paul? Pois há de ver! Isso pelo menos ela podia fazer: maltratar-se a si mesma. Gostaria de ir para a sarjeta; dentro de um ano ele me encontraria numa esquina e eu lhe diria: "Vem, benzinho!", e ele perguntaria: "É você mesma?" Atirou um olhar provocante a um homem de meia-idade sentado diante dela. O homem a encarou e ela desviou os olhos. Sou uma covarde. Mas hei de ter coragem. Você precisa de distrações. Pois vai ver como vou me distrair. Vou me embriagar até estourar e depois vou me meter debaixo de um ônibus e Paul irá lhe contar: "Hélène meteu-se ontem à noite debaixo de um ônibus!" E ele há de fazer uma cara esquisita.

O sangue dos outros

Hélène desceu do ônibus, entrou num café e dirigiu-se para o telefone: "Alô! Eu queria falar com Pétrus."

Houve um ruído na extremidade do fio, um rumor de passos. Se não estiver em casa, telefonarei a Francis, a Tourniel, a um idiota qualquer. Pouco me importa.

— Alô?

— Alô! É Hélène.

— Veja só! Pensei que você tivesse morrido! Não é direito abandonar assim os amigos! Que fim você levou?

— Quer sair comigo esta noite?

— Você quer sair comigo?

— Estou chateada. Quero tomar um porre — disse Hélène.

Houve um silêncio.

— Então venha cair na água aqui em casa — disse Pétrus. — Tenho discos e um bom vinho do Porto.

— Está bem. Eu vou.

V
— CAPÍTULO —

Meu único amor. Será mesmo você? Pode-se ainda perguntar: você está aí? No entanto, aí está alguém que não é ninguém mais: é você. Seu aspecto mudou nesta última hora: parece estar sofrendo. Sua respiração está mais curta e a rede de suas veias transparece sob a pele pergaminhada. Você não havia escolhido isso: esse estertor, as gotas de suor em sua testa, as ondas arroxeadas que lhe sobem ao rosto, esse odor de morte que já se exala de seu corpo. "É a mim que cabe escolher." Quem escolheu? Sentada diante de mim, despenteada e pálida, você ingenuamente acreditava estar inteirinha ali; mas eu sabia que você estava também em outra parte, no fundo do futuro. Quem devia eu preferir? Fosse qual fosse a minha decisão, era sempre a você que eu estaria atraiçoando.

Eu acreditava, no entanto, que estivesse tudo acabado com Hélène. Não a vi durante três meses: tinha realmente rompido com Paul e nem ele sabia o que tinha acontecido. Julguei que ela se tivesse conformado, que me houvesse esquecido e estava aliviado: ela me assustava um pouco. Estava me barbeando, um sábado de manhã, quando bateram à porta. Abri e deparei com um rosto moreno desconhecido.

— É o sr. Jean Blomart? — perguntou.

Encarava-me com severidade. Era uma judiazinha magra, de olhos brilhantes.

— Sim, sou eu mesmo.

— Sou uma amiga de Hélène Bertrand. Yvonne. Preciso falar com o senhor.

Examinei-a, desconfiado. Hélène me falara nela com frequência: era sua cúmplice, sua alma danada. Que teriam elas tramado?

— Bem, de que se trata? Sente-se.

Sentou-se junto da lareira. O fogo não estava aceso.

— Hélène vai ter uma criança.

— Hélène? Que história é essa?

— Não é uma história. Isto é, Hélène não terá essa criança. Encontrei alguém que vai cuidar disso.

Não me olhava; olhava a grade cheia de carvões negros e frios. Eu não sabia o que pensar.

O sangue dos outros

— Escute! Por que vem me contar isso? Não tenho nada com isso.
Os olhos de Yvonne fuzilaram de cólera.
— Oh! Naturalmente!
— Basta falar com Paul! Hélène pode ter confiança nele.
— Ah! O senhor acha que a criança é de Paul? — perguntou ela.
Senti um estranho aperto no coração.
— Não é dele?
— É claro que não! —Yvonne sacudiu os ombros. — Hélène não pode de jeito algum ficar com essa criança, compreende?
— Está bem. Em que lhe posso ser útil? Precisa de dinheiro?
— Não. Ninguém precisa de seu dinheiro.
— Mas então?
Yvonne me olhou com ar hostil.
— Então é preciso que alguém passe a noite junto dela; eu não posso: tenho uma mãe louca e não posso afastar-me. Além disso, é preciso emprestar-lhe um quarto.

Eu a olhei, por minha vez, desconfiado. Tinha me deixado lograr tantas vezes por Hélène! Não se trataria de uma astúcia para passar uma noite comigo? Era impossível ler qualquer coisa nesses olhos que me evitavam.

— Eu o faria de boa vontade, se soubesse que essa história é verdadeira.
— Mas é verdade! — disse Yvonne, indignada. — Acha que alguém vai inventar uma coisa dessas por prazer?
— Com Hélène, nunca se pode saber.
— Oh! Isso é uma vergonha! Estou compreendendo por que ela não queria dirigir-se ao senhor...
— Ela não queria dirigir-se a mim?
— Não, e tinha razão. Só que não conhecíamos mais ninguém.
Hesitei.
— Entretanto, havia apenas Paul na vida de Hélène. O que aconteceu?
Passou um relâmpago nos olhos de Yvonne.
— O senhor a expulsou, uma noite. Veio pedir-lhe auxílio e o senhor a expulsou. Foi beber com uns amigos e... e aconteceu.
— E o tal amigo sabe?
— É um sujeito ordinário. Ela deixou de vê-lo, há muito tempo.
Houve um silêncio. Sim. Hélène era capaz de uma coisa daquelas. Porque eu a havia expulsado. Senti de novo o aperto no coração.
— A pessoa que vai cuidar de Hélène merece confiança?

— Parece que sim. Mas custei a encontrá-la. Perdemos muito tempo. Há um mês teria sido mais simples. — Acrescentou: — Não teríamos tido necessidade do senhor.

— O que terei de fazer?

— Somente ficar junto dela. Se ela tiver muita dor, faça-a respirar um pouco de éter. Se as coisas não correrem bem, se não estiver tudo em ordem amanhã, telefone para Littré 32-01 e chame a sra. Lucie em nome de Yvonne. Diga que a doente não está passando bem e ela virá imediatamente.

— Pode contar comigo. Diga a Hélène que a estou esperando.

— Ela virá, sem dúvida, lá pelas seis horas.

Yvonne hesitou um instante.

— Hélène quer que eu o previna de que essa história poderá lhe causar aborrecimentos, se não der certo.

— Não se preocupe comigo.

Levantou-se.

— Então, até logo.

Apertou minha mão, sem sorrir. Não me perdoava. Desceu a escada, virou a esquina, levando consigo minha imagem, censurando-a severamente.

Apanhei de novo o pincel e cobri o rosto de espuma de sabão. Era fácil criticar. Teria ela desejado que eu traísse Paul? Que abandonasse Madeleine? Não tinha nenhum dever para com Hélène. A navalha arranhou-me a pele. Com que olhos me olhara ela! Como se eu fosse um malfeitor. Pensei irritado: "Mas, afinal, não fui eu que a engravidei!" Repeti essas palavras em voz alta. Mas uma dúvida, insinuando-se em meu coração, dizia: "Não terei sido mesmo eu?"

— Será que não vou incomodá-lo demais? — perguntou Hélène.

— Claro que não!

Estava à porta de meu quarto, com um jeito tímido que eu não lhe conhecia; trazia um volumoso embrulho sob o braço. Minha última esperança se dissipou: Yvonne não havia mentido, não se tratava de nenhuma brincadeira. Sob o vestido azul de Hélène, debaixo de sua epiderme infantil, havia aquela coisa alimentada com seu sangue.

—Venha aquecer-se depressa — disse eu. Acendi um bom fogo.

Eu tinha posto flores sobre a mesa e lençóis limpos em minha cama. Olhou em redor, indecisa.

—Você se importaria de sair um momento, só para que eu me instale?

Apanhei o sobretudo.

— Quer que eu lhe traga alguma coisa?

O sangue dos outros

— Não, obrigada. — Acrescentou: — Pode voltar daqui a meia hora.

Fora, já estava escuro; passavam mulheres de braço com seus amantes; mulheres com risos escarlates de mulheres. Hélène teve um amante; um tipo ordinário; um tipo ordinário insinuou a mão sob o vestido dela, fez com que ela sofresse; ela vai sofrer, e é uma criança ainda. Nos armazéns iluminados, donas de casa compravam pão e presunto para a refeição noturna; iam comer e dormir; essa noite seria um simples traço de união entre o dia que findava e aquele que ia nascer. Mas num quarto havia Hélène com aquela coisa no ventre, e a noite seria um grande deserto escuro cheio de perigos, que devíamos atravessar sem auxílio. Quando voltei, ela estava deitada na cama; tinha vestido uma camisola branca e enfeitada com um bordado vermelho, uma camisola de colegial. O embrulho que trouxera debaixo do braço havia desaparecido.

— Como vai? — perguntei.

— Sinto-me esquisita.

Suas mãos estavam tremendo; percebi que seu corpo todo tremia; batia os dentes.

— Está com frio?

Sentei-me ao lado da cama e segurei-lhe a mão.

— Não, é nervoso — murmurou.

Seus dentes se entrechocavam, suas mãos se crispavam sobre o lençol.

— Eu lhe causo repugnância?

— Tolinha! Que ideia faz você de mim?

— É repugnante, sim — insistiu com voz entrecortada.

Uma lágrima lhe desceu pela face.

— Fique sossegada. Acalme-se.

O tremor foi cessando, pouco a pouco. Aquietou-se e olhou-me com ar mais alegre.

— Você deve estar furioso.

— Eu? Por quê?

— Não queria me ver nunca mais.

Levantei os ombros.

— Era para o seu benefício.

— Está vendo? Você calculou mal.

Olhei-a, desamparado. Era, então, verdade! Tinha sido eu! Tratara-a como a uma criança cheia de caprichos; era apenas uma menina. E já o seu corpo conhecia aquele sofrimento agudo de mulher. Sua boca crispou-se e ela ficou toda pálida.

— Está doendo?

Ficou imóvel, de olhos fechados.

— Passou — disse ela.

— Hélène, por que foi fazer isso?

— Eu queria me vingar.

— Mas que vingança estranha!

— Pensei que você teria remorsos, se soubesse. — Desta vez, todo o seu corpo se convulsionou e ela cravou as unhas em minha mão: — Oh! Como dói!

Não havia errado o golpe; tinha mesmo acertado mais do que esperava. A cada onda de dor, o desespero, o escândalo me assolavam ferozmente o coração. A dor amainava um instante e imediatamente ressurgia; tornava-se cada vez mais violenta. Fora eu quem a havia atirado para cima daquela cama. Não tinha consentido em penetrar em sua vida, tinha fugido e minha fuga lhe transtornara a vida. Eu recusara agir sobre seu destino e havia disposto dela tão brutalmente como se a houvesse violado. Você sofria por minha causa, porque eu existia. Quem me havia condenado?

Ouvia-se sob os lençóis um estranho borborigmo.

— Oh! Como dói!

Agarrava-se à minha mão como a um salva-vidas e olhava-me: minha mão apertava a dela e eu enxergava apenas os seus olhos esgazeados e o narizinho arrebitado no meio do rosto lívido.

"Coragem... Já vai passar. Vai passar." Eu ficava repetindo essas palavras, sem cessar. E a dor, sem cessar a atravessá-la com fúria. "Vai passar." E o tempo se escoava e aquilo não passava. Os olhos de Hélène se reviravam. Sentia, por vezes, que um grito agudo ia escapar de seus lábios e eu colocava então a mão sobre sua boca.

— Ai! Não aguento mais! Depressa, um instante de trégua, depressa! — Ela esperava, com um ricto maníaco, o fluxo e o refluxo da dor. — Depressa, uma trégua. Depressa, depressa!

Uma onda mais violenta que as outras empolgou-a, submergiu-a. Seu olhar apagou-se.

— Ai! Meu amor!

Meus olhos se encheram de lágrimas. Era injustiça demais! Eu não merecia um amor semelhante; não merecia seu sofrimento. Apenas pretendera não prejudicá-la. Perdão, minha pobre criança! Perdão, Hélène! Mas era tarde demais. *Ah! Seria demasiadamente simples! Não vá!* E no rosto inchado de pancadas, os olhos se reviram: carrasco! *Com o tórax esmagado pela coronha dos fuzis,*

O sangue dos outros

uma criança está morrendo porque os mais velhos não ousaram querer. "Perdão." Será tarde demais. Carrasco! Como tardava a chegar aquele alvorecer que eu gostaria de recuar para sempre. Como era longa aquela noite! Era tão longa quanto é curta esta noite sem esperança!

— Não aguento mais! — disse ela, num soluço. — Não acaba nunca! Não aguento mais!

Apanhei um pedaço de algodão e derramei sobre ele algumas gotas de éter; aproximei-o de suas narinas.

— Quem está aí? — perguntou.
— Sou eu, Blomart.

Seus olhos não me reconheceram.

— Espere. Volto já! — disse eu.

Ela não ouviu. Desci a escada. O ar frio me fez estremecer. Havia alguns transeuntes na avenida de Clichy; tinham dormido, acabavam de acordar e andavam com passo apressado naquela madrugada indecisa e triste como um rosto de recém-nascido; uma manhã novinha; para mim, entretanto, o dia ainda não estava abrindo as portas. Um garçom de avental azul limpava o balcão com um pano.

— Eu queria telefonar.
— Tome.

Recebi a ficha e liguei para Littré 32-01.

— Mas o que está acontecendo? — perguntou uma voz.
— Não sei. Não vai bem. Eu preciso que a senhora venha.
— A esta hora? Não vou encontrar nenhum táxi!
— Garanto-lhe que ela não está nada bem.

Senti a mulher hesitando no outro lado da linha.

— O senhor, pelo menos, não me está incomodando à toa?
— Não. Ela está sofrendo há doze horas. Já não aguenta mais.
— É que sou uma mulher velha — explicou a voz. — Não me é nada fácil sair. Enfim! Está bem! Já vou.

Voltei para casa, para meu lugar junto de Hélène.

Seus olhos continuavam fechados. Seria o éter? Ou a exaustão? Não estava mais gemendo. Poderia se dizer não haver mais uma gota de sangue em suas veias. Ouvia ansiosamente os ruídos da rua. Estava com medo. Doze horas antes, havia uma estranha deitada naquela cama; aquela luta, entretanto, nos unira mais fortemente que um amplexo; ela se tornara minha carne e meu sangue, eu teria dado a vida para salvá-la. Minha filha; minha pobre filhinha. Como era jovem ainda! Gostava de chocolate e de bicicletas, avançava na vida com audácia pueril. E ei-la aí deitada, em seu sangue rubro de mulher, e sua juventude e alegria fluem de seu ventre com um gorgolejo obsceno.

— Então, meu benzinho, o que está doendo? — perguntou a velha.

Olhei para ela, inquieto. Uma aborteira. Era tão grande sua semelhança com aquilo que era na realidade, que chegava a não parecer verdadeira. Estava toda vestida de preto e tinha os cabelos louros, flácidas bochechas cor-de-rosa e brancas, e boca alaranjada. Tinha olhos de mulher velha, muito pálidos, pestanejantes e um pouco remelentos. Será que ela enxergava bem? Adivinhava-se sob a pintura uma carne mal lavada. Observei-lhe as mãos de unhas pintadas. Uma pessoa de confiança. Levantou os lençóis e eu me afastei. Um cheiro enjoativo encheu o quarto.

— Ainda não veio — disse ela. — Foi bom ter me chamado. Vou ajudá-lo. Estará logo acabado.

—Vai mesmo acabar? — perguntou Hélène.

— Num instante.

— Está tudo bem? — perguntei.

— Claro! — Pôs-se a rir. — O senhor parecia tão transtornado que eu estava esperando o pior. Deus meu! Parece que nunca viu nada.

Eu a ouvia movimentar-se às minhas costas.

— Onde está minha bolsa? É triste envelhecer; não enxergo nada a três passos de distância.

— Está aqui — disse eu.

Apanhou a bolsa preta e abriu-a. Pude vislumbrar um lenço, um estojo de pó, um porta-níqueis. Meteu a mão de unhas pintadas bem no fundo da bolsa e retirou uma tesourinha dourada. Aproximei-me da janela e fiquei a olhar a fachada cinzenta do outro lado da rua. Senti frio. Não me atrevi a pedir-lhe que esterilizasse a tesoura.

— Não tenha medo, meu bem!

Eu ouvia a respiração entrecortada de Hélène.

— Força — disse a velha. — Força! Assim, assim...

Hélène gemeu: um grito rouco escapou-lhe dos lábios.

— Isso! — disse a velha. — Pronto, acabou!

Chamou-me.

— Senhor!

Voltei-me. Segurava nas mãos uma bacia. Seus dedos, o pulso e todo o antebraço estavam vermelhos como as suas unhas.

—Vá esvaziar esta bacia.

O sangue dos outros

Hélène estava estendida, de olhos fechados. Sua camisola juvenil descobria-lhe os joelhos; havia sob as pernas um impermeável coberto de algodões ensanguentados. Tomei a bacia, atravessei o corredor e abri a porta das privadas. A bacia estava cheia de sangue e naquele creme vermelho flutuavam pedaços de pulmão de vitela. Esvaziei a bacia e puxei a descarga. Quando voltei para o quarto, a velha estava lavando na pia os algodões ensanguentados.

— Dê-me um pedaço grande de papel — disse ela. — Vou fazer um embrulho com esses algodões. O senhor jogará num esgoto.

— Está tudo bem?

— Claro! Não é lá muito grave. — Riu. — O senhor, com certeza, não está habituado.

Lavou as mãos e ajeitou o chapéu diante do espelho. Aticei o fogo, e, quando a velha partiu, voltei a sentar-me junto de Hélène. Ela sorriu.

— Está acabado. Nem posso acreditar! Sinto-me tão bem!

— Você ficará aqui o tempo que quiser.

— Não. A mulher disse que eu podia voltar para casa. Prefiro voltar. — Ergueu-se nos travesseiros. — Quer ir ver-me de vez em quando?

— Se você quiser.

— Você sabe muito bem que eu quero.

— Eu esperava que você me esquecesse.

— Sim. Você me tratou como a um cachorrinho incômodo que a gente espanta a pedradas. Mas não adiantou nada.

— Estou vendo.

— Eu não sou um cachorrinho. — Olhou-me com ar repreensivo. — Você é engraçado! Repetiu-me tantas vezes que respeitava a liberdade dos outros e, no entanto, toma as decisões em meu lugar; trata-me como uma coisa.

— Não queria que você fosse infeliz.

— E se eu preferir ser infeliz? Quem deve escolher sou eu.

— Sim, você é quem deve escolher.

Apoiou o rosto contra a minha mão.

— Já escolhi.

Tomei-a nos braços e beijei-lhe o rosto.

"Eu é que devo escolher." Foi você mesma quem disse essas palavras? Se foi você, eu não a matei, meu amor. Mas quem me dirá "fui eu", a não ser ela mesma? E as pálpebras escondem-lhe os olhos, os lábios descobrem os dentes, os duros dentes que continuarão a rir em sua carne desfeita. Você não falará mais.

Ele não havia escolhido. Íamos correndo alegremente na neve quando ele passou por nós; estava escuro e não tive certeza de que ele nos houvesse visto, mas senti que eu enrubescera. Seguíamos de braços dados, apertando contra o peito os pacotes de castanhas quentes: ele nos podia ver. Havia eu, havia Hélène: já era complicação suficiente. Mas não era só isso. Havia Paul e havia Madeleine. E, no horizonte, todo o resto do mundo. Eles não haviam escolhido.

Na manhã seguinte, ao chegar à oficina, fui apertar a mão de Paul. As tipógrafas já estavam iniciando as correções, empoleiradas nos banquinhos altos, com as minúsculas pinças nas mãos: as mulheres eram sempre as primeiras a iniciar o trabalho. Paul ia começar uma paginação: estava dispondo os paquês sobre o mármore, com ar absorto.

— Passei por você ontem à noite e você não me viu — disse eu. — Estava com Hélène.

—Vi, sim.

Tinha um rosto aberto, com uma fronte um pouco obstinada e um quê de infantil na boca. Abotoei meu avental cinzento. As máquinas começavam a roncar, abaixo de nós, na sala de impressão.

— Nunca pude compreender o que havia entre vocês dois — disse.

— Não tinha tornado a vê-la depois que vocês romperam. Mas ela veio me procurar: eu hesitei. Você sabe como ela é; gosta de novidades e anda aborrecida.

— Ah! É isso então! — disse Paul.

— Fiz tudo para desanimá-la.

— Eu devia ter adivinhado. E ela não desanimou?

— Eu gosto muito dela, mas não a amo. Foi o que lhe disse, mas ela respondeu que não tem importância.

Paul levantou os ombros.

— Bem, tanto pior para ela! Não tenho nada com isso!

Fui sentar-me diante de meu teclado; era inútil tentar explicar. Por mais que eu falasse, ele não poderia refazer comigo o caminho hesitante que me levara até o nosso primeiro beijo; teria sido necessário que ele fosse eu e, já que ocupava no mundo um lugar diferente, ele de mim só poderia apreender algumas exterioridades. Eu corria pela neve com Hélène e ele pensava: "Ele me arrebatou Hélène. Não a ama e aceita seu amor." Eu havia abandonado o partido depois de longos debates comigo mesmo e ele pensava: "É um filho de burguês." E eu compreendia, de súbito, aterrado, que aquelas exterioridades não representavam uma aparência falsa: pertenciam-me de modo tão inelutável quanto o meu corpo, e sua verdade era por mim confirmada pelo embaraço que me apertava a garganta: "É injusto." A injustiça, entretanto, não estava no rancor de Paul: estava no íntimo de meu ser, naquela maldição tantas vezes pressentida, tão acerbamente recusada: a maldição de ser um outro.

"Não é verdade! Não sou eu!"Tinha vontade de bradar essas palavras, quando Hélène me contemplava com olhos cheios de admiração e de amor. Era verdade, contudo: era eu. Eu que esvaziara minha carteira sobre a mesa de meu pai; eu que trocara meus trajes burgueses por um avental cinzento; aquele quarto era o meu, era aquele mesmo o meu rosto. Era com minha própria carne que ela compunha aquele herói cujas recordações, cujos pensamentos e sorrisos eram meus, mas no qual eu não me reconhecia.

— Sinto-me culpado de um abuso de confiança — disse-lhe eu.

— Como assim? — Estava sentada a meu lado no divã, com a cabeça apoiada a meu ombro e um jeito de animalzinho confiante.

—Tenho a impressão de me haver metido na pele de outro.

—Você quer dizer que eu não o vejo tal como você é?

— É isso mesmo.

Ela me sorriu.

— Como é você, então, de verdade?

— Não muito simpático — respondi. — Assim, quando você me pergunta por que eu não a amo, respondo que você é jovem demais, que não temos as mesmas preocupações. Está certo. Mas é também porque meu sangue é pobre. Nunca fui capaz de uma paixão. Vivo girando em meio aos meus remorsos e aos meus escrúpulos, com a única preocupação de não sujar minhas mãos. É o que denomino uma natureza ingrata, do gênero constipado. Tenho inveja de Paul, de você...

Hélène interrompeu-me colando aos meus os doces lábios louros.

— Isto é que é o mais importante em você: a maneira como você se basta a si mesmo; dá a impressão de que se criou sozinho.

— Não tenho a menor dificuldade em bastar-me a mim mesmo: tenho tão poucas necessidades!

— E de que poderia você ter necessidade? — disse ela. Seus olhos brilhavam. Era inútil continuar: somente por meio de palavras poderia eu arrancar de mim aquela verdade encerrada em meu ser. Essas palavras, no entanto, soavam aos ouvidos de Hélène com um sentido imprevisto; saídas de mim, deixavam de me pertencer a partir do momento em que ela as ouvia; o que descobria nelas, a meu pesar, era um esforço de sinceridade, uma modéstia comovedora que encantava ao seu coração.

—Você é uma teimosa!

— Oh! Será difícil fazer-me desgostar de você.

Olhava-me de maneira tão ardente que eu tinha vontade de ocultar o rosto. A quem via ela? "Não sou eu." Era eu mesmo, tal como era, fora de mim mesmo, visto por olhos estranhos. Aquele camarada infiel, o herói ponderado e seguro, era eu, a despeito de mim mesmo.

Hélène esfregou o rosto contra o meu.

—Você quer que eu deixe de gostar de você?

— Eu não gostaria que você estragasse sua vida por minha causa.

— Não há perigo — disse ela, enrolando num dedo uma mecha de meus cabelos. — Ser amado não é lá muito divertido; é muito mais interessante encontrar alguém a quem se possa amar.

— Um amor não compartilhado acaba se tornando triste. — Envolvi seus ombros num abraço. — Eu queria ter certeza de uma coisa: de que você não deixará escapar por minha causa nenhuma oportunidade que lhe apareça.

Olhou-me com ar submisso.

— É preciso continuar a desejar conhecer outras pessoas, ver o mundo. Sua firma, por exemplo, já cogitou de enviá-la à América; se lhe fizerem alguma proposta, você deverá ir, muito satisfeita.

— Certamente. Espero que em minha vida não haja somente você. — Aconchegou-se mais a mim. — Porém, mais tarde — disse ela —, não agora.

— Não; agora não. — Beijei seu rosto devagarinho. Havia momentos em que a achava tão encantadora que teria gostado de poder dizer-lhe, sem mentir: eu te amo. Mas qual! Sua presença me emocionava, porém, quando distante, nunca pensava nela; eu a teria deixado, de um dia para o outro, sem nenhum pesar. Minha ternura, minha estima estavam muito longe do amor. Ela cerrava os olhos sob meus beijos, com uma expressão de recolhimento e docilidade. Olhou-me depois, novamente, e umedeceu os lábios com a língua.

— Escute — disse ela.

— O que é?

Hesitou.

— Mais tarde, prometo que mais tarde hei de tentar me desprender de você. Mas isso não deve nos impedir de procurar estreitar cada vez mais nossas relações.

Apertei-a contra mim; sua coragem calava fundo em meu coração.

—Valerá mesmo a pena nós nos apegarmos ainda mais um ao outro se isso deve ser apenas temporário?

O sangue dos outros

— Tanto pior! Não vamos desperdiçar o presente de medo do futuro. — Inclinou-se para trás e seus cabelos se espalharam sobre o travesseiro. — Eu gostaria de lhe pertencer inteirinha — murmurou.

Houve pelo menos aquele momento em minha vida em que eu não titubeei, não regateei com minha consciência. E você soube salvar-me do remorso. O amor, com Madeleine, era feito em silêncio e quase sempre à noite: ela submetia-se ao arrebatamento e ao prazer com uma espécie de horror, como suportava as vozes e os olhares e até mesmo a fisionomia imóvel das coisas; quando a acariciava, sentia-me sempre como um criminoso. Mas você não era, em meus braços, um corpo abandonado, mas uma mulher inteira. Sorria para mim, de frente, para que eu soubesse que você estava ali, livremente, e não perdida no tumulto do sangue. Não se sentia a presa de uma fatalidade vergonhosa; em meio aos transportes mais apaixonados, havia algo em sua voz, em seu sorriso, que dizia: "É porque eu quero." Aquela constância em declarar-se livre punha-me em paz comigo mesmo. Diante de você, eu não tinha remorsos. Diante de você. Mas não estávamos sozinhos no mundo.

— Minhas relações com Hélène estão mudando — disse eu.

— Sim — concordou Madeleine com indiferença.

Eu havia procurado mantê-la a par de toda a história, mas ela desviava a conversa cada vez que eu tocava no assunto.

— Acabamos indo para a cama juntos.

— Nunca imaginei que você me fosse ser fiel a vida toda.

Madeleine nunca se havia constrangido por minha causa; eu não havia rompido nenhum compromisso para com ela. Sentia-me, entretanto, pouco à vontade. Tinha a certeza de que a notícia lhe havia desagradado. Não tem direito de dizer coisa alguma, pensei irritado. Ela compreendia, sem dúvida, porque nada disse. Pareceu mesmo, depois, haver esquecido por completo o que eu lhe revelara. Para Madeleine, as coisas nunca eram nem inteiramente verdadeiras, nem inteiramente falsas; ela se aproveitava dessa ambiguidade e navegava, com indiferença, em águas duvidosas. Pedia-me, apenas, que não a obrigasse a se defrontar com a existência de Hélène. Esta, por sua vez, nunca se referia a Madeleine. Ignoravam-se mutuamente, de maneira tão definitiva, que muitas vezes me parecia estranho poder pensar nas duas ao mesmo tempo. Hélène caminhava ao meu lado com andar seguro e provocante, cheia de suas próprias recordações, toda voltada para um único porvir: nenhum lugar fora deixado para Madeleine nessa plenitude. E Madeleine, em seu quarto de hotel cheirando a inseticida, era também uma plenitude sem falhas de onde Hélène estava inteiramente banida. Cada qual absorta em si mesma, viviam mais separadas do que duas nebulosas nos confins do éter, do que duas conchas agarradas a flancos opostos de um mesmo rochedo. Todavia, eu ali estava presente a uma e a outra, fazendo-as existir ao mesmo tempo.

— Como pode você deixar de considerar isso angustiante? — perguntei a Marcel. — Pensar que é você quem molda a vida de alguém, à sua revelia?

Estávamos sentados num pequeno restaurante da avenida de Clichy comendo talharim com chouriço. Marcel usava uma roupa gasta e, em volta do pescoço, escondendo a camisa, um lenço norueguês de cores desbotadas pela poeira. Sacudiu a cabeçorra.

— Mas eu não exijo nada de Denise. Ela pode viver como quiser.

— Você sabe perfeitamente que isso não é verdade. Ela não pode fazer com que vocês não sejam ricos, com que você seja célebre. Não pode obrigá-lo a amá-la.

Tinham acabado por abandonar o vasto ateliê vazio e alugado, num sétimo andar, um estúdio de forma extravagante, de teto inteiramente envidraçado e paredes quase todas devoradas por janelas. O ar entrava por todos os lados; as paredes ressumavam umidade. "Levo uma hora para acender o aquecedor, cada manhã", dizia Denise com raiva. "E isso não nos impede de tiritar o dia todo."

— Sempre se pode dar um jeito — disse Marcel.
— É muito cômodo dizer aos outros: arranjem-se.
— Não sei por quê — disse Marcel. — Eu me arranjo muito bem.
— Isso é com você. Você é você, não é Denise. Só a ela interessa a maneira pela qual ela se vira no mundo. Mas você é responsável por esse mundo em que ela está mergulhada.

Marcel olhava interessado para uma gorda meretriz loura que comia apressadamente um chouriço antes de subir para o Montmartre dos ricos. Não parecia escutar, mas eu sabia que ele me estava ouvindo.

— As pessoas são livres — dizia eu —, mas apenas cada qual por si mesma: não podemos tocar em sua liberdade, nem prevê-la ou exigi-la. E é isso que acho tão doloroso; o que faz o valor de um homem só existe para ele e não para mim; atinjo apenas o seu exterior e eu, para ele, não sou mais que uma exterioridade, um dado absurdo; um dado que nem sequer foi escolhido por mim...

— Então acalme-se — interrompeu Marcel — Se não foi você quem escolheu, para que se impressionar?

O sangue dos outros

— Eu não escolhi ser, mas sou. Um absurdo responsável por si mesmo, aí está o que sou.

— Tem que haver forçosamente alguma coisa.

— Mas poderia haver outra coisa qualquer. Sem você, Denise teria tido outra vida.

— Que vida? Todas as vidas são estragadas.

— Se você tivesse continuado a pintar...

Ele me interrompeu.

— Mas se eu tivesse apenas o estofo de um pintorzinho de salão bem--comportado, teria ela me ela amado? Se... costuma-se dizer: se eu tivesse feito isto, se não tivesse feito aquilo. Mas as coisas são como são. — Ele me olhou, zombeteiro. — Acho que é muita presunção de sua parte, isso de andar sempre tão cheio de remorsos.

Eu pensava às vezes que levava as coisas demasiadamente a sério; as outras pessoas pareciam viver de maneira tão natural! Desejava que toda vida humana fosse uma pura liberdade transparente e encontrava-me na vida dos outros como uma barreira opaca. Não podia conformar-me com isso. Evitava Paul; olhava Madeleine, constrangido. Até mesmo diante de Hélène eu me sentia inquieto. Nossos beijos, nossas carícias perderam bem depressa a limpidez feliz dos primeiros dias. Nuvens frequentes lhe sombreavam o rosto e ela fechava os olhos com ar doloroso. Desvencilhava-se, por vezes, bruscamente, quando a abraçava. Passei um braço ao redor dela.

— O que é que há, sua selvagenzinha?

Sentada à beira da cama, ela estava balançando o pé e seus olhos duros perdiam-se no vácuo. Não tinha acabado de se vestir. Os cabelos lhe caíam em desordem pelos ombros. Sobressaltou-se.

— Não há nada.

— Como? Por que está com essa cara feia?

— Ora! Estava apenas pensando que foi pena perder todo este tempo; eu agora vou ter que ir embora e nós não conversamos.

Ela estava de má fé: sua voz arrastada o revelava logo. Eu gostava indiscutivelmente de seu corpo, mas ela sabia perfeitamente que a culpa era sua e não minha de decorrer em abraços a maior parte de nossos encontros.

— Eu lhe tinha proposto um passeio.

— Naturalmente! Para você é indiferente!

— O que me é indiferente? Não a beijar? Mas é você quem está dizendo que foi tempo perdido!

—Tempo perdido porque você não estava com vontade.

—Você é uma boba. Será que eu pareço não fazer questão de seu corpo?
— Sim, como um corpo qualquer...
Calei-me um instante. Teríamos de chegar um dia a esse ponto.
— Por que você diz isso?
— Porque é verdade.
—Você acha desagradável pensar que eu tenho relações com Madeleine?
—Você queria que eu gostasse?
— Pensei que lhe fosse indiferente.
Ela sacudiu os ombros e duas lágrimas brotaram em seus olhos.
—Você sempre soube que havia Madeleine em minha vida. Por que razão hoje, de repente...
— Não é de hoje...
— Deveria ter me falado antes, então.
— E o que teria adiantado?
Baixei a cabeça. Detestava vê-la chorar, mas sabia também quanto Madeleine ficaria magoada se eu lhe propusesse uma modificação em nossas relações.
— Escute: você sabe perfeitamente que não estou de modo algum apaixonado por Madeleine; não me custaria absolutamente nada interromper qualquer relação física com ela.
— Quando penso que você olha para ela do mesmo jeito que olha para mim... Que a beija... acho... acho isso insuportável — concluiu Hélène, numa explosão de desespero.
Apertei-a contra mim, em silêncio; sentia seu corpo todo tremer.
—Você, antes, não se preocupava com Madeleine.
— Agora não pode mais ser como antes.
— Por quê?
— Porque comecei a pensar. — Esboçou um sorriso.— Mas também você deveria ter prestado mais atenção; foi se encontrar um dia comigo com o pescoço manchado de batom. Quando fomos ao cemitério dos cães.
— Ah! No dia em que você estava com tanta dor de cabeça!
— Eu não estava com dor de cabeça.
Senti-me enrubescer. Era sempre a mesma história. Sobre a minha carne, a marca vermelha que, para mim, não existia, e que seus olhos viam: uma mancha insensível e que era uma ferida em seu coração.
— Hélène, sinto muito...
— Oh! Eu também. — Deixou escapar um breve soluço. — Mas já não consigo beijá-lo sem pensar que ela também...

O sangue dos outros

Eu a olhava acabrunhado. Ela se entregara totalmente a mim. Para que essa dádiva exclusiva não fosse absurda, deveria haver em mim um vazio que ela pudesse preencher. Eu sentia que minhas carícias tinham para ela um cunho de solenidade: estava em minhas mãos transformar em verdade ou ilusão esse valor que ela lhes atribuía. Ao apertar nos braços outra mulher, não era apenas um desprazer passageiro que eu lhe infligia: punha em xeque as afirmações mais apaixonadas de sua carne, de seu coração.

— Escute, vou procurar falar com Madeleine.

Enxugou os olhos aparentando boa vontade, mas a expressão dolorosa não desaparecera.

— Talvez seja mais fácil do que estou imaginando — disse eu.

Madeleine vinha, há algum tempo, espaçando nossos encontros; tinha um ar distante e mais distraído que de costume.

— Você é bonzinho! — disse Hélène.

Acariciei-lhe os cabelos.

— Você não parece muito satisfeita.

— Ah! Que bobagem! De que adianta você deixar de dormir com Madeleine se estiver com vontade de o fazer?

— Mas já lhe disse que não tenho vontade!

— Sim, só que é mais conveniente para você. — Choramingou. — É bobagem! Pode continuar, se quiser.

— Vou ver o que se pode fazer.

— Não, por favor, não altere nada — disse com súbita violência. — Não me importo: não pode ser de outra forma. — Escondeu o rosto nas mãos. — Oh! Estou com tanta vergonha!

Tomei-a nos braços, mas nada lhe podia dizer. Teria sido necessário que nem sequer me fosse possível desejar outra mulher, que eu só pudesse receber dela e somente dela aquilo que tinha para me ofertar. A minha ternura toda era insuficiente para realizar esse anseio: eu não dispunha senão dos meus atos. Aquilo que eu era, a despeito dela e a despeito de mim mesmo, não tinha remédio.

Mas eu teria querido tentar pelo menos um gesto, uma palavra. "Tentarei falar com Madeleine." Todavia, diante de Madeleine minha garganta se contraía. Lá estava ela, com seu ar distante, remexendo um café com creme, toda empenhada em nada pensar, em nada crer. Desgraças, humilhações e pesares tinham se acumulado, dia após dia, nas profundezas de seu ser: bastaria uma palavra para agitar aquele lodo: eu não ousava pronunciá-la. Quando voltava para Hélène, seus olhos me interrogavam: "Você ainda não falou?"

Sua tristeza era legítima e o rancor de Madeleine o teria sido também. De que maneira escolher? As lágrimas de Madeleine ou as lágrimas de Hélène? Não eram minhas as lágrimas. Como poderia eu então comparar amarguras alheias? Eu também não era Deus.

— Até quarta-feira, então; está combinado? — disse eu estendendo a mão a Madeleine.

— Não, quarta-feira, não. — Calçava as luvas com ar absorto. — Vou sair com Charles Arnaud quarta-feira.

— Arnaud? — Fiz eu surpreendido. — Você o tem visto?

— Sim, há mais de um mês. — Madeleine sorria vagamente. — Saiu do hospital onde o desintoxicaram. Mas acontece que para suportar o tratamento, ele se enchia de *pernods* às escondidas; de modo que está completamente encharcado.

Fora essa a única influência que eu conseguira exercer sobre Madeleine: eu a havia impedido de frequentar aquele viciado e de se intoxicar com ele. Quanto à bebida, só a consumia em doses moderadas, desde que nos conhecíamos.

— Você não vai recomeçar! — disse eu.

— Recomeçar o quê?

— A beber e essas cretinices todas.

Filtrou-me um olhar adormecido.

— E o que é que isso pode lhe importar?

Hesitei. Poderia arrastá-la pelo braço para longe daquela entrada de metrô, conversar com ela. "Não fique amuada: a história de Hélène não altera nada entre nós. Vamos recomeçar a nos ver como antigamente. Não dê atenção a esse sujeito." Teria me ouvido com ar indolente, mas o calor de minha voz a teria comovido. Tinha a certeza de que ela haveria de me obedecer. Revi, porém, o rosto transtornado de Hélène: "Quando me lembro de que ela o beija!" Comprometer-me de novo com Madeleine seria uma traição.

— Ora, nada! — disse eu. Houve um silêncio momentâneo. — Quinta-feira, então; está bem?

— Está bem, quinta-feira.

Afastei-me, pouco satisfeito comigo mesmo. "Não podia fazer outra coisa." Mas a velha desculpa estava gasta. Não podia fazer outra coisa e minha mãe ficara sozinha nos salões gelados do vasto apartamento; e Madeleine estava voltando a se intoxicar. Não se tratava de "fazer"; a culpa não cabia a nenhum ato. Eu estava começando a compreender: ela era a própria argamassa de meu ser, era eu mesmo. Pensei, pela primeira vez: talvez não haja solução.

O sangue dos outros

Culpado por falar. Culpado por me calar. De qualquer forma, estava enganado. Virei e revirei o bilhete entre os dedos. A coisa estava recomeçando, não havia a menor dúvida. A mesma história. "O que estará ela querendo?" Não a havia quase visto durante esse último mês; passara por duas vezes no restaurante onde eu jantava com Hélène e me pedira, com um sorriso provocante, algum dinheiro para "ir beber". Fumava; dormia com Arnaud; intoxicava-se. Entrei no café da Fourche com o coração apertado. Seria menor que o meu o peso de outros homens sobre a terra? Talvez se preocupassem menos com as pegadas que deixavam atrás. Por toda parte eu via os vestígios inquietantes de minha presença. Ou, quem sabe, talvez fosse uma maldição proferida contra mim: cada um de meus gestos, assim como cada recusa, acarretava um perigo mortal. Julgava simplesmente beijar Hélène e estava traindo Paul, magoando Madeleine.

— Que asneira terá ela feito? — pensei ao empurrar a porta do café.

Madeleine tomava displicentemente um chocolate, lendo um jornal da tarde. Sem nem sequer estender-me a mão, como se eu houvesse voltado para junto dela após dez minutos de ausência, indicou um artigo sobre a guerra da Espanha.

— Esses sujos! — disse ela. — Vão deixá-los arrebentar sem lhes enviar nenhum socorro!

— É, mas uma intervenção poderia acarretar muitas consequências.

— Por que não experimentam uma greve? Blum talvez cedesse...

— Não quero saber de greves políticas.

Eu também desejava do fundo do coração a derrota dos mouros de Franco; contudo, não me sentia com o direito de transformar esse desejo solitário, essa vibração profunda de minha carne, numa vontade que se iria impor a meus companheiros. *Pretender arrastar alguém para a luta, para a minha luta. Um tiro, e em seguida outro: Jacques estava morto. Eu lhe havia posto um revólver nas mãos e ele morrera. Aconteceu uma desgraça a Jacques. E o rosto aturdido de Marcel, o odor das flares e das velas ao redor do manequim cor de cera.* Porque eu havia atuado sobre ele. Tinha aprendido de uma vez por todas que não era possível circunscrever os limites de um ato; não se pode antever aquilo que se está realizando. Eu nunca mais correria esse risco insensato. Não levantaria um dedo para desencadear um acontecimento cego.

— Em todo caso — disse ela —, não seria difícil enviar armas clandestinas e autorizar alistamentos voluntários.

Ela, de vez em quando, se inflamava toda por uma causa: aquela bretã havia sido, dois anos antes, uma sionista ardorosa, aceitara trabalhar durante oito horas por dia como empregada de uma livraria judaica para ajudar financeiramente ao movimento.

Não me espantaram demasiadamente essas suas novas preocupações; estava apenas ansioso por saber por que motivo ela me havia chamado de maneira tão premente. Ouvi-a, durante quase meia hora, exprimir sua indignação contra Blum e depois aproveitei um momento de silêncio.

— Mas, afinal, o que é que você queria me dizer?

Encarou-me com sua fisionomia plácida.

— Ora! Tudo isso!

Desatei a rir.

— Isso lhe interessa mesmo tanto assim?

— Você não está compreendendo; preciso de seu auxílio. Você conhece uma porção de gente no P.C.; eles me farão atravessar a fronteira como quiserem. Sozinha é que nunca poderei me arranjar.

— Você quer ir para a Espanha?

— Quero alistar-me como voluntária. Por que não? Pelo que eu faço de minha vida aqui...

Era bem capaz de o fazer, de verdade. Meu coração se apertou, angustiado.

— Mas é um absurdo! Você não tem o menor motivo...

— Para que tantos motivos? A vida não tem tanto valor assim.

— Isso não passa de um capricho!

Olhou-me com expressão cansada.

— Não vim aqui para lhe pedir conselhos, e sim um favor. Quer ajudar-me ou não?

— É um favor bem esquisito. Se lhe acontecer alguma coisa, eu não hei de me sentir nada bem.

— Está dispensado de qualquer remorso. — Sorriu. — Aliás, aqui também me pode acontecer alguma coisa.

— Tem tido aborrecimentos?

— Não tenho aborrecimentos; tenho é vontade de ir embora.

Eu nada mais lhe poderia arrancar.

— Vou ver o que é possível fazer.

Era fácil. Bastava falar com Paul ou com Bourgade. *Bastava não falar com eles. Haviam-no colocado em seu quarto, estendido em sua cama, cercado de flores e de velas; tal qual um manequim de cera, um inquietante manequim fabricado para alguma exposição surrealista. E Marcel olhava.* A mesma história. Porque eu existo. Não poderei fingir que não existo? Elimino-me do mundo, elimino meu rosto e minha voz, elimino meus vestígios; nada se altera; em meu lugar permanece uma pequena rasura inofensiva. Hélène não está aprisionada em um amor infeliz nem Madeleine vai fazer com que a matem na Espanha. A terra está aliviada desse peso que distende suas fibras secretas, que as faz vibrar, estalar, em longínquos imprevistos. Eliminar-me, deixar de ser. "Não falarei com Paul." *E no quarto cheirando a inseticida será encontrado, de manhã, um opulento cadáver recheado de cocaína.*

A luz abateu-se sobre mim. Não poderás eliminar-te. Ninguém poderá decidir por ti, nem mesmo o destino. És tu o destino dos outros. Decide. Tens este poder: uma coisa que não existia explode de súbito sozinha no vácuo, apoiada apenas em ti, e, no entanto, de ti separada por um abismo, projetada por cima do abismo sem nenhuma outra razão a não ser ela mesma, cuja única razão está em ti.

Eu não quero. Não quero mais. *Fazem-nas trabalhar na neve, vestindo combinações de algodão e calçando sapatilhas. E nós afirmamos: "Bem, nada podemos fazer."* Mas explode o edifício e eis o chão juncado de cadáveres recentes! *Num lugar qualquer, há uma mulher adormecida; conseguiu finalmente adormecer, pensando: ele nada fez; não terá sido ele. E será ele, amanhã à noite. Por minha causa.* Apagar-me. Deixar de ser. Entretanto, mesmo que me mate, eu continuarei a ser. Serei um morto. Eles continuarão acorrentados à minha morte, e esse vazio subitamente surgido na terra fará vibrar e estalar milhares de fibras imprevistas. Berthier tomará meu lugar; ou Lenfant. Serei ainda responsável por todos esses atos que minha ausência houver tornado possíveis. Alguém dirá a Laurent: "Vá. Não vá." *Será a minha voz.* Não posso eliminar-me. Não posso retirar-me para dentro de mim mesmo. Eu existo, fora de mim e por toda parte do mundo; não há uma polegada sequer de meu caminho que não se insinue num caminho alheio. Não há nenhuma forma de ser que possa impedir-me de transbordar a cada instante de mim mesmo. Esta vida tecida por mim com minha própria substância apresenta aos outros homens mil facetas desconhecidas, e impetuosamente atravessa seu destino. *Ele acordou, espera. "Não me esquecer."* Sua vida, tão vasta, está diante dele. E eu aqui estou, diante de você que eu matei, estou carregando os *fuzis que vão, amanhã, assassiná-la.* Não, eu não quero. Renunciemos. *Nós renunciamos, curvamos a cabeça e, a distância, no fundo do porvir, para cada gota de sangue por nós poupada, todo esse sangue.* Vamos prosseguir...

Renunciemos, vamos prosseguir. Decide. Decide, já que aí estás. Estás aí e não há maneira alguma de fugir. Nem mesmo a minha morte pertence a mim somente.

— Falei com Bourgade.

Simone de Beauvoir

Aquela noite ainda havia sido clemente: naquela noite, eu pudera decidir; não estava sozinho: diante de mim, erguia-se uma liberdade. Desde que eu não me reconhecia nenhum direito sobre ela, nenhuma preponderância, devia concordar em ser apenas seu instrumento.

— Vá vê-lo amanhã. Ele lhe fornecerá apresentações para os companheiros de Perpignan, que a farão atravessar a fronteira; e para os camaradas de Barcelona também. Parece que eles relutam em pôr um fuzil nas mãos de uma mulher.

— Obrigada — disse Madeleine. — Você não avalia o favor que me fez.

Estávamos no quarto dela: uma espécie de corredor estreito, atulhado de malas vazias e de trouxas de roupa; recendia a desinfetante e a xampu. Uma caçarola com água ronronava sobre um fogareiro minúsculo, onde se consumiam duas pastilhas brancas.

Se eu a houvesse amado... se me houvesse preocupado um pouco mais com ela... O espinho penetra em meu coração. Eu agora havia compreendido perfeitamente: era culpado, para sempre, desde o meu nascimento e até para além da morte.

No entanto, não era ainda para aquela vez. Não eram para ela esse sangue, esse estertor de agonia. Como se a máquina infernal se divertisse a funcionar no vácuo, como se o destino se deleitasse com essa paródia. Dez dias depois de sua partida, recebi uma carta de um hospital de Barcelona. Não a haviam enviado para o *front*: colocaram-na modestamente nas cozinhas; lavara a louça dedicadamente durante dois dias e despejara nos pés um caldeirão de azeite fervendo. Passou seis meses na cama e voltou para Paris.

— Você sabe? Eles dizem que os franceses são uns belíssimos sujos — contou-me ao voltar.

Era primavera. À noite, ao sair da oficina, eu perambulava com Hélène pelos cais de Asnières: ela comprava raminhos de violetas nas esquinas; sentados diante de copos de cerveja dourada, ouvíamos as campainhas dos cinemas cascateando sob um céu arroxeado; casais semelhantes a nós subiam e desciam despreocupados a avenida de Clichy. Eu acompanhava ansiosamente com os olhos aqueles homens que desfrutavam, de coração tranquilo, a doçura da tarde. Não tinham aspecto de criminosos: o sabor da cerveja e do tabaco, o brilho dos anúncios luminosos, o perfume das folhas novas, nada disso me parecia culpado.

Estávamos ali; mergulhados no suave crepúsculo de Paris, sem prejudicar ninguém. No entanto, estávamos também em Barcelona, em Madri; não éramos mais inofensivos transeuntes, mas uns belíssimos sujos. Com tanta certeza como nessas ruas em festa, nós existíamos sob escuros céus atravessados pelo ronco dos *Stukas*; existíamos em Berlim, em Viena, nos campos de concentração, onde judeus seminus dormiam sobre o solo encharcado, nas prisões onde apodreciam os militantes do socialismo; uma existência obstinada, esmagadora, que se confundia com a dos arames farpados, das pedras impenetráveis, das metralhadoras e dos túmulos. Essas fisionomias descuidadas onde deixávamos desabrochar nossos sorrisos eram, para outros homens, a própria máscara da desgraça.

— Imagine! É assim que se alimentam os operários, os pequenos funcionários na França — disse Lina Blumenfeld. Olhava tão escandalizada para os chouriços engordurados, molemente estendidos sobre um canapé de batatas, que me ficou atravessado na garganta o bocado que eu ia engolir. Na primeira vez, também fora à mesa; eu me tinha levantado. "Ganharei meu pão com meus próprios recursos." Caminhava pela tépida avenida, empurrando uma castanha com o pé, respirando a plenos pulmões um ar que julgava não estar roubando a ninguém. "Meus próprios recursos!" Mas com que direito recebia eu, em troca de meu trabalho cotidiano, uma carne sangrenta, e não batatas cozidas com um pouco de margarina! Eu não queria aproveitar; havia renunciado nobremente à herança paterna e, contudo, beneficiava-me, sem escrúpulos, de uma prosperidade que surgia aos olhos de nações esfomeadas como avareza e opressão. "Julga você que existam situações justas?" Marcel fora lúcido. Eu tinha abandonado a casa paterna: e, agora, para onde poderia fugir? Em toda parte, em cada encruzilhada, rondava o remorso. E eu o levava colado à pele, íntimo e tenaz. Sentia-me igual à minha mãe: passava rente às paredes, evitando os olhares que teriam refletido minha imagem verdadeira: um francês sujo, egoísta e bem nutrido.

— Vocês o hão de lamentar — disse Blumenfeld. — Acreditam que Hitler vai deter-se na Áustria? Vocês vão ver. Há de chegar a vez da França.

Ele nos olhava, cheio de desespero e de ódio. Tinha vindo expressamente de Viena para despertar nossa indignação, nossa piedade. Era um dos membros mais importantes da Frente ilegal que sustentava uma luta clandestina contra o nazismo, na Áustria. Denise nos havia apresentado: havia decidido, há algum tempo, tentar viver por conta própria, e entregava-se ardorosamente a atividades antifascistas. Eu levara Blumenfeld à sede do Sindicato para que ele entrasse em contato com alguns companheiros. Denise e Marcel também tinham vindo. Blumenfeld falara durante bastante tempo: descreveu os arrogantes desfiles de milicianos com suas meias brancas, os banquetes em que nazistas anistiados festejavam futuras vitórias, enquanto se sucediam os atentados e as provocações sob o olhar plácido da polícia. Olhava-nos, agora. E calava-se.

— Mas como se explica que vocês não consigam erradicar seu movimento? — estranhou Gauthier. — Há mais de 42% de socialistas em seu país.

— Nós somos perseguidos — disse Blumenfeld. — Não podemos empreender nenhuma ação eficaz. As reuniões clandestinas, os panfletos, os comícios-relâmpago permitem-nos apenas alimentar a agitação.

— Schuschnigg, no entanto, deveria compreender que uma aliança com vocês é vital para ele — disse Lenfant.

— É inútil — disse Blumenfeld. — Ele sempre se furtou a qualquer tentativa de conciliação. — Seu olhar endureceu. — Aliás, vocês julgam que as massas estão dispostas a se sacrificar por Schuschnigg? Elas têm boa memória. — Olhou novamente para mim. — Somente uma atitude enérgica da França e da Inglaterra poderá nos salvar.

Houve silêncio. Ele esbarrara em toda parte com esse mesmo silêncio. Exceto entre os comunistas.

— Mas, em suma, o que esperam vocês de nós? — perguntou Lenfant.

— Poderiam sublevar a opinião pública organizando reuniões e uma campanha pela imprensa a fim de informar seus companheiros a respeito do que vem sucedendo em meu país.

— Mas — interpus — compelir um país à guerra não é tarefa de pouca monta.

— Não — concordou Gauthier. — Aliás, ainda não estão afastadas todas as esperanças de se chegar a uma solução pacífica.

— Oh! A anexação da Áustria será pacífica; os nazistas não terão dificuldade alguma em apoderar-se do governo, pois estão em toda parte. — A voz de Blumenfeld tremia. — Schuschnigg lhes está entregando o país, pedaço por pedaço. Sei de fonte segura que ele está, neste momento, assinando um novo pacto com eles. Basta que Hitler diga uma palavra. — Encarou-nos de novo, cheio de cólera e desespero. — Somente a França o poderá deter.

— A França não pode se dar ao luxo de entrar uma guerra — disse Gauthier.

— Vocês hão de lamentá-lo — disse Blumenfeld. — Acham que Hitler irá se contentar com a Áustria? Vocês vão ver. A vez da França chegará.

Gauthier encarou Blumenfeld friamente.

— Quem pode impedir que um país se suicide? Tudo isso que você acaba de nos contar constitui a história de um suicídio.

O sangue dos outros

Gauthier estava tão seguro de seu pacifismo, tão confiante em si mesmo. "Eu sou pacifista." Havia se definido, de uma vez por todas; bastava-lhe agora agir de acordo consigo mesmo, sem olhar nem à direita nem à esquerda. Sem olhar à sua frente. Como se o caminho estivesse já todo traçado. Como se o futuro não fosse, a cada instante, esse vácuo hiante.

— O suicídio representa sempre mais ou menos um assassinato — disse eu.
— Ah! Você acha? — exclamou Blumenfeld.

Marcel abriu a boca pela primeira vez, desde o início da reunião. Sorriu.

— Ele sempre esteve persuadido de que cada um de seus gestos constitui um assassinato.

Era mesmo um assassinato. Passei muitas noites insones naquela ocasião e durante todo o ano seguinte. Uma campanha pela imprensa, reuniões, greves. Paul, por sua vez, vivia me espicaçando. "A guerra seria o desmoronamento do fascismo." Como podíamos nós cruzar os braços diante da Espanha ensanguentada, dos *pogroms* que maculavam a Alemanha? Daquela maré sombria que ameaçava inundar a Áustria? Sentia-me envergonhado diante do olhar frio e desesperado de Blumenfeld, mas a vergonha não constitui um argumento; nos campos de batalha, retalhados e sangrentos, teriam me enchido de um horror sem tréguas as lamentações dos feridos. Por trás dos Pireneus, tombavam os trabalhadores da Espanha sob as balas fascistas, mas poderia eu resgatar o seu sangue com vidas francesas, com uma só vida que não fosse a minha? Os judeus morriam como moscas nos campos de concentração, mas teria eu o direito de trocar seus cadáveres por inocentes corpos de camponeses da França? Eu podia pagar com meu corpo, com meu sangue, mas os outros homens não constituíam uma moeda de que eu pudesse lançar mão. Haveria algum pensamento superior capaz de arrogar-se o direito de compará-los, cantá-los, alegando conhecer sua justa medida? Até mesmo uma divindade teria fracassado diante de tão ambicioso desígnio; os homens não constituíam peões ou paradas arriscadas num jogo, nem mesmo forças que se pudessem captar; cada qual levava sua verdade inacessível em seu próprio âmago. O que lhe acontecia somente a ele pertencia; nenhuma compensação seria jamais possível. O riso alegre de Hélène não havia neutralizado os rancores de Madeleine, não havia aplacado a queimadura do azeite fervente. Nada apagara a morte de Jacques, nenhum outro nascimento viria substituir aquela vida que eu lhe havia subtraído, sua única vida. Não havia ponto algum do mundo em que pudesse fundir-se a absoluta separação desses destinos.

Simone de Beauvoir

"Não farei nada; sempre me havia interditado qualquer ação política." Recusava-me a atirar no mundo, qual deus caprichoso, o peso de minha vontade obscura. Fazer política equivalia a reduzir os homens à sua aparência apreensível, a tratá-los como massas inconscientes, reservando apenas para mim o privilégio de existir como pensamento vivo; entretanto, para conseguir atuar sobre corpos inertes, para movê-los, esse mesmo pensamento devia transformar-se em força mecânica, opaca, na qual eu não mais me reconhecia. Numa sala cheia de ruídos e de fumaça, eu pronunciaria palavras que arrastariam para plagas desconhecidas homens que eu nunca tinha visto; empregaria minha liberdade para tornar-me cúmplice do absurdo escandaloso: o absurdo de ser sem haver sido desejado. "Não. Não quero impelir meu país para a guerra."

— Faço votos para que vocês jamais o lamentem — disse Blumenfeld.

E aí estava a vergonha. Era preciso habituar-me a viver com ela, com essa nova imagem do remorso. Podíamos expulsá-la de um recanto de nossa vida, bruni-la, torná-la bem lisa e polida: tornávamos a encontrá-la, dentro em pouco, encolhida noutro canto. Estava sempre num lugar qualquer. Sem nenhuma vergonha, eu apertava Hélène em meus braços, mas baixava a cabeça diante dos sorrisos amargurados de Madeleine; olhava, também sem vergonha, para os camaradas do sindicato, mas minha boca se ressequia quando me lembrava dos nossos irmãos da Espanha ou da Áustria.

—Você tem prazer em torturar-se — disse-me Hélène.

Os jornais matutinos nos haviam transmitido a anexação da Áustria. Eu não consegui falar de outra coisa quando Hélène me veio esperar à saída da oficina. No entanto, eu não gostava de tratar com ela desses assuntos: parecia-me uma estranha nessas ocasiões. Acrescentou, um tanto irritada:

— Afinal de contas, você não tem nada com isso!

— Não tenho nada com isso? Gostaria bem que alguém me dissesse com que tenho eu alguma coisa.

—Você tem sua própria vida — disse Hélène. — Não acha que já é suficiente?

— Mas minha vida é feita, precisamente, de minhas relações com os outros homens. A Áustria se acha na minha vida, o mundo inteiro está em minha vida.

— Evidentemente; e toda essa gente com quem cruzamos está também em sua vida, pois você a vê. — Hélène tinha enrubescido e falava com a voz aguda que costumava adotar quando algum argumento a embaraçava. — Isso não quer dizer que você seja responsável por tudo que lhe acontece.

O sangue dos outros

— É o que resta a ver — resmunguei.

Eram sete horas da noite; a avenida de Saint-Ouen formigava de gente; em cada esquina era disputada a última edição do *Paris-Soir;* as padarias iluminadas transbordavam de *croissants* torradinhos, de brioches e de compridos pães dourados; nos açougues, de pisos polvilhados de serragem, os bois, os carneiros, esvaziados, lavados e sarapintados de marcas, alinhavam-se, suspensos do teto como numa parada, e sobre o balcão repousavam, revestidos de papel impermeável, enormes ramalhetes de carne sangrenta. A abundância, o lazer, a paz. Homens discutiam em voz alta, sem receio, debruçados aos balcões dos botequins. *As portas de ferro tinham sido baixadas, os cafés estavam vazios; nas ruas desoladas ressoava apenas o martelar das botas nazistas; silencioso, com olhos cheios de terror, o povo espiava por detrás das persianas.* "A vez da França chegará."

— Poderia se dizer que você imagina ter criado o mundo — disse Hélène.

— Li, de uma feita: cada homem é responsável por tudo, diante de todos. E isso me parece tão verdadeiro!

Hélène encarou-me com ar amuado.

— Não compreendo — disse ela.

— Evidentemente, quando nos consideramos formigas num formigueiro, nada podemos fazer. Não estou dizendo que eu poderia ter impedido a entrada dos nazistas estendendo os braços. Tornei a ver minha mãe nas ruas de Sevilha, com seus pequeninos braços estendidos. No entanto, se houvéssemos todos estendido os braços...

— Talvez, mas ninguém o fez. Os outros são tão responsáveis quanto você.

— Isso é com eles. Está certo: todos são responsáveis. Mas todos quer dizer cada um. Sempre senti isso, mesmo quando era garoto: bastam os meus olhos para que esta avenida exista. Basta a minha voz para que o mundo tenha voz. Quando ele se cala, a culpa é minha.

Hélène virou a cabeça.

— Continua não compreendendo? — perguntei.

— Sim, já compreendi — respondeu de má vontade.

— Eu não criei o mundo. Mas a cada instante eu o recrio com a minha presença. E, para mim, tudo se passa como se as coisas que nele acontecem lhe viessem de mim.

— Sim — disse Hélène, inclinando para o chão um rostinho sofredor.

— O que há? — perguntei.

— Nada.

— Por que esse ar tão triste?

Deu de ombros.

— Há momentos em que tenho a impressão de ser apenas um átomo em sua vida.

— Bobinha! No entanto, você teve um aumento desde a época em que reclamava por só dispor de uma ducentésima parte do meu tempo.

— Você não tem a menor necessidade de mim. Nada do que constitui realmente a sua vida tem qualquer relação comigo.

— É possível querer imensamente a alguém sem dele necessitar.

Apertei seu braço contra o meu, mas ela se retraiu.

— Sinto-me tão inútil!

Teria sido preciso poder afirmar-lhe: "Eu te amo." Mas não ousava mentir-lhe. Tinha jurado deixá-la livre e para isso era preciso não iludi-la. Ela percebia minha ternura e minha indiferença, e arrastava como um fardo sem doçura aquele amor que não me era necessário.

— Você tem certeza de que não a ama? — perguntava Denise.

— Não é amor.

— Talvez você não seja capaz de amar de outra forma.

— Talvez. Mas isso não altera nada. Não é o que ela chama de amor.

Aquilo de que Hélène precisava era que eu tivesse dela uma necessidade essencial; ela conheceria então a plenitude da existência; estaria miraculosamente justificada de ser tal como era, tal como eu a teria amado.

— Você não *quer* amá-la — disse Denise. Levantou os ombros. — Você também procura estragar de propósito a própria vida. No entanto, um amor de verdade não é coisa que se despreze.

Ela acreditava que todos os homens se amavam, espontaneamente, uns aos outros; simpatizava com todo mundo, não imaginando que alguém pudesse não simpatizar com ela. Não queria ver na dureza de Marcel senão uma perversidade deliberada. E ele não tinha necessidade de se esforçar: odiava aquele redil fraternal em que Denise desejava viver, um paraíso humano bem varrido, onde jorravam as virtudes abundantes, onde o mérito, a verdade pendiam das árvores como frutos dourados. Até mesmo a mim ela muitas vezes irritava. Detestava ouvir seus vaticínios sobre o destino do mundo: era a sua maneira de procurar libertar-se de sua preocupação com a própria vida: só o que contava era a marcha universal da história.

— Não é de se desprezar. Mas é preciso ser capaz disso.

— Sim — disse Denise. Teve um riso áspero. — Eu não sei de que Marcel é capaz. Você, pelo menos, age, tem seus camaradas. E ele... Não acha que ele está meio maluco?

O sangue dos outros

Encarou-me com uma ansiedade cheia de suspeitas. Marcel não fazia absolutamente mais nada; renunciara até mesmo a esculpir pedaços de açúcar ou a trançar barbantes. Passava dias inteiros envolto em grossos pulôveres e deitado em sua cama úmida; sacudia-se depois, e reclamava a presença dos amigos. Acolhia-os com tanta alegria que, não fossem as confidências de Denise, eu jamais suspeitaria de suas melancolias cotidianas. Observei apenas as suas manias; era preciso que suas mãos estivessem sempre ocupadas: ou agarrava o braço da poltrona, ou fechava entre as mãos a tabaqueira, um vaso ou uma laranja; sentava-se de costas para a parede. "Detesto sentir o vazio atrás de mim." O chão estava recoberto de tapetes, almofadas e peles de animais; não havia um pedacinho sequer de parede que houvesse permanecido nu: Marcel pendurara borboletas, conchas, imagens galantes e cartões-postais coloridos representando Santa Teresa de Lisieux com os braços carregados de rosas.

— Ele, com certeza, anda procurando alguma coisa impossível — disse eu —, mas não se trata de loucura.

— Mas o que estará ele procurando? — disse Denise. — Você sabe o que é? Escarnece cada vez que tento perguntar.

Seus olhos já brilhavam, cúpidos; Marcel desdenhava o amor, a fortuna, a glória; só restava uma esperança: que ele se estivesse reservando para algum bem mais precioso que todos os outros e do qual ela queria sua parte.

— Creio que é alguma coisa que só tem sentido para ele.

Ela ergueu os ombros, desapontada.

— As coisas têm sentido ou não têm — declarou em tom categórico.

Era aquela voz imparcial de professorinha que punha Marcel fora de si. Com Denise, ele se mantinha sempre na defensiva, mas comigo falava sem mistérios. A única coisa que me desconcertava era aquele ar de secreto júbilo com que ficava à espreita de todos os meus gestos.

— Não é mesmo? Não acha reconfortante um copo a encher-se? — disse ele, acompanhando com os olhos o líquido vermelho a subir.

— E também um copo a esvaziar-se — acrescentei, esvaziando o copo.

— Não. O que lhe agrada é você mesmo a enchê-lo. — Apertava a tabaqueira entre os dedos. — Todo mundo busca a plenitude. Observe um pouco, na rua, o número de pessoas que evitam o meio da calçada, que caminham rente às paredes a fim de sentir a seu lado algo de sólido; algumas arrastam a mão pelos muros como se estivessem arranhando um violão.

— Examinou os dedos. — Tocar os objetos é o que há de mais definitivo.

— Você desistiu definitivamente de criar?

— Não se pode criar nada. Há sempre alguma coisa que já existia antes.

— É verdade — disse eu —, é verdade em todos os planos.

Páginas brancas cujo futuro repousava por completo em minhas mãos. Apenas um sonho pueril de estudante. Eu agora sabia. Só a ausência é branca, a impossível ausência. Escolher. A paz vergonhosa ou a sangrenta guerra? O assassinato ou a escravidão? Teria sido necessário escolher antes de tudo as próprias circunstâncias em que se impõe a escolha.

— Ou então criamos ideias que jamais chegam a existir — continuou Marcel. Apontou um dos objetos suspensos à parede. — Seria preciso que a forma mesma fosse de palha. Ou que a palha saísse, fibra por fibra, de minha cabeça.

— Mas, então, o que vai você fazer?

— Mais nada. Criar é um esforço para exprimir o ser; mas antes de tudo é preciso ser. O que já é bastante complicado. É preciso achar uma forma de pôr-se em contato com o ser. — Virou a cabeça para a esquerda e para a direita. — Olhar, apalpar, já é um contato.

— Você não receia acabar se aborrecendo?

Riu.

— Estou habituado. Aborrecer-me não é assim tão aborrecido.

Pobre Denise! Com que sorriso a ouvia ele quando falava, cheia de ardor, a respeito dos sudetos e da Tchecoslováquia! Voltava, naquele dia, toda animada, de uma reunião antifascista em que havia tomado a palavra; havia em seus olhos um fulgor que há anos eu não via.

— Está contente — disse Marcel. — Olhe para ela: está persuadida de que *fez* alguma coisa. — Colocou uma mão grande e pesada sobre o ombro de Denise, com um ar bonacheirão. Denise se contraiu, seu olhar apagou-se.

— Você viu — disse-me ela alguns instantes depois —, viu como ele faz sempre comigo. Sufoco junto dele. Ele me sufoca. — Sua voz tremia. — Da manhã à noite, aquele riso silencioso, aqueles olhos que me transpassam. Vai me enlouquecer também a mim.

— Quanto a isso — concordei —, calculo que não há de ser muito fácil viver com ele.

Os olhos de Denise fixaram-se ao longe, em alguma coisa terrível.

— É infernal!

Havia os dias. Havia as noites. Marcel me havia dito muitas vezes que só podia suportar o contato de um corpo que ele conseguisse ver integralmente como uma coisa. Passava longos períodos sem tocar em Denise e quando a agarrava com suas grossas mãos devia ser ainda pior.

O sangue dos outros

— Por que não experimenta deixar de viver com ele? Talvez as coisas melhorassem.

— Deixar de viver com ele? — Denise lançou-me um olhar perturbado; procurou restituir ao rosto uma expressão calmo e sensata. — Mas o que seria dele sem mim? — Não — acrescentou depressa. — É internamente que devo libertar-me dele.

— É muito mais difícil.

—Vou lhe contar um segredo — disse ela com um riso acanhado. — Comecei a escrever um romance.

— É mesmo?

— Um romance sobre nós dois. Muito disfarçado, é claro. — Apertou os lábios. — Ah! Se eu conseguir escrevê-lo! Marcel, de certa forma, tem razão: não se pode realmente fazer grande coisa na ação política, não acha?

— Depende — respondi. Havia sempre tantos mal-entendidos no início de nossas conversas que eu me sentia muitas vezes incapaz de lhe responder.

— Mas como posso trabalhar! — continuou, desesperada. — É preciso comer, vestir-me, sem um tostão. Isso me devora todo o tempo.

— Sim, Marcel não se dá conta disso.

— Não faz mal — disse num tom decidido. — Eu hei de arranjar tempo.

Podia-se confiar nela. Nunca desperdiçava um minuto. Era um cérebro bem-organizado.

— Uma raça terrível — dizia Marcel. Olhava-me com olhos exorbitados; poderia se dizer que ele estava realmente atemorizado. — Não querem perder tempo; não querem desperdiçar os dons, não querem jogar dinheiro fora. E nunca, nunca perguntam a si mesmos o que é que se ganha não perdendo nada.

— Mas você é mesmo um carrasco para Denise — disse eu.

— O que quer você? Não falamos a mesma língua: Denise é uma criatura social. O que pensam as pessoas, o que dizem, o que aprovam, é isso que conta para ela. — Esmurrou o vasto peito. — E parece-lhe simplesmente insensato que eu, individuozinho único, me preocupe com meu próprio destino. — Balançou a cabeça. — Estou lhe dizendo que é uma raça perigosa!

—Vamos admitir que ela esteja enganada — disse eu. — Não é motivo para condená-la a essa existência miserável.

— Não estou condenando ninguém.

—Você sabe muito bem que ela é infeliz. E tranquiliza-se afirmando que ela não merece ser feliz. Mas você, que a censura por julgar-se possuidora da balança do bem e do mal, também não tem o direito de avaliar os seus merecimentos. Aliás, não há proporção. Não vejo nenhuma relação entre os erros de Denise e as chateações que você lhe impõe.

— Mas por que é ela infeliz? — perguntou Marcel. — Podem-se dispensar tantas coisas! Eu passo muito bem sem uísque...

— Isso é com você. Você não tem o direito de impingir a ela a sua moral. Você vem procurando alcançar o seu ser; mas o seu, não o dela; essa experiência só é válida para você mesmo.

— Afinal — disse com uma certa raiva —, você não pode exigir que Denise passe a vida apalpando objetos.

Começou a rir, sem responder.

— Garanto que você anda se arvorando em justiceiro. Pode censurar Denise, mas ninguém o encarregou de castigá-la.

Suas mãos brincavam com uma maçã.

— Pobre infeliz! Se eu não existisse, a Terra seria um lindo castelo de açúcar cor-de-rosa. — Sorriu para mim. — Mas eu também não posso me suprimir, afinal de contas.

— E se você lhe desse pelo menos um pouquinho de conforto material?

— Ganhar dinheiro? Se é isso que você quer, estou de acordo. Por que não? — Apanhou a maçã no ar. — Vestidos para Denise, uma empregada, belos tapetes. Por que não, afinal?

Eu havia sido um bom advogado. Era um excelente fornecedor de conselhos. Entretanto, que teria eu respondido se Marcel me houvesse perguntado: "E você? Acredita que torna Hélène feliz?" O tempo havia passado; ela pouco a pouco se transformava numa mulher: não mais a satisfazia amar sem esperança de retribuição. Não me censurava, mas ficava triste com frequência. Dias houve em que me pareceu absurdo pensar na alegria toda que eu lhe poderia dar com uma só palavra e que eu não lhe dava.

— Vou lhe dizer uma coisa — disse-me ela —, mas prometa que não se zangará.

Estávamos sentados à margem do Sena, balançando as pernas, na extremidade da ilhota do cemitério dos cães, um lugar de que Hélène gostava.

— Diga.

Era um domingo de agosto; tinha posto o vestido mais bonito, um vestido de crepe estampado que ela mesma desenhara: cor-de-rosa, com cintilações complicadas de pagodes, de chapéus chineses. Seu rosto, seu pescoço e seus braços estavam dourados de sol. Olhou-me com um sorriso hesitante.

— Pois é! Ontem de manhã a tia Grandjouan me propôs levar-me com ela para a América. — Desviou os olhos. — E eu recusei.

O sangue dos outros

— Hélène! — Agarrei-a pelos ombros. — Que absurdo! Há três anos que você aguarda essa oportunidade! Vai lhe telefonar hoje mesmo!

— Não — disse ela. Olhou-me. — Por favor, não posso aceitar. Teria de ficar lá pelo menos um ano. Para falar a verdade, teria de arranjar a minha vida por lá. Trata-se de fundar uma sucursal e de dirigi-la. — Sacudiu com a cabeça. — Não quero.

— Lembre-se do nosso pacto: nossa história não lhe deve fazer perder nenhuma oportunidade. Vá, ao menos por um ano. Pense, você tem tanta vontade de viajar!

— Um ano sem você!

— Você tornará a me encontrar.

— Eu teria medo demais. Sobretudo agora. E se houver mesmo uma guerra?

Apertei-a contra mim. Eu sabia. Ela não mais desejava viagens, nem bicicletas, nem nada além de mim. Havia tecido, durante dois anos, e com a minha cumplicidade, aqueles laços que a ligavam a mim; como poderia ela, de repente, decidir rompê-los?

— Está desapontado? Teria sido uma boa maneira de se livrar de mim? — E sorria com tristeza.

— Não tenho a menor vontade de vê-la partir, mas fico consternado por fazê-la perder uma oportunidade dessas.

Meu coração confrangeu-se. Além de mim, ela nada mais amava no mundo; o resto do universo perdera a seus olhos todo o colorido. E eu só lhe concedia uma pálida ternura, enclausurava-a num pobre amor solitário.

— Quando eu penso! Você vai ficar em Paris, vendo as mesmas ruas, os mesmos rostos, pintando no mesmo quarto; vai continuar a passear no Luxembourg, a levar essa existência monótona que tantas vezes a enfara. Por minha causa!

— Se eu pelo menos soubesse que você não se aborrece realmente por eu ficar — disse baixinho.

— Hélène! Por que diz isso? Eu ficaria como uma alma penada se você me deixasse!

Apertei-a nos braços: beijei-lhe os cabelos ensolarados, o rosto, os lábios; beijei-a com uma espécie de paixão; procurei as palavras mais ternas; não compreendia por que motivo eu me coibia de pronunciar algumas. Olhava os túmulos ornados de conchas, os cachorrinhos de pedra: "A Médor, para todo o sempre"; o cascalho rangia sob nossos passos; caminhávamos lado a lado, lentamente. Ela estava linda.

— Sabe? — disse eu. — Nunca imaginei que eu poderia vir a apegar-me tanto assim a você. Estou ridiculamente feliz por você não partir.

Ela mordeu um lábio. Seu espanto me doeu.

— É verdade? — perguntou.

— É verdade.

Seus olhos brilharam e eu contemplei comovido aquela alegria que era minha obra. Ao certo, mesmo, o que era verdade?

E que importância tinha a verdade?

— Mas por que você não se casa com ela? — perguntou minha mãe. Eu lhe havia apresentado Hélène, e as duas tomavam chá juntas, de vez em quando, em meu quarto. Minha mãe intimidava Hélène e esta parecia "criança" à minha mãe, que, entretanto, a estimava.

— Não a amo de verdade.

— Não deveria então ter penetrado dessa maneira na vida dela.

— Foi ela quem quis. Declarou que a ela cabia escolher, que é livre.

— Sim, é muito bonito deixar as pessoas livres — suspirou minha mãe. Havia deixado a Elizabeth e a Suzon a liberdade de se casarem com quem quisessem. O casamento de Elizabeth ia mal, o de Suzon ia bem e minha mãe não sabia qual dos dois lares mais a entristecia.

— Você sempre fez isso — disse eu — e tinha razão.

— Ah! Será mesmo? Por mais que façamos, sempre somos responsáveis.

Eu revia o rosto corado, os olhos decididos: "Você é quem deve escolher." Mas que tipo de escolha lhe tinha sido reservada? Poderia ela escolher que eu a amasse? Que eu não existisse? Que ela não me houvesse encontrado? Deixá-la livre era ainda decidir por ela; permanecer inerte, dócil diante de sua vontade, era ainda, baseado apenas em minha própria autoridade, criar uma situação que somente lhe cabia suportar. Lá estava ela, atada por minhas mãos obedientes, encerrada num amor sem alegria. A despeito dela e a meu pesar.

— Que poderei fazer? — disse eu. — Ela não aceitaria que eu me casasse sem amá-la. Deverei mentir-lhe?

— Ah! Não posso lhe dar conselhos — disse tristemente minha mãe.

Quando éramos crianças, ela nos ensinara apaixonadamente a não mentir; mas nem ela mais tinha certeza de nada: nem da prudência, nem da caridade, nem da verdade. Por que não mentir? A ideia pouco a pouco penetrava em mim. Já que eu não a podia deixar livre, se a minha própria existência representava um constrangimento, por que motivo não me tornaria eu, pelo menos, senhor da situação que lhe impunha? Obrigavam-me a decidir por você: pois bem! Bastava que eu decidisse de acordo com meu coração. Eu desejava amá-la; eu a amava; queria que você fosse feliz: pois seria feliz por meu intermédio. A mentira era, afinal, a única arma que permitia desafiar o poder arbitrário da realidade. Por que ficar diante de você, obstinado, estúpido, árido o coração, tal como eu era, a despeito de mim mesmo? Eu poderia compor minhas palavras e meus gestos, iludir o seu destino.

Naquela noite, uma grande aragem festiva varria Paris: as pessoas cantavam e riam umas para as outras, os namorados se abraçavam: havíamos entregue a Tchecoslováquia à Alemanha e afirmávamos haver declarado a paz ao mundo.

— Está satisfeito? — perguntou-me Paul. — Foram pessoas como você que tornaram possíveis esses acordos vergonhosos.

Eu estava no vestiário, com Laurent e Jardinet, lavando minhas mãos. Paul e Masson olhavam-nos encolerizados.

— Esses acordos significam a paz — disse Laurent. — Uma paz feita por nós mesmos. A guerra se tornou impossível porque não quisemos combater. — Era jovem: seu entusiasmo me perturbava.

— Vocês, com seu pacifismo, fazem o jogo da burguesia — disse Paul. — Sob o pretexto de evitar a guerra, eles os obrigam a engolir qualquer tipo de paz.

— E sob o pretexto de revolução, vocês nos arrastariam para qualquer tipo de guerra — retrucou Jardinet.

— Porque somos revolucionários — disse Masson. — Vocês têm medo da revolução.

— Não — declarei. — Mas não queremos comprá-la ao preço de uma guerra mundial. Seria caro demais.

— Nunca se pagará caro demais. — Paul olhou-me com desdém.

— Vocês nunca conseguirão nada, pois não querem pagar.

— É fácil pagar com o sangue dos outros.

— O sangue dos outros e o nosso são a mesma coisa — disse Paul.

— Os meios não importam quando visamos a um fim — afirmou Masson. — E nós sabemos querer.

— Vocês talvez saibam querer, mas não sabem o que querem — declarei. — Se dão tão pouco valor à vida dos homens, que sentido pode ter lutar por sua felicidade e por sua dignidade?

— Você não é um operário — disse Paul. — Foi por isso que não ficou no Partido. É por isso que concorda com os burgueses.

Simone de Beauvoir

Eu não era um operário: já o sabia; mas isso não impedia que Paul estivesse enganado. Se os homens constituíam apenas uma massa que podia ser manuseada à vontade, por que nos deveríamos preocupar com seu destino futuro? Se os massacres, a tirania tinham tão pouca importância, que valor tinham a justiça e a prosperidade? Do fundo de minha alma, eu recusava sua guerra cega. Mas aquela paz em que nos atolávamos não tinha a meus olhos nenhum resplendor de vitória.

Hélène esperava-me à porta da oficina. A alegria resplandecia-lhe no rosto.

— É verdade? É verdade? É a paz?

— É a paz — confirmei —, pelo menos durante algum tempo.

— Seria muito idiota mesmo ir morrer por causa dos tchecos.

Em Viena, os judeus lavavam as calçadas com ácidos que lhes corroíam os dedos, sob os olhares divertidos dos transeuntes; nós não íamos fazer com que nos matassem por causa disso; nem para impedir, nas noites de Praga, o surdo espocar dos suicídios: nem para prevenir os incêndios que iriam em breve acender-se nas aldeias da Polônia. Empenhados em declarar por que não queríamos morrer, estaríamos interessados em descobrir por que vivíamos ainda?

— O quê? Não está contente? — estranhou Hélène. — Mas você não era contra a guerra?

Contra a guerra; contra a paz. Eu não era a favor de nada. Era sozinho. Não podia nem alegrar-me nem me indignar. Preso ao mundo por raízes tenazes que compunham minha própria seiva com mil sucos emprestados, incapazes de me evadir para sobrevoá-lo, destruí-lo, refazê-lo, dele separado unicamente por aquela angústia desolada que revelava a minha própria presença.

— Não se sabe mais o que se deve querer — respondi de modo vago.

— Estou tão feliz! — disse Hélène. — Tive tanto medo, sinto-me reviver! — Acariciou-me os dedos. — Podiam tê-lo levado para longe, para metê-lo no fundo de um buraco, diante de canhões e de fuzis. A ideia do ente amado correndo perigo deve ser uma morte a fogo lento, de minuto a minuto. — Ela me sorriu. — Você está com remorsos, por causa dos tchecos?

Enoja-me um pouco ver toda esta gente tão alegre por ter salvo a própria pele.

— Mas eu os compreendo. Quando estamos mortos, o que nos adianta termos sido generosos, heroicos e tudo mais? Ui! Eu teria pavor de morrer!

"Eu teria pavor de morrer." Você caminhava com longas passadas elásticas e a barra de seu vestido acariciava seus joelhos bronzeados; ninguém imaginaria que você pudesse morrer. Aconchegou-se a mim.

O sangue dos outros

— Teria ainda mais horror a que você morresse.

Ela me amava; estava feliz por lhe ser dado conservar-me com ela. Não quis estragar sua alegria. Sorri, conversei também alegremente. Atravessamos Paris e tomamos sorvetes na praça Médicis. A noite estava amena. Sentamo-nos numa escadinha num canto da rua Saint-Jacques e ela apoiou a cabeça em meu ombro.

— Você me acha muito criança, não é? Eu não o compreendo bem?

Acariciei-lhe os cabelos pensando: "Ninguém sabe mais o que deve querer. Tudo que se faz dá errado. Acaba não tendo mais importância agir desta ou daquela maneira." E já que eu desejava que ela se sentisse amada, o que tinha a fazer era apenas dizer-lhe as palavras que ela desejava ouvir.

— Você cresceu nestes dois anos; e meus sentimentos por você cresceram também.

— É verdade mesmo? — perguntou ela, e apertou minha mão. — Você parece gostar de mim mais que antes.

— Você se queixava, dizendo que eu não precisava mais de você: era verdade. Mas você criou essa necessidade. Eu agora preciso de você.

— De mim? Você precisa de mim?

— Preciso de você porque a amo.

Você estava em meus braços e meu coração doía, por causa daqueles pesados rumores de festa, e porque eu lhe estava mentindo. Esmagado por aquelas coisas que existiam contra a minha vontade, e das quais apenas minha angústia me separava. Não há mais nada. Ninguém mais sobre esta cama; diante de mim, um abismo de nada. E a angústia explode, isolada no vácuo, para além das coisas desvanecidas. Estou sozinho. Sou eu essa angústia que existe isolada, contra a minha vontade. Confundo-me com essa cega existência. Contra a minha vontade e, no entanto, originando-se apenas de mim. Recuse existir: eu existo. Decida existir: eu existo. Recuse. Decida. Eu existo. Haverá um amanhecer.

VI
— CAPÍTULO —

Lá estava ele sentado entre seu pai e sua mãe, no fim de uma dessas avenidas orladas de castanheiros e vigiado por um leão de bronze. Sua presença refluía até aquela encruzilhada, refluía sobre a Terra inteira, transfigurando o mundo para sempre; era o seu mundo. Rico, harmonioso, atravessado de lado a lado por um grande sopro de alegria. Hélène meteu debaixo do braço o banquinho e seus apetrechos de pintura. Era preciso não andar depressa demais. Seria horrível se chegasse muito cedo e se encontrasse frente a frente com o sr. Blomart. Duas horas. Ouvirei sua voz dentro de alguns instantes. "Trabalhou muito?" Até amanhã à noite. Eu agora gosto dos domingos. Em seus braços, esta noite. Ele me ama. Lançou um olhar para o espelho de uma vitrina e alisou a franja com todo o apuro: a cor de seus cabelos, a forma do nariz, tudo se tornara importante, visto ser aquele o rosto que ele amava.

Aproximou-se da casa. "Blomart & Filho, Impressores." Apertou o botão: houve um zumbido e a porta abriu-se. Um odor empoeirado flutuava na escada. Ele subia a escada e respirava aquele cheiro. O odor continuava ali, e o tapete azul também, mas o menino corado e bem-comportado não estava mais em parte alguma. Tinha-se, entretanto, a impressão de que aquele passado continuava a existir, não muito distante, mais próximo do que Xangai ou Constantinopla. Empurrava a porta da oficina, subia para o apartamento com asco. Como ele passava bem sem mim. Teria podido nunca me encontrar. Uma nuvem toldou o coração de Hélène: subitamente, o solo pareceu menos firme sob seus pés. Colocou o dedo na campainha.

— Queira entrar, senhorita.

A camareira afastou-se para deixá-la entrar. Hélène desceu os degraus que levavam ao salão. A alegria envolveu-a. Lá estava ele, ao lado da mãe, diante de uma mesinha coberta de xícaras. Tulipas jorravam, enceradas e comedidas, de um vaso de cristal.

— Bom dia, minha senhora.

— Bom dia, Hélène.

Hélène retirou a mão.

— Minhas unhas estão sujas de tinta. Estive trabalhando a manhã toda. — Sorriu para Jean: — Bom dia!

O sangue dos outros

— Aqui está um cafezinho gostoso — disse Jean, sorrindo: — Mas talvez você prefira um cálice de bagaceira?

— Por que não? — fez Hélène. Sentou-se ao lado da sra. Blomart. Sua mãe. Era tão estranho pensar que ele devia a vida a alguém! Será que ele poderia não ter existido? A sra. Blomart estava sentada numa poltrona, com as pernas dobradas sobre o assento, segurando um dos tornozelos. Parecia muito jovem ainda.

— O que é que a está intrigando tanto? — perguntou Jean.

Riu, um tanto desajeitada. Ainda não se habituara inteiramente a vê-lo ler seus pensamentos:

— Não consigo acreditar que a senhora seja a mãe dele.

— É porque ele é tão alto — disse a sra. Blomart. Percorria-o com o olhar, com uma espécie de surpresa feliz. Era igualmente estranho que se pudesse fornecer a seu respeito um sinal particular. Ele é alto. E moreno. Tem pouco mais de trinta anos. Fora assim que ele surgira diante de Hélène, pela primeira vez, no Port-Salut. — O que vocês vão fazer esta tarde? — perguntou a sra. Blomart.

—Vamos passear com Marcel e Denise. Hélène quer nos mostrar o zoológico.

— É tão divertido! — disse Hélène.

— Menos divertido será dizer a Denise o que penso a respeito do romance dela — disse Jean.

— E o que é que você vai dizer a ela?

—Você o leu; que posso eu fazer? Não tem remédio...

— É medíocre — disse a sra. Blomart.

— Medíocre — disse Jean com ternura. —Você também achou medíocre aquele peixe estragado que nos serviram um dia desses.

— Pobre Denise! Ela fazia tanta questão de que houvesse um gênio na família! — disse Hélène.

—Talvez se esforçando ela pudesse melhorar — sugeriu a sra. Blomart.

— Mas ela se esforçou — disse Jean. —Trabalhou arduamente. Levantava-se todos os dias às seis horas, não procurava mais ninguém. — Olhou para a mãe com certa ansiedade: —Acha você que seja direito deixá-la continuar, quando me pede uma opinião sincera?

Hélène sentiu uma dorzinha no coração. "Ele nunca me consultaria com tanta seriedade", pensou.

— Não seria possível encaminhá-la para outra coisa? — perguntou a sra. Blomart.

— Para a política, talvez — disse Jean. — Mas isso já não lhe parece suficiente. É pena que ela não tenha talento. Isso teria arranjado bem as coisas.

— É pena, mesmo — concordou a sra. Blomart. — Ela é tão corajosa!

— Tem uma porção de qualidades — disse Hélène —, mas o triste é que ninguém as reconhece.

— Mas eu a acho simpática — protestou a sra. Blomart, com certo calor.

— É tão desagradável esse romance — continuou Hélène. — Aquela mulher esmagada pela personalidade do marido! E ridículo aquele grande gênio negador; eu imagino se é mesmo assim que ela vê Marcel.

— Marcel é impossível — comentou a sra. Blomart. — Que maneira de se conduzir. É insensato!

— Está melhorando agora — informou Jean. — Já concordou em fazer cenários para Schlosberg; vai ganhar dinheiro.

— Mas, afinal, ele quer apenas que o deixem sossegado — disse Hélène. — Denise também não pode exigir que ele proceda contra a sua consciência.

— Sua consciência lhe deveria lembrar que Denise existe. — Um rubor coloriu as faces da sra. Blomart: — É muito bonito isso de sentir angústia moral, mas é demasiadamente cômodo quando podemos restringi-la apenas ao que nos agrada.

— Mas por que teriam os outros direitos sobre nós? Nunca pude compreender isso — disse Hélène.

— Não se trata de direitos: eles estão aí.

— Sim — concordou a sra. Blomart. — É preciso ser cego para não os ver. Hélène olhou para ela, olhou para Jean. "Eu sou cega", pensou aborrecida. Jean levantou-se:

— Bem! Tenho de me pôr em ação agora. — Inclinou-se para a mãe. — Que sapatinhos bonitinhos os seus — disse agarrando um deles.

— Jean! — protestou a sra. Blomart, aborrecida.

Ele indicou o salto alto do sapato de couro de lagarto:

— Você nunca se há de consolar de não ser uma mulherona gorda.

— Você é indecente!

— Tome — disse Jean —, pode ficar com ele. — Beijou a mãe: — Até quarta-feira. Vou contar a Hélène os nossos projetos.

— Que projetos? — quis saber Hélène quando se viram na avenida.

— Já vou lhe contar. — Jean lhe tocou no ombro: — Como você está bonita hoje!

— Que projetos? — repetiu Hélène.

O sangue dos outros

— Curiosa! Pois bem, aí está! Mamãe me fez uma pergunta que já venho fazendo a mim mesmo há bastante tempo: por que é que nós não nos casamos?

— Nos casarmos! — Hélène passou a língua nos lábios. Em seus braços, todas as noites; todas as manhãs, ao acordar, o seu rosto. Mas não quis deixar explodir uma alegria mais indiscreta que um pedido: — Você não gostaria nem um pouco de estar casado.

— E por que não? — Jean sorriu: — Eu não a faria infeliz.

— Como você é bonzinho!

— Não sou bonzinho: eu a amo.

—Você é bonzinho por me amar. — Examinou-o, indecisa; ele era tão terno, tão generoso. Não estaria pensando apenas nela? — Receio me tornar um estorvo para você...

—Tolinha! Como você se tornou modesta! — Fechou a mão de Hélène na sua: —Vamos, diga que quer se casar comigo!

— Pois está dito! — exclamou num ímpeto de alegria. Apesar de seus esforços sua boca estava rindo, brilhavam-lhe os dentes e ela sentia no coração um fervilhar de ouro incandescente. Ele sorria. Caminharam algum tempo sem falar: eles se amavam, não havia nada a dizer.

—Vamos fazer uma surpresa a Marcel — disse Jean.

Subiram a escada. Havia um aviso colado à porta: "Bata com força"; a campainha continuava arrebentada. Jean bateu e Denise veio abrir. Usava um chapeuzinho ornado de um véu que lhe conferia um aspecto de senhora; tinha as luvas e a bolsa nas mãos.

— Não entrem — disse ela. — Está uma desordem nojenta, aí dentro. — Fez um trejeito de asco: — É impossível pôr em ordem este bordel!

As palavras grosseiras soavam vulgares e falsas em sua boca distinta.

— Marcel não vem conosco? — perguntou Jean.

— Irá nos encontrar na hora do jantar. Não quis desistir da partida de xadrez.

— Continua insistindo?

— Meteu na cabeça a ideia de se tornar campeão — explicou secamente Denise.

Desceram lentamente a escada em caracol. "Está começando mal", pensou Hélène. Debaixo do veuzinho, as maçãs do rosto de Denise apareciam marcadas por duas manchas vermelhas e viam-se os cantos pendentes de sua boca.

— O táxi é por minha conta — disse ela. Fez um sinal e um táxi veio encostar à calçada: — Por favor, poderia o senhor nos levar até o jardim zoológico de Vincennes? — perguntou ela naquele tom cantado com que costumava dirigir-se aos motoristas de táxi e aos garçons de café. Sua voz readquiriu a secura: —Vamos aproveitar depressa, já que Marcel resolveu ganhar dinheiro.

— Como vão as coisas? — quis saber Jean.

— Às mil maravilhas. Borra algumas maquetes, exatamente como se estivesse pintando paredes, e depois vai empurrar seus pedaços de pau com a consciência tranquila.

— Mas isso dá dinheiro — disse Jean.

— Como se eu me tivesse queixado alguma vez da pobreza! — Reinou um silêncio pesado. Os olhos de Denise fixavam o vácuo com expressão ausente e aborrecida. Hélène recordava: era horrível ser infeliz, sentimo--nos tão sós no mundo!

—Vou lhes mostrar tudo — disse ela, transpondo o portãozinho da entrada. — O aquário, os papagaios, as feras, os cangurus. Querem?

— Certamente — disse Jean —, gosto muito de ver animais.

Hélène sorriu. Já estivera muitas vezes ali desenhando os flamingos, as girafas, os tatus e os tamanduás. Costumava escalar ao meio-dia o rochedo dos macacos a fim de contemplar Paris, enquanto mordiscava um sanduíche de carne de porco. Eram dias gostosos. Dias vermelhos. Mas naquela época, até mesmo as horas felizes tinham um ressaibo de coisa inacabada.

— Espere, vou comprar peixe para as focas — disse Jean. Aproximou-se da vendedora, em pé atrás de um balcão sobre o qual repousava uma cesta fervilhante; disse-lhe alguma coisa e ela se pôs a rir. Todos simpatizavam sempre com ele, talvez por causa da sua maneira fraternal de olhá-los, de falar-lhes.

— Quer? — perguntou a Denise.

— Não, obrigada.

Jean segurou um peixinho pela cauda e inclinou-se sobre o rebordo de cimento; uma enorme foca bigoduda se ergueu, de boca escancarada, e pulou muito tesa, latindo gulosamente. Jean recolheu o peixe.

— Ela vai acabar lhe arrancando os dedos — avisou Hélène.

— Não tem perigo!

Jean recomeçou a manobra: parecia tão alegre, tão descuidado! Vivia sempre preocupado, outrora. "Ele me ama", pensou Hélène. Jean largou o peixe, que a foca abocanhou.

— Bicho engraçado — fez ele com ar compenetrado.

— Todos os bichos são engraçados — disse Hélène.

Ela lhe sorriu. Ele a amava: não havia nela mais nenhum vácuo, nenhuma incerteza. Não perguntava mais a si mesma para onde se encaminhar ou por que permanecer onde estava. Como se houvesse um lugar determinado para ela na Terra, e no qual ela estivesse exatamente incrustada. Apenas um lugar ao lado dele, com a cabeça à altura de seu ombro, no meio desse imenso parque cheio de rochedos onde se mesclavam o odor das feras e o perfume recente das vergônteas. "Vamos nos casar."

— ◆ —

— Puxa! Você não nos poupou! — exclamou Jean.
— Mas agora vocês estão conhecendo o zoológico tão bem quanto eu — disse Hélène. Estavam sentados sob um toldo de listras alaranjadas, perto de uma barraca onde crianças bebiam refrescos verdes e cor-de-rosa. Hélène gostava daquela exposição empoeirada: os retorcidos bastõezinhos de alteia, as balas de alcaçuz, os bolinhos e os enormes potes transbordando de líquidos de cores vibrantes; as mesmas cores das bolas, que se balouçavam atadas à extremidade de uma vareta, semelhantes a um gigantesco cacho de balas aciduladas.

— Isso daria uma aquarela bem agradável — comentou.
— De fato — concordou Denise. Seu olhar perpassou pelos potes e pelas bolas como se tudo aquilo fosse invisível. Hélène lançou um olhar para Jean, que bebericava seu vinho com ar displicente; também ele, contudo, sabia que tinha chegado o momento.

— Lembra-se de sua promessa? — perguntou Denise.
Jean a encarou com ar inquisitivo.
— Você ficou de dar sua opinião a respeito do meu romance. Acabou de ler?
— Acabei.
— E então?

Houve uma pausa, muito curta. O sorriso de Denise crispou-se-lhe nos lábios.
— É interessante — disse Jean. — Está cheio de coisas. — Seu jeito aberto e franco teria enganado a própria Hélène. — Acontece apenas, evidentemente, que se trata de um trabalho de principiante. Penso que se aprende a escrever romances como se aprende a fazer sapatos. Você ainda não conhece o ofício.

— O que quer dizer exatamente? — inquiriu Denise. As maçãs de seu rosto estavam brilhantes: custava-lhe imprimir à voz um tom moderado.

— Você explica demais e não mostra nada. Tem alguma coisa a dizer e não se preocupa muito com a maneira de fazê-lo. Diria antes que se trata mais de trechos extraídos de um diário íntimo que de um romance.

— Contudo, eu mostro Sabine, Éloi...

— Você não os mostra: diz o que se deve pensar a respeito deles. São abstratos demais. E você não procurou urdir uma história.

Denise acendeu um cigarro com um ar apurado.

— Em resumo: seria preciso fazer tudo de novo.

— Sim, francamente; quase tudo — concordou Jean.

— Não julguei que fosse contudo assim tão detestável.

— Não; detestável propriamente... não. É uma obra de estreia!

— É.

Ela fumou algum tempo em silêncio. Com Denise não se podia atenuar a verdade: havia sempre encarado as coisas de frente.

— Você acha que vale a pena refazer tudo? Julga que poderei conseguir alguma coisa?

— Isso é coisa que não posso afirmar.

— Não lhe estou pedindo nenhuma profecia — disse Denise. — Apenas a sua impressão...

Jean hesitou. Hélène, inquieta, observava-lhe os lábios: ele sempre dizia a verdade.

— Parece-me que você daria muito mais para escrever ensaios — disse ele. — O que você precisa é de uma fórmula que lhe convenha.

Denise bruscamente desceu o veuzinho sobre o rosto.

— Penso que compreendi o que me convém — disse ela. — Muito obrigada. — Levantou-se: — Marcel deve estar nos esperando; seria melhor irmos andando.

— Não tome as coisas dessa maneira — disse Jean. — É muito raro que a primeira tentativa seja bem-sucedida. A questão é saber se você quer realmente escrever...

Denise não respondeu; caminhava com passos rápidos; aproximou-se de um táxi:

— Praça de Saint-Germain-des-Prés.

Encolheu-se num canto do carro e pregou os olhos na nuca do motorista. Todo o seu rosto como que murchara: nem sequer procurava manter uma fisionomia decente. Ela sempre tão delicada, tão requintada! Sua resistência devia estar realmente no fim!

— Chegamos — anunciou Jean.

Virou a cabeça e olhou-o como que espantada.

— Desça — disse Jean abrindo a porta.

Ela desceu, pagou o motorista e empurrou a porta giratória.

— Você a arrasou — disse Hélène.

O sangue dos outros

— Mas para que me pediu ela minha opinião? — disse Jean irritado. — É sempre a mesma história. Sempre...

Entraram. Marcel estava sentado no fundo da sala. Um sorriso enrugou-lhe o rosto.

— Já estava impaciente, esperando vocês. Estou com uma fome de lobo.

— E nós também — disse Jean. — Hélène foi implacável: fez-nos correr dos macacos para os crocodilos, dos crocodilos para os abutres.

— Foi pena você não ter ido — disse Hélène.

— Jogou bem, pelo menos? Ganhou? — perguntou Jean.

Marcel deu uma risadinha misteriosa.

— Estou melhorando. — Entregou o cardápio a Hélène: — O que é que você quer comer?

Hélène examinou o menu um tanto perplexa; teria comido tudo.

— Vou lavar as mãos — disse Denise.

— Escolha primeiro — pediu Marcel.

Ela deu de ombros:

— Peça qualquer coisa para mim.

— Vou querer patê — anunciou Hélène. — E, depois, não sei, estou hesitando entre o pombo e o filé.

— Peça a carne e o pombo — disse Marcel.

— Oh! Isso não! — recusou ela embaraçada.

— E por que não? Você está morrendo de vontade.

— Afinal, por que não? — disse ela.

Apanhou a bolsa e desceu a escada que levava ao toalete. Empurrou a porta. Denise, em pé diante do espelho, havia erguido o veuzinho e se contemplava; parecia congelada para todo o sempre numa interrogação sem esperança.

— Estou parecendo uma selvagem — disse Hélène.

As pálpebras de Denise estremeceram; estendeu a mão para o batom e esfregou-o maquinalmente nos lábios. Hélène, pouco à vontade, começou a pentear os cabelos; parecia que nenhuma palavra poderia ser proferida, o simples fato de falar teria sido um ultraje. Entretanto, de segundo em segundo, o silêncio se tornava mais opressivo. O pânico apoderou-se bruscamente de Hélène, "Ora! Está bem assim!" Tornou a subir a escada correndo. Denise caminhava atrás dela, com passos medidos.

— O jantar está servido — disse Marcel.

A mesa estava recoberta por uma toalha adamascada; uma garrafa de gargalo comprido flutuava num balde de gelo. O prato de Hélène ostentava uma enorme fatia de patê, rosada e estriada de trufas.

— Ah! Que patê! — exclamou Hélène extasiada.

— É que hoje é dia de festa — explicou Marcel. — Jean me contou a novidade. — Encheu os copos: — O que diz você? — perguntou a Denise. — Acha que Jean dará um bom marido?

Denise fez uma careta:

— Talvez. Parece que há casais felizes.

Ela não havia retocado a maquilagem; apenas os lábios tinham sido pintados; os olhos brilhavam em seu rosto pálido com dureza metálica.

— Faço um brinde ao seu lar — disse Marcel.

— Ao seu campeonato de xadrez — retrucou Jean.

Chocaram os copos e Hélène pregou os olhos no prato: a imobilidade de Denise a paralisava.

— Você não vai comer? — perguntou Marcel.

— Dá náuseas. — Denise encarou, um a um, Marcel, Jean, Hélène, com uma fisionomia transtornada. — Estamos aqui, comendo patê — disse ela.

— Não há nada a dizer contra este patê — disse Jean em tom bonacheirão.

— Passe o seu prato para Hélène — fez Marcel. — Ela dará conta do recado.

— Mas ela pode adoecer — protestou Jean.

— Não, ela é resistente! — Marcel passou o pedaço de patê para o prato de Hélène: — Adoro vê-la comer.

— Obrigada — disse Hélène meio constrangida.

O riso de Marcel contrastava penosamente com a fisionomia de Denise. Ele parecia estar perfeitamente à vontade.

Hélène lançou um olhar para Jean; este também observava Denise com inquietação. Comentou para romper o silêncio:

— É bem agradável este lugar!

— Não é mesmo? O sujeito que decorou isto aqui entendia do ofício: não deixou nem um centímetro vazio.

As paredes estavam recobertas de mosaicos azuis e amarelos: peixes, aves, palmeiras.

— Por falar nisso — disse Jean —, eu gostaria de ver seus cenários. Parece que a coisa vai indo bem.

Marcel se pôs a rir:

— Claro! É tão fácil agradar-lhes.

— Ah! Você acha fácil? — Denise pareceu sair de um sonho.

— Fácil demais para ser interessante — disse Marcel.

— Ao passo que o xadrez, sim, é que é interessante — escarneceu Denise.

O sangue dos outros

— Apaixonantemente interessante — respondeu Marcel. Voltou-se para Jean: — É onde se encontra a criação pura. — Apontou o próprio crânio com o dedo: — Extrai-se tudo daqui. — Sorriu com ar malicioso: — Aliás, eu dentro em breve poderei jogar com os olhos fechados.

Denise tamborilava na mesa com as pontas dos dedos.

— O que disse Schlosberg ao certo?

— Afirmou que se podia reconhecer imediatamente a mão de um artista — disse Marcel, exibindo, satisfeito, sua mão enorme.

Denise deu uma risadinha sarcástica.

— Mas você não é pintor — disse ela — assim como eu não sou romancista.

— É ótimo que Schlosberg esteja satisfeito — disse Jean em tom conciliador.

Denise mirou-o fixamente.

— É, você pouco liga — disse ela, com voz forte. — Tem seu sindicalismo, Marcel tem o xadrez, Hélène tem a você. Mas eu... — acrescentou numa espécie de soluço —, eu nada tenho.

Houve um silêncio. Denise desviou o olhar e partiu um pedaço de pão.

— Garçom! — exclamou Marcel. — Traga o resto.

"Marcel tem seu xadrez. E eu tenho Jean", pensou Hélène. Examinou Jean. Somente ele. Seria suficiente? Julgou perceber novamente um antigo crepúsculo cheirando a mel e a chocolate; a velha angústia ali estava, prestes a retomá-la.

— Aqui está primeiro o pombo — disse Marcel.

O garçom pôs sobre a mesa um prato coberto por uma campânula de metal. Suspendeu a tampa e Hélène respirou, deliciada, o aroma das ervilhas. O passado desvaneceu-se, de repente.

— Coma — disse Marcel a Denise. — Todo o seu mal está em não comer.

Ela lhe desfechou um olhar fulminante. Hélène e Jean entreolharam-se inquietos.

— Mas estou falando sério — disse Marcel. — Comer é a maneira mais segura de atingir o ser.

Denise varreu o prato com as costas da mão: pombo e ervilhas estatelaram-se no chão entre fragmentos de porcelana.

— Estou saturada! — disse Denise. — Chega! Chega! — repetiu levantando-se. Encaminhou-se para a porta.

— Vou com ela — disse Hélène.

— Vá — concordou Jean — e fique o tempo que for necessário. Esperarei por você em casa hoje à noite e amanhã de manhã.

Olhou-o com o coração apertado; apenas um sábado por semana, uma única noite. Correu atrás de Denise e agarrou-lhe o braço.

Simone de Beauvoir

—Vou acompanhá-la — disse. — Quer?

Denise deu alguns passos sem responder.

— Aquele homem! — disse ela. Parou e encostou-se a uma parede. — Não quero mais vê-lo: nunca mais; nunca!

Hélène sentiu-a cambalear.

— Não podemos ficar aqui — disse ela. —Vamos para sua casa.

Denise balbuciou algumas palavras ininteligíveis.

— O quê? — perguntou Hélène. — Não quer voltar para casa?

— Nunca.

Denise, encostada à parede, tinha o olhar fixo. Hélène observou-a, indecisa.

—Venha, então — disse de súbito. —Vamos tomar um quarto naquele hotel. Você não se aguenta em pé.

Arrastou Denise e atravessou a rua. Havia um hotel bem em frente; no hall atapetado de vermelho e guarnecido de fundas poltronas de couro uma planta irrompia de um vaso de cobre.

—Tem um quarto para uma pessoa? Para uma noite?

— Emma, mostre o número 7 a estas senhoras — ordenou a hoteleira.

A camareira apanhou a chave e subiu os degraus de uma ampla escadaria recoberta por espesso tapete. Abriu uma porta.

— Está ótimo — disse Hélène depressa. Fechou a porta. — Deite-se — disse ela a Denise —; trate de descansar.

Denise desamarrou o véu, colocou cuidadosamente o chapéu sobre a mesa.

— Não estou doente. — Sentou-se à beira da cama. — Poderiam tratar-me, se estivesse doente. Não. Mas tenho uma coisa atravessada na garganta e isto não tem cura. — Examinou Hélène com uma espécie de ódio: — Mas diga-me, afinal, o que eu tenho!

— Mas... você não tem nada!

Denise riu com escárnio:

— Não quer me dizer?

O coração de Hélène pôs-se a bater mais forte; estava atemorizada.

— Darei um jeito de ficar sabendo — desafiou Denise.

— Isso é um absurdo, Denise. — Hélène pousou a mão sobre a da companheira. Esta a recolheu num sobressalto.

—Você sabe. Você sabe por que Marcel me detesta — disse ela. Começou a tremer: — Dorme no chão, de noite, porque os contatos o incomodam; e é sempre tão delicado! Eu teria preferido que ele me batesse. Diga: por que é que ele me odeia?

— Ele não a odeia.

O sangue dos outros

— Não minta — disse Denise violentamente. Olhou em torno: — Por que me trouxe para cá?

— Para você descansar.

Os olhos de Denise fuzilaram.

— Descansar! — Sua testa enrugou-se: — Você está aqui como amiga ou como inimiga? — perguntou num tom preocupado.

—Você sabe muito bem que sou sua amiga.

— Minha amiga! Eu não tenho amigos! Eu me detesto! — Desabou subitamente sobre a cama e pôs-se a soluçar. — Sou uma incapaz — disse ela.

Hélène acariciou de leve os opulentos cabelos ruivos.

— Não fique tão desgostosa. A primeira tentativa nunca é bem-sucedida.

— Eu sei — disse Denise. — Não tenho nada a dizer. Sempre soube disso. Mas o quê, então? — gritou desesperada. — Diga-me: o quê? — Soluçava e seus soluços iam aumentando; um gemido prolongado escapou-lhe dos lábios; tremia da cabeça aos pés. Hélène atirou-se na cama a seu lado e colou a mão na sua boca.

— Não grite — disse ela. — Acalme-se!

Denise calou-se de súbito.

— Estou tão cansada!

— Procure dormir. Eu ficarei aqui.

— Obrigada. Desculpe-me.

Denise fechou os olhos. Hélène apagou a luz e sentou-se ao lado da cama. Um clarão amarelo infiltrava-se pelo vão das cortinas de veludo. "Então, o quê?", repetiu ela. "O quê?" Examinou Denise: sob os cabelos em desalinho, via-se o rosto vermelho de febre. Para que tantas lágrimas e tanta luta, tantos desejos e pesares? Seu coração enregelou-se. A vida de Denise. Minha vida. Minúsculas ilhas num oceano sombrio, desgarradas sob um firmamento vazio e recobertas dentro em pouco pelas águas uniformes. "Eu tenho Jean." Mas Jean morreria um dia; seu amor morreria. Sobraria apenas aquela noite deserta que não chegamos sequer a conceber. "Estou me iludindo", pensou Hélène. "Eu também me iludo deliberadamente." Teve vontade de atirar-se sobre a cama, como Denise, e de chorar.

Denise abriu os olhos e endireitou-se bruscamente.

— O que está fazendo aqui? — perguntou.

— Julguei que você talvez precisasse de mim...

— Não preciso de ninguém — disse Denise arrebatadamente. Passou a mão pela testa e acrescentou: — Eu sonhei.

— Quer que eu vá embora?

— Quero. — Denise examinou Hélène com desconfiança: — Você ficou me observando enquanto eu dormia.

— Ora! Não!

— Você me observou, sim — declarou Denise com voz forte. — Não preciso de você aqui.

— Está bem, vou embora. — Hélène levantou-se: — Voltarei amanhã de manhã.

Denise não respondeu.

— Até amanhã — disse Hélène.

Saiu do quarto e deteve-se, indecisa, a contemplar a porta. Deu as costas, em seguida, e desceu correndo a escada.

— Táxi! Para a rua Sauffroy. — Encolheu-se no assento.

Mais alguns instantes. O rosto reluzia de febre sob os cabelos ruivos, a voz repetia: "Então, o quê? Então, o quê?" A voz se calaria daqui a pouco. Tanto pior se estou me iludindo, tanto pior. Não se pode suportar isso. Inclinou-se para a janela do carro: — Praça Clichy, a Fourche. — Bateu no vidro. — É aqui!

Subiu a escada e apertou três vezes o botão da campainha.

A porta abriu-se.

— Ei! Não esperava você tão cedo! — disse Jean.

Atirou-se em seus braços e ficou agarrada a ele em silêncio.

— Que fim você deu a ela? — perguntou Jean.

— Deixei-a deitada num quarto, no hotel. Não quis voltar para casa. — Hélène agarrou-se ainda mais a Jean: — Foi horrível!

— Pobrezinha! — Ele lhe acariciou os cabelos: — Marcel é realmente terrível. Tentei discutir com ele, mas insiste em afirmar que Denise é a loucura humana em pessoa; é impossível fazê-lo mudar de opinião.

— Não sei se ela não está ficando louca de verdade — disse Hélène. — Expulsou-me, praticamente: estava fora de si.

— A loucura não lhe assentaria nem um pouco.

— Como assim? — perguntou Hélène, afastando-se dele e começando a despir-se. Tinha pressa de meter-se na cama, bem abrigada, entre os braços de Jean.

— Porque, como diz Marcel, ela é tão social! Esse romance, por exemplo: ela não queria escrevê-lo: queria era ser escritora. É muito diferente.

— Social... — murmurou Hélène. — Mas ela, afinal de contas, é como todo o mundo: procura ser, como diz Marcel.

— Talvez. Em todo o caso, ela não procura direito.

— E quem é que procura direito? Você acha que eu procuro?

— Pelo menos, você é feliz — disse Jean.

O sangue dos outros

— Mas isso talvez seja errado. — Hélène escorregou para dentro dos lençóis frescos e sorriu. Sentia-se feliz; não conseguia ter remorsos por isso:
— Ela sabe que Marcel não a ama; diz que nunca mais quer vê-lo.
— Há de tornar a vê-lo.
— Não deveria fazer isso.
— Ela o ama.
— Mais uma razão!
Jean sorriu:
— É você mesma que está dizendo isso?
— Sim — confirmou Hélène. — Tinha esperanças de conquistá-lo, quando você não me amava. Mas se deixasse de amar-me agora, a coisa seria muito diferente. — acrescentou, encarando-o.
— E o que faria você?
—Você há de ver: eu irei embora.
Tomou-a nos braços:
— Não hei de ver nada.
Ela o beijou e depois desvencilhou-se.
—Venha depressa — disse ela.
— Já vou. Esconda-se.
Ela virou-se para a parede. Ouviu o ruído de seus passos pelo quarto, o amarfanhar das roupas, a água correndo. Ele já vem. Fechou os olhos. Uma névoa incandescente escorria-lhe pelas veias: uma nuvem ardente, ofuscante, separava-a do passado, do futuro, da morte.
—Você veio!
Abraçou-o: tépido, macio, elástico e duro: um corpo. Ali estava ele, contido inteirinho naquele corpo de homem que ela apertava nos braços. Escapara-lhe o dia todo: escondido em seu passado, com seus pensamentos, junto de sua mãe e de Denise, disperso pelo mundo todo. Mas estava ali, agora, encostado à sua carne, sob suas mãos e seus lábios; para ir ao seu encontro, ela se deixava deslizar, despojada de recordações, de esperanças e de pensamentos, até o fundo do instante imóvel; nada mais que um corpo cego, surdamente iluminado pelo crepitar de milhares de cintilações. Não me atraiçoe! Não se afaste deste corpo que meu corpo chama! Não me deixe sozinha, entregue à noite ardente! Ela gemeu. Você está aqui. Tão certamente quanto eu mesma. Para mim, não para você, esta carne fremente, sua carne. Você está aqui. A desejar-me, a exigir-me. Também eu estou aqui, flamejante plenitude contra a qual se esboroa o tempo. Para todo o sempre será real este minuto, tão real quanto a morte e quanto a eternidade.

VII
— CAPÍTULO —

Haverá um alvorecer. Quatro badaladas. Nas encruzilhadas desertas, giram os ponteiros dos relógios; giram no quarto onde dorme Laurent. E alarga-se o ferimento no pulmão, o coração se exaure. Ela respira mansa e empenhadamente. Irá ela morrer sem o perceber? E se eu a acordasse? Mas lhe escaparia o fato de sua morte, ainda mesmo que seus olhos permanecessem abertos até o último instante. Sua morte: é sua essa morte que continuará, no entanto, para sempre dela separada; ela não viverá a sua morte. Não haverá alvorecer.

— ◆ —

Não haveria um alvorecer. Silêncio. Decide falar; decide calar-se. Calou-se o incansável murmúrio. Explodiu a angústia. Fez-se o silêncio. Nada mais existe.

— ◆ —

Existe, porém, este sonho de morte. Existo eu, que penso na morte. Quem está morrendo é ela. Eu vivo. Dentro de duas horas ele virá dizer: "Está tudo pronto." Eu o ouvirei. Estarei diante dele, um ser inteiro, arrebatado pelo dilacerar da angústia, ali, diante dele e inteiramente distante; não podendo apartar-me do mundo, nem conseguindo nele fundir-me. *Estar morto. Nada mais saber. Ignorar o peso de meu cadáver.* Eu vivo, porém. E sei. Nunca mais deixarei de saber.

Sempre soube: mesmo quando mergulhado na rotina desolada daquele ano. Sentira sobre a minha cabeça o peso da maldição original; nem sequer valia ainda a pena debater-me: não havia possibilidade alguma de anulá-la. Deixei-me levar, indiferente, pelos caprichos do acaso: ao sabor de um desejo, de um pesar ou de uma revolta. Seguia sempre em frente, alheio a tudo; meus passos, dentro da noite, não me conduziam a parte alguma. Desnorteados por um destino imprevisível, aguardávamos o raiar do dia para descobrir em que lodo nos havíamos irremediavelmente atolado.

— Você deveria aprender a jogar xadrez — disse-me Marcel. Debruçados à sacada de seu apartamento, distinguíamos, abaixo de nós, os telhados reluzentes de sol e, mais adiante, o Sacré-Cœur todo branco entre a névoa azulada. Ele sorriu:

— Parece-me que é só o que lhe resta fazer.

—Vou me casar.

— O que nunca salvou ninguém.

Houve um silêncio.

— Como vai Denise? — perguntei.

Denise partira para o Sul a fim de descansar. Tratava de sua desgraça como se trata de uma moléstia.

— Tem dado grandes passeios a pé, está voltando a ser ela mesma — disse Marcel pesaroso.

— Ainda bem! Felizmente!

— É! Pobre Denise! Não se poderia exigir que continuasse louca a vida toda! — Balançou a cabeça e disse admirado: — Eu jamais teria esperado isso dela!

—Trate de lhe proporcionar uma existência suportável, quando ela voltar. Não é tão difícil assim.

Encarou-me com ar interessado:

— Imagine só! Foi isso que me causou o maior assombro: parece mesmo ser fácil. Julguei que ela quisesse transformar-me até a medula dos ossos! — Marcel deu de ombros: — Mas não, ela acredita em palavras.

— É — concordei. — Ainda bem!

—Você não se importa de mentir?

— É a nossa única defesa, já que não podemos ser o que somos, tranquilamente, sem torturar alguém.

— E dessa maneira, você se casa...

— O casamento me trará algumas vantagens: não pensarei em mim mesmo enquanto estiver pensando em Hélène.

— E você pensa muito em Hélène?

— Gostaria que ela fosse feliz...

— Isso pode levá-lo longe!

— Sei disso. Mas não tem importância; já não sei o que fazer de mim.

— Bom, quanto a isso, você estará em boas mãos. — Marcel teve um sorriso de simpatia. — Ela sempre há de saber o que fazer com você.

Aquilo pelo menos representava uma certeza tangível: a felicidade que eu lhe proporcionava. Ela me sorria e eu afirmava: "Eu a amo." A alegria, iluminando seu rosto, atraía novas mentiras; que importância tinham elas, desde que eu resolvera jamais desdizer-me? Eu a amava; íamo-nos casar;

encantava-a o fato de não mais ser dosado o tempo que eu lhe consagrava. Beijava-me arrebatadamente.

— Como você é bonzinho!
— Não, não sou bonzinho; eu a amo.
— É bonzinho por amar-me.

Não lhe ocorria que agora, cada minuto perdido constituía para mim um minuto ganho; meu único desejo passara a ser dissipar minha vida aos quatro ventos, sem que dela restasse o menor vestígio em parte alguma.

— Você mudou, desde o ano passado.
— Você acha?
— Mudou, sim; parece mais despreocupado, mais livre. Você, antigamente, dava a impressão de viver sempre solicitado em todos os sentidos; nunca estava inteiramente comigo.
— Talvez — disse eu.

Havíamos encostado nosso barco à margem; outros deslizavam ao sabor da correnteza, carregados de jovens de torsos bronzeados; vestidos floridos flutuavam ao vento. Bicicletas silenciosas corriam ao longo da estrada costeira.

— Como é gostoso estar aqui! — exclamou Hélène. — O dia está tão lindo! — A atmosfera recendia a verdura e a água, ao que se misturavam longínquas emanações de frituras. Já se estendiam as sombras. Um lindo dia. Um minúsculo aglomerado de poeira dourada, quase impalpável, impelido pelo vento para o éter vazio. Hélène pusera no regaço um enorme ramalhete de flores arroxeadas.

— Lindas essas flores que você colheu!

Ela riu:

— Quando era noiva de Paul, costumava imaginar os domingos de verão como um grande ramo de flores roxas pousado no guidão de uma bicicleta, e meu coração se apertava.

— Por causa da bicicleta?
— Por causa de Paul, seu bobo!

A felicidade a tornava mais bela. Seus traços haviam amadurecido. O fulgor que lhe iluminava o rosto se tornara mais suave, mais contido que antes.

— Era tão melancólico o amor que ele me oferecia — continuou ela. Seus dedos tocaram de leve a água tranquila.

— Ele a amava de verdade.
— Sim, mas o amor para ele era uma fatalidade natural, tal como a fome ou a sede. Nosso amor era apenas um entre milhares de outros. — Fitou-me, um tanto hesitante: — Eu sei que há outras pessoas que também se amam...

O sangue dos outros

— Outros vivem também; e outros morrem. O que não impede que, para cada um, sua vida seja única, e que morra por sua própria conta. Você tem razão: é um absurdo pretender encarar o mundo do ponto de vista de Sírius; nós não estamos em Sírius, mas sim aqui mesmo, sobre a terra, cada qual na sua pele.

— Amar não é assim tão natural. É até estranho imaginar que, para mim, você é único. Não é ilusão, não é mesmo? Você é único.

— Quem mais poderá decidir isso, a não ser você? E é o que torna o amor tão comovente: sua verdade está em nós.

— Mas para que eu também seja única é preciso que você me ame. É mesmo verdade que você me ama?

— Se não fosse verdade, que estaria eu fazendo aqui?

— E é verdade que estaremos casados daqui a três meses?

—Verdade absoluta.

Inclinou-se para trás, o rosto voltado para o céu. Amava-me e eu a amava. Nada mais desejava. Como poderia eu, entretanto, justificar sua existência, eu que existia sem motivo, não justificado, inútil? Empunhei novamente os remos. Um lindo dia cheio de música, de flores, de beijos e de batatinhas fritas, de vinho branco e de frescor de água escorrendo sobre corpos queimados de sol. O dia, dentro em breve, morreria no horizonte, e suas cinzas seriam leves! Meu coração confrangeu-se. Não tão leve assim. O céu parecia macio, a luz transparente; contudo, tenaz, insistente, rondava em torno de mim um odor enjoado como se todos esses instantes se houvessem corrompido no âmago, debaixo de sua película lustrosa; era o odor enjoativo da resignação.

Hélène endireitou-se.

—Você acharia absurdo termos filhos, não é?

Olhei-a, surpreendido.

— E você tem vontade de ter filhos?

—Tenho e não tenho. Quem sabe? Isso talvez torne a vida mais rica...

Eu sorri.

— E não lhe agradaria perder uma oportunidade de enriquecer, não é?

— Não caçoe. O que é que você acha?

— Antigamente, eu considerava loucura atirar alguém no mundo. Isso não assustaria você?

Ela hesitou.

— Não. Mesmo quando uma criatura é infeliz, pode-se realmente afirmar que teria sido melhor que ela não tivesse nascido?

— Com efeito. Mas e se esse indivíduo for maléfico?

—Você tem razão. Dar vida a uma criança ou impedi-la de nascer... Uma coisa é tão absurda quanto a outra. E indiferente.

— Mas, quando desejamos uma coisa, ela deixa de ser indiferente. Não será, então, absurdo não realizá-la?

—Talvez, para começar, o meu defeito esteja em eu nada saber desejar... Ela riu:

— Seu defeito? Não creio que você tenha tantos defeitos assim!

Eu remava, e o barco deslizava sereno, sem deixar vestígios. Ser apenas essa espuma branca que se ergue para tornar a perder-se na superfície lisa da água. *Seria necessário matar aquela voz. A voz que dizia: eu gostaria de ser essa espuma. Ela disse: seria necessário matar essa voz. A espuma nascia e morria sem voz.*

Um corpo moreno atirou-se ao rio, do alto de um trampolim; namorados passeavam pela margem, lentamente. Um domingo de paz. As horas se escoavam por entre nossos dedos. Depositavam-se ao longe, no chão, fundidas no ferro e no aço. As fábricas alemãs despejavam, dia após dia, mais tanques, mais canhões...

— Não sei se não estaremos errados — disse eu a Gauthier. — O fascismo talvez só possa ser dominado se adotarmos os seus próprios métodos.

Dobrei o número da *Vie Syndicale,* cuja primeira página ostentava o mais recente artigo de Gauthier sobre a paz.

— Para que serve então ser antifascista? — retrucou ele.

— É o que eu também pergunto a mim mesmo.

Encarou-me com seus olhos frios.

— É você quem diz isso?

Levantei os ombros. Que podíamos fazer se o respeito pelos valores em que acreditávamos teria de acarretar sua derrota? Deveríamos nos sujeitar à escravidão a fim de permanecermos livres? Matar para manter nossas mãos imaculadas? Teríamos de abrir mão de nossa liberdade por havermos recusado a escravidão, macular-nos com mil crimes por não termos querido matar? Eu não sabia mais nada...

—Você fica a nos pregar a paz — disse eu. — Está muito bem. Mas que podemos fazer se somos os únicos a querê-la?

— Isso deveria bastar — disse Gauthier. — Ninguém pode brigar sozinho.

—Você deixaria o fascismo dominar toda a Europa, sem reagir?

— Tudo, menos a guerra.

— Mas há muitas coisas tão terríveis quanto a guerra.

A guerra, a meu ver, não representava um escândalo sem paralelo. Era apenas mais uma dentre as formas do conflito em que eu fora lançado, à minha revelia, quando me atiraram ao mundo. Porque existíamos uns para os outros, embora cada qual por si mesmo; porque eu era eu, e, no entanto, um outro para os demais. Blomart filho. O rival de Paul. Um traidor social. Um francês sujo. Um inimigo. O pão comido por mim havia sido sempre o pão dos outros.

— Quer dizer que você está se tornando belicista? — perguntou Gauthier.

— É claro que não. Pode ficar tranquilo: não escreverei uma única linha, não pronunciarei uma só palavra capaz de induzir à guerra.

O tempo estava ameno; debruçávamo-nos em mangas de camisa à janela de meu quarto; uma lâmpada iluminava a esquina da ruazinha sossegada onde um grupo de crianças brincava de amarelinha.

— Nem belicista, nem pacifista. Não sou coisa alguma.

Gauthier era pacifista. Paul, comunista. Hélène, apaixonada. Laurent, um operário. E eu não era nada. Contemplei meu quarto: as paredes eram apenas caiadas, mas minha mãe pendurara os quadros de Marcel, e fora trazendo aos poucos almofadas e tapetes. Trabalhava oito horas por dia na oficina, mas tinha amigos burgueses; morava em Clichy mas passeava muitas vezes com Hélène pelo bulevar Saint-Michel e nos bairros elegantes. Paul afirmava que eu não era nada, pelo fato de não ser nem burguês nem operário graças à minha incapacidade de ser fosse lá o que fosse: nem burguês, nem operário; nem belicista, nem pacifista; nem apaixonado, nem indiferente.

— Em que está pensando? — perguntou Hélène, Estávamos sentados na confeitaria, nos degraus da escadinha. Ela havia encostado a cabeça em meu ombro, e nós nos calávamos. Do outro lado da porta envidraçada havia ruas barulhentas rasgando-se ao sol; aqui dentro, sombra e silêncio. Minha mão acariciava os cabelos de Hélène. Minha noiva, minha mulher. Um cheiro de sopa mesclava-se ao perfume de mel e de chocolate; as drágeas brilhavam suavemente nos frascos, semelhantes a pedregulhos no fundo de um riacho. Doce carapaça açucarada, repleta de perfumes e de lembranças, sombria e calma como um ventre! Irá pelos ares, amanhã, estilhaçada! Os homens estarão nus em meio aos confeitos sujos, às flores pisoteadas, nus e indefesos sob um céu de aço.

— Em que está pensando? — repetiu ela.

— Na guerra.

Levantou a cabeça e sua mão desprendeu-se da minha.

— Outra vez? — Sorriu, constrangida: — Você, então, nunca pensa em mim?

— É em você que penso quando estou pensando na guerra. — Segurei novamente sua mão. — Você me assusta um pouco!

— Eu? — estranhou Hélène.

— Sim. Você recusa encarar a situação. Acho que estará terrivelmente desprevenida quando a guerra explodir.

— Mas não pode ser! Você acredita, de verdade mesmo, em semelhante tolice?

— Você sabe muito bem disso; já lhe disse mais de cem vezes!

— É, você já me disse. — Olhou-me, subitamente ansiosa: — Mas, afinal, vocês não vão deixar que isso aconteça!

— E que podemos fazer?

— Não vão recusar ir para a frente? Você explicava, antigamente, que bastava cruzar os braços: não se poderia fazer coisa alguma sem vocês.

— Mas não estou inteiramente certo de dever recusar!

— Como?

— Você gostaria de ver o fascismo dominar a Europa toda? Quer ter na França um *Gauleiter* a serviço de Hitler?

— Você está falando como Denise. Não quero é que você morra na guerra.

— Você fica tão horrorizada com a ideia de ser apenas uma das formiguinhas de um formigueiro. Mas se o fascismo vencer é isto que acontecerá: não haverá mais homens, somente formigas.

— Não me importo! Mais vale uma formiga viva que um homem morto.

— Existe uma coisa pela qual podemos aceitar a morte: é para conservar um sentido à vida.

Ela não respondeu: seus olhos preocupados perdiam-se no vácuo. Sua fisionomia desanuviou-se:

— Seu pai tem tantas relações! Poderá certamente conseguir sua reforma!

— Você está brincando!

— Eu sei, você não se importa — disse violentamente. — Não lhe custaria nada deixar-me. — Olhou para mim: — Pergunto a mim mesma, por vezes, se você realmente me ama, se tudo isso não é apenas uma farsa!

— Você acha que eu aceitaria vir jantar com o sr. e a sra. Bertrand se não a amasse?

Ela deu de ombros:

— Se você me amasse, não teria tanta pressa de ir se fazer massacrar...

— Eu a amo, Hélène, mas procure compreender...

Eu sabia que ela não queria compreender e era-me tão difícil encontrar palavras de ternura! "Você não a quer amar", dissera Denise; eu estava agora disposto a querê-lo e era Hélène quem erigia uma barreira entre nós naquele mês de agosto ameaçadoramente tórrido. Voltava-me muitas

O sangue dos outros

vezes para ela com a esperança de fazê-la compartilhar minhas hesitações e angústias: estava sozinho, entretanto; ela me observava cheia de suspeitas, quase como uma inimiga caminhando a meu lado. Sozinho na paz adocicada prestes a morrer; sozinho no suplício da expectativa: eu bebera até a última gota o cálice da vergonha e ansiava pela explosão que me arrancaria finalmente de mim mesmo.

◆

E havia chegado, de repente. Desejar a guerra, não desejá-la. A resposta, de agora em diante, não tinha mais importância: a guerra era um fato. Determinada a hora de minha partida, só me restava subir para o trem designado, envergar o uniforme cáqui, obedecer. Meus pensamentos, meus desejos reduziam-se a bolhas que se desvaneciam sem deixar vestígios no mundo, sem ter pesado em minha alma. Desobrigado de mim mesmo. Liberado da tarefa angustiante de ser homem. Apenas um soldado, desprendidamente submisso à rotina dos dias. Vá. Não vá. Não era a mim que competia falar: alguém falava em meu lugar. Este silêncio inumano! Este repouso mortal, acima do consentimento e da revolta! Era fácil a condição de um morto. Seria fácil. Mas de que maneira tornar-se um morto? Como morrer em vida? A voz afirma: eu gostaria de estar morto; e esta voz é vida. Em vão fecho os olhos. Não existe mais silêncio; não posso silenciar. Vá. Não vá. E a mim que cabe falar.

◆

— Jean!
Alguém mais falou. Uma voz chama baixinho, do outro lado da porta: "Jean." Sou eu. Terei então ainda um nome? Ele virou a maçaneta.
— Paul está aí — disse Denise.
Seus olhos pestanejaram. Havia um presente. A luz crua da lâmpada o deslumbrava.
— Paul! — disse ele.
Adiantou-se: Paul estava em pé junto da poltrona de Madeleine, com o boné na mão. Cabelos cortados bem rente, pele apergaminhada e grudada aos ossos. Apertaram-se as mãos.
— Coitado! — disse Madeleine. — Está precisando reconstituir-se!
Paul sorriu a Blomart: seus olhos continuavam jovens e azuis.
— Obrigado por me ter arrancado de lá — disse ele.

— Não fui eu — retrucou Blomart.
Paul olhou para a porta.
— Como vai ela?
— O pulmão foi atingido.
Madeleine fumava diante da lareira cheia de cinzas. Denise tinha ido para a cozinha: ouvia-se um ruído de louças, um ruído cotidiano de vida. O ponteiro do despertador parecia imóvel.
— O que disse o médico?
— Que ela não passaria desta noite.
Paul baixou a cabeça.
— Posso ir vê-la?
— Entre — disse Blomart. — Ela está dormindo.
Sentou-se. Denise entrou na sala e colocou diante dele uma caneca de café.
— Tome.
— Obrigado. Não estou com vontade.
— Mas precisa beber. Há vinte e quatro horas que não toma nada.
Bebeu. "Precisa beber." Será que ainda se esperava alguma coisa dele? Teria ainda alguma dívida para com eles? Vinte e quatro! Como são curtas as horas! Veio o amanhecer e depois novamente a noite. Um outro amanhecer vai surgir. Sentiu de súbito o corpo, os ombros entorpecidos, a cabeça pesada. Estava com frio.
— Ela estava dormindo; foi por minha causa — disse Paul, olhando para Blomart.
— Se houve algum responsável, fui eu, então — disse Blomart. — Eu mesmo deveria ter ido.
— Não, você não podia — disse Denise. — Não tinha o direito.
— E tinha eu o direito de matá-la? — perguntou Blomart.
— Fiquei cercado, nas duas primeiras tentativas — disse Paul. — Não pude sair. No entanto, mantive-me preparado todas as noites, desde que recebi sua mensagem.
— Você não teve culpa. — Blomart meteu a mão no bolso e apanhou um cigarro. A mão estava tremendo e o tabaco tinha um gosto esquisito, ao mesmo tempo amargo e açucarado.
— Você se escondeu em casa de Lheureux?
— Sim. Não tive a menor dificuldade para entrar em Paris, ninguém me perguntou nada. Aliás, os papéis estão em ordem. O sujeito me recebeu como um irmão. Deu-me uma passagem para Sauveterre e todas as informações.

O sangue dos outros

— Você não corre mais nenhum risco — disse Blomart. — Atravessar a linha é uma brincadeira de criança.

Paul sorriu:

— Tive tanto receio de nunca mais encontrar um companheiro!

— Dois anos sem nos vermos! — disse Blomart.

—Você não teve aborrecimentos?

— Pelo contrário. Fui até sondado para uma eventual colaboração. Meu passado não é comprometedor.

— E agora? — perguntou Paul, olhando a seu redor curiosamente.

— Agora estou me comprometendo — respondeu Blomart.

— Evasões? — quis saber Paul.

— E outras coisas também.

Os olhos de Paul brilharam.

— Como fico satisfeito de ouvir isso!

—Está espantado? Será que, antigamente, você me considerava um traidor?

— As palavras, antigamente, não tinham o mesmo sentido que agora — disse Paul, batendo no ombro de Blomart. — Não, eu tinha certeza de que você não daria a mão a eles. Só que eu não teria imaginado... — Hesitou um instante: —Você tinha tamanho horror à violência!

— Continuo com o mesmo horror.

Houve um silêncio.

— Isso não pode ser evitado — disse Paul. — Se vocês soubessem o efeito que produziam em nós lá no campo as notícias dos atentados! E a única coisa capaz de nos restituir a confiança: atos e não palavras! Não há possibilidade de outra forma de resistência.

— Eu sei disso — disse Blomart.

—Você está trabalhando de acordo com o partido!

— Nossa organização é independente, mas lutamos juntos. E lá, o que é que você pretende fazer?

—Tornar a encontrar os chefes e pôr-me às suas ordens.

— Procure convencê-los a entrar em contato conosco e a estabelecer uma frente única como aqui. Talvez voltemos um dia a lutar uns contra os outros. Porém mais tarde, não agora.

— Não — disse Paul. — Agora não.

— Tome — disse Blomart estendendo-lhe um papel. — Aqui estão alguns endereços; trate de aprendê-los de cor. São os companheiros da outra zona: estão inteiramente dispostos a aliar-se a vocês.

Paul recebeu o papel.

—Vocês têm sofrido muitos reveses?
— Não, temos sido prudentes. Aqui, como você está vendo, é uma espécie de pensão familiar. Os membros mais ativos do movimento estão registrados sob nomes fictícios. Ao mesmo tempo, eles conservam seu verdadeiro estado civil. E isso atrapalha as pistas.
— A dona da pensão sou eu — disse Madeleine.
— Nestes últimos seis meses — contou Denise — quatro trens lotados de soldados alemães descarrilharam, explodiram três *Soldatenheim* e dez hotéis requisitados. — Olhou para Blomart: — Daqui a pouco, um companheiro deverá ir colocar uma bomba-relógio numa das salas da exposição antibolchevista.
— Belo trabalho! — disse Paul. Seus olhos atardaram-se na porta: — Hélène também trabalhava com vocês?
— Trabalhava — concordou Blomart.
— Deve ter mudado muito!
— Ela compreendeu.
— Está bem — disse Paul.
Blomart levantou-se. Estamos conversando. Denise. Madeleine. Paul. Nossas palavras, nossas presenças bastam-se a si mesmas. Como se ela não existisse. *Amanhã. Sempre. Como se ela nunca houvesse existido.* Somente palavras em nossos lábios, uma imagem em nossos corações. Uma lenda.
—Você vai ficar aqui, não é?
— Até a hora do trem — explicou Denise.
— É às nove horas — disse Paul.
— Então, tornaremos a nos ver mais tarde — disse Blomart encaminhando-se para a porta: — Até logo.
Como se ela não existisse. No entanto, sobre aquela cama ainda existe alguém. Alguém que não mais existe para si mesma, mas que está ali. Ele se aproximou. *Está bem. Uma bela história. Uma bonita morte.* Já nos estamos narrando a sua morte. Enquanto você está morrendo. Hélène. Você, única. E sou eu que estou aqui. Na sala iluminada, um homem formulou frases: um homem dotado de um rosto e de um nome, dizendo as palavras de toda gente. Mas é de mim que se trata: ele me conduziu até aqui. Todas as saídas estão fechadas. Já nada posso fazer por você, nem por mim. Ele não pensou em nós: proferia palavras, gesticulava; matou-a, meu amor! Lhe permitirei que continue a matar?

VIII
— CAPÍTULO —

Hélène saltou para a plataforma e correu para um empregado.

— O expresso para Pecquigny?

— Faz uma hora que saiu — respondeu o homem.

— A que horas haverá outro?

— Amanhã. — O homem ia se afastando. As lágrimas encheram os olhos de Hélène: lá estaria Jean, com as duas bicicletas, sorrindo ao ver o expresso entrar na estação; seu sorriso iria, em seguida, congelar-se. Foi no encalço do empregado.

— Não há nenhum ônibus?

— Não sei. — Olhou para Hélène: — A senhora pode tomar o expresso das dezenove horas para Revigny. Lá estará apenas a quinze quilômetros de distância. Quem sabe? Talvez consiga um carro.

— Obrigada.

Quinze quilômetros carregando aquela mala pesada! Apertou os dentes. "Quero vê-lo ainda hoje. Hoje mesmo, não amanhã." Amanhã poderá ser tarde demais: talvez, ao chegar, a velha me diga: "Eles acabaram de seguir." Eu o seguirei. Hei de acompanhar seu regimento. Penetrarei, às escondidas, de noite, no acampamento." Entregou a mala ao encarregado do depósito. E se ele estiver na frente? Escondido no fundo de um buraco cercado de explosões de obuses? Não, amanhã não. Esta noite.

Um céu de chumbo estendia-se acima das ruas cinzentas; Hélène enveredou por uma avenida longa e reta. Todas as lojas se achavam fechadas; ninguém nas calçadas, nenhum carro nas ruas. Poderia se dizer uma cidade evacuada. As ruas todas se cruzavam em ângulos retos e as casas se assemelhavam a casernas. Uma cidade do Leste, árida como as desoladas planícies que o trem acabara de atravessar. Invisíveis, mas já presentes, adivinhavam-se no horizonte os arames farpados, as fortificações, os canhões. Hélène sobressaltou-se. O estridor das sereias rasgava o ar. Surgiram, subitamente, do solo carros, pedestres e soldados. Hélène contemplou estupefata tão inesperada eclosão.

— Por favor, minha senhora. Sabe onde eu poderia encontrar um restaurante?

O sangue dos outros

— A esta hora, todos os restaurantes estão fechados — disse a mulher indicando um ponto vago no espaço. — Experimente a Brasserie Moderne.

— Está havendo um alerta?

— É assim todos os dias — respondeu a mulher dando de ombros.

Hélène atravessou a praça. Um garçom estava dispondo as mesas num terraço protegido por arbustos plantados em caixas de madeira verde. Lá dentro, a cervejaria se achava vazia. Hélène sentou-se a uma das mesas de mármore sintético.

— Poderia arranjar-me alguma coisa para comer?

O garçom encarou-a com ar de censura.

— A esta hora?

— Ovos? Carne fria?

— A esta hora não — disse o garçom.

Ela se ergueu.

— Está bem; vou procurar outro lugar.

Atravessou a praça: estava chuviscando. Entrou no Café do Comércio. A sala imensa e vazia como a do café fronteiro: alguns dos assentos dos banquinhos estavam furados, deixando antever suas entranhas de crina.

— Pode servir-me alguma coisa? — pediu Hélène. — Ovos? Chocolate com pão?

— Ovos? — disse o garçom. — A senhora não encontrará nenhum na cidade toda.

— Vocês não têm nada?

— Temos cerveja e café.

— Traga café — disse Hélène.

Sentou-se e tirou os cigarros da bolsa. Ele devia estar agora vagueando pelas ruas da aldeia, com o coração cheio de inquietação. E ali estava ela, naquela cidade plúmbea, onde nenhum lugar fora previsto para ela. Não havia possibilidade alguma de preveni-lo. "Não haverá o menor sinal: somente esta infindável ausência." Engoliu a xícara de café de uma só vez e atirou três francos sobre a mesa. A chuva, lá fora, caía cerrada; tanto pior; era preciso caminhar, caminhar depressa, atirar-se rapidamente de um minuto para o minuto seguinte a fim de que a angústia não possa apanhar-vos. "Ele há de assinar amanhã mesmo esta petição. É preciso que ele assine." O nó afrouxou-se um instante: ele ficará em Chartres a lubrificar motores de avião sem correr mais nenhum risco. Poderei ir vê-lo. Tornou a dizer: "Ele vai assinar." Retardou um pouco os passos. Soldados perambulavam em grupos reduzidos, aguardando o momento de invadir os cafés; alguns postavam-se em fila à porta do cinema. Se estenderão na lama, sozinhos, com um buraco na cabeça. Talvez agora, neste mesmo minuto. Hélène mordeu os lábios: os olhos em suas órbitas lhe pareciam duros como pedras, tão duros que chegavam a doer; as imagens custam mais a formar-se quando se conservam os olhos fixos assim.

"Eu deveria procurar alguma coisa para comer", pensou ela. Tornou a subir a comprida rua. Nem uma quitanda. Nem uma mercearia. Empurrou a porta de uma confeitaria: pratos vazios; tudo fora devorado pelos soldados; haviam sobrado apenas três tortinhas melancólicas sobre uma chapa de folha de flandres. Hélène comeu-as e bebeu um copo d'água. Encaminhou-se para a estação: só lhe restava agora sentar-se em algum canto e esperar. Não dormira a noite toda e, de tão cansada, não se podia mais ter em pé.

Entrou na sala de espera: gente sentada em toda parte, sobre as cadeiras, as mesas, entre enormes fardos. Refugiados vindos do Leste, mãos espalmadas sobre os joelhos, olhar ausente, esperando. Desde o início da guerra, era o que todos faziam: esperavam interminavelmente, sem saber o quê. Hélène sentou-se no chão, toda encolhida e encostada à porta. Sufocavam-na o cheiro e o calor daquela humanidade.

— Eles não querem divulgá-lo — dizia uma mulher. — Mas já morreram muitos, lá na nossa zona.

— E na nossa, parece que os telegramas são tantos que o prefeito não se atreve a ir entregá-los às famílias — disse outra.

Passou um trem apitando. Os primeiros vagões estavam cheios de homens: soldados sentados nos degraus, de capacetes à cabeça, e, ao lado, suas mochilas e seus fuzis. Nos últimos vagões, canhões camuflados com as cores do outono, de goelas escancaradas para o céu. O trem corria para o Leste. Lá, na extremidade dos trilhos luzidios, a guerra aguardava os homens e os canhões. Lá, tão perto! E já estava aqui, no fundo desses olhos sem esperança, entre os volumes apressados, no apito dos trens. Hélène fechou os olhos e sua cabeça encheu-se de noite.

Sentia-se gelada e entorpecida quando se viu no trenzinho rural de compartimentos de madeira. A chuva caía em bátegas sobre o teto do vagão. A esperança, porém, ia renascendo. "Vou vê-lo." A cada girar das rodas ela se aproximava mais dele. "Hei de encontrar um carro. Dentro de poucas horas, estarei em seus braços. Ele há de aceitar. Não é possível que não aceite", pensou com exaltação.

A estação de Revigny estava às escuras.

— Onde é o depósito de bagagens? — perguntou Hélène.

O sangue dos outros

— Deixe sua mala ali — disse o empregado, apontando a sentinela de plantão diante da porta. — A guardarão para a senhora.

— Está bem — disse Hélène. Pousou a mala e encaminhou-se para a saída.

— Seus papéis? — pediu a sentinela.

Hélène exibiu o salvo-conduto e a carteira de identidade. O salvo-conduto estava em ordem, não havia nenhum motivo assinalado.

Pecquigny. A senhora aqui não está em Pecquigny.

—Vou procurar um carro para ir para lá.

— Está bem. Pode passar — disse o soldado.

Hélène guardou cuidadosamente o precioso documento. "Contanto que não aconteça nada; contanto que me deixem passar", pensou angustiada. A noite estava escura como breu; a chuva não cessara. Tropeçou numa poça sombria e depois noutra; a água lhe subia até os tornozelos. Para onde dirigir-se? O guarda postado no cruzamento a intimidou, não se atreveu a perguntar-lhe o caminho. Atravessou uma ponte e enveredou ao acaso por uma rua. Uma garagem.

— É possível alugar um carro aqui?

— Não — respondeu o homem.

— Sabe onde eu poderia fazê-lo?

— Experimente com Mallard, na praça da Estação.

Voltou pelo mesmo caminho. Passou um bando de soldados que caminhavam com passo arrastado: os cafés estavam repletos de soldados; ouviam-se os seus risos através das portas hermeticamente fechadas. Hélène bateu a uma portinha ao lado da garagem.

— Por favor, informaram-me que eu poderia alugar um carro aqui?

A mulher examinou-a com ar aborrecido.

— Meu marido não está.

— Sabe se ele vai voltar logo?

— Não irá tirar o carro a esta hora.

As ruas escuras, de novo; a água espadanando sob os pés, atravessando o mantô. Uma porta. Não. Outra porta. Não. Mais outra porta.

—Vá ver no Café des Sports, no fim da rua de Nancy.

Hélène entreabriu a porta do café; já lhe faltava o ânimo: sala transbordando de soldados instalados diante de mesas carregadas de copos de vinho... Aquelas gargalhadas! Aqueles olhares!... Encheu-se de coragem e dirigiu-se para o balcão. Os proprietários estavam comendo, com ar satisfeito, um enorme prato de feijão.

Hélène dirigiu-se a eles com voz trêmula; sentia-se prestes a explodir em soluços.

— Por favor, disseram-me que o senhor tem um automóvel!

O homem estava comendo, bem aquecido por seu grosso pulôver bem seco; havia uma boa cama à sua espera.

— Eu não dirijo à noite — disse ele dando de ombros. — Não se tem o direito de acender os faróis, de modo que a senhora pode fazer uma ideia! Ninguém dirige à noite.

Hélène mordeu os lábios: fora vencida. A única coisa que tinha a fazer era deitar-se e tratar de esquecer tudo.

— O senhor tem algum quarto aqui?

— Quarto? Mas, minha senhora! Não encontrará nem uma enxerga em toda a cidade! As tropas estão alojadas aqui!

— Obrigada.

As pernas de Hélène tremiam. Não poderia ser esta noite. As lágrimas jorraram. Passou diante do Hôtel du Lion d'Or. Nem sequer valia a pena entrar para perguntar. Não. Sempre não. O gesto mais insignificante se tornara tão difícil! Era como se as criaturas se estivessem debatendo no meio de uma vegetação selvagem e sufocante. Jean! Nunca lhe seria possível encontrá-lo! Aquela noite não teria fim. Aquela noite, aquela guerra, aquela mortal e silenciosa ausência!

◆

— Acabei voltando para a estação — disse Hélène. — Um empregado teve pena de mim e mostrou-me um vagão onde eu poderia dormir. — Bocejou: — Mas não consegui dormir. Estou caindo de sono.

— Coitadinha! — disse Jean. — Fiquei preocupado; tive receio de que você tivesse tentado vir sem papéis e que lhe houvessem criado dificuldades.

— Você acha que me poderiam criar dificuldades?

— Há uma porção de oficiais e de suboficiais que trouxeram as mulheres para cá. As autoridades fecham os olhos. Quando muito, eles hão de fazê-las voltar para Paris.

— Mas eu não quero que me mandem de volta! — Hélène examinou o piso de lajes vermelhas, o vasto leito campesino com seu espesso acolchoado, o aquecedor de ferro batido: — Vai ser tão gostoso vivermos os dois aqui! — Abriu a mala: — Olhe, tudo isso é para você. — Pôs sobre a mesa uma garrafa de vinho, latas de patê, tabaco, meias de lã: — São presentes de sua mãe. Os livros, fui eu que comprei. — Mostrou cinco cadernos de percalina preta: — É o meu diário de guerra. Há uma porção de recortes de jornais, de resumos de conversas, de artigos; anotei também meus pensamentos íntimos. Acha que isso pode lhe interessar?

— Certamente — disse Jean. — Você é mesmo boazinha!

Ela o examinou: não lhe ia nada mal aquele pulôver cáqui que lhe modelava o torso: ele não havia mudado. No entanto, durante aqueles dois meses, sua cabeça tinha abrigado pensamentos dos quais ela nada soubera. Ele a intimidava.

— Tenho um mundo de coisas para lhe contar — disse ela.

— É o que estou esperando. — Vestiu o casaco e o capote. — Estarei de volta às onze e meia para almoçar com você. E, depois, ficaremos juntos das cinco e meia em diante, até de manhã.

— Ótimo! — Hélène atirou-se em seus braços. — Volte logo.

— Não se preocupe. Eu trarei comida. Trate de não se exibir demais na aldeia: a ruazinha na frente da casa leva diretamente para o campo. — Beijou-a e dirigiu-se para a porta: — Até logo.

Ela correu para a janela. Duas galinhas ciscavam na rua, um soldado atravessou a praça. Hélène bateu devagarinho na vidraça: Jean voltou-se e sorriu. Ela deixou cair a cortina: ia viver junto dele durante oito ou dez dias, como se fossem casados. "Íamos nos casar justamente agora", pensou espreguiçando-se. Estava com sono e com fome, mas como se sentia feliz! Apanhou um livro e vestiu o impermeável. O céu estava todo azul; o pátio recendia a madeira molhada.

— Bom dia, minha senhora.

A velha estava bombeando água e levantou a cabeça.

— Então, encontrou seu marido? Ele ficou contente?

— Encontrei, sim. Estava dormindo — disse Hélène.

Enveredou pelo atalho enlameado e sorriu satisfeita. A região era mais feia que bonita, de uma tonalidade cinza amarelada, toda plana, mas apresentando aqui e ali uma colina escalvada: mas Hélène gostava da grama, do céu, do sol, dos horizontes amplos. Escalou um montículo e pôs o livro a seu lado. Um lindo dia de outono. Uma angustiazinha apertou-lhe o coração. "Terei que falar com ele." De longe, parecia tão fácil, mas já não podia dispor dele à vontade; no diálogo que se ia estabelecer agora, as respostas seriam dadas por ele. "Não pode recusar; se me ama, não pode recusar." Voltou a cabeça. Alguém vinha vindo. Eram dois oficiais, de chibata nas mãos. Passaram diante dela e depois voltaram com ar displicente.

— Está passeando?
— Estou — disse Hélène.
— Mora em Pecquigny?
— Não, sou de Paris. Cheguei hoje de manhã.
—Tem aí os seus papéis?
— Aqui estão — disse Hélène exibindo seu salvo-conduto.
O oficial acariciou de leve com a chibata as suas belas botas de couro. É preciso tomar o visto do capitão.
— Ah! Eu não sabia — disse Hélène. — Irei daqui a pouco.
— Deveria ter feito isso logo que chegou. Venha conosco. Estamos de carro, vamos levá-la.
— Está bem — disse Hélène e acertou o passo com eles. Um era alto e louro, o outro baixinho e com um bigode preto. Entrou no carro.
— Que dia bonito! — disse ela.
Eles não responderam. O automóvel penetrou na aldeia, deixou para trás a casa da sra. Moulin e parou na rua principal.
— Por aqui.
Os dois tenentes se afastaram e Hélène entrou sozinha numa sala pequena onde chiava um aquecedor. O coração lhe batia apressado; era a última formalidade; depois disso, poderia estar tranquila. Mas tinha pressa de ver tudo regularizado.
O capitão ergueu a cabeça; estava sentado atrás de uma mesa coberta de papéis.
— Foi a senhora que chegou a Pecquigny hoje de manhã?
— Eu mesma — disse Hélène.
—Traz documentos?
Ela lhe entregou o salvo-conduto e a carteira de identidade. O capitão examinou-os em silêncio.
— O que veio fazer aqui?
—Vim ver uma velha parenta, a sra. Moulin.
— Não. A sra. Moulin não é sua parenta.
— Não é exatamente uma parenta...
— A senhora não a conhece — disse o capitão. — Nunca a tinha visto antes de sua chegada, esta manhã.
Hélène baixou a cabeça. Sua vida ficara em suspenso.
— Estamos cientes de tudo — continuou ele. — Sabemos o nome do soldado que lhe reservou o quarto.

O sangue dos outros

— Pois bem! Está certo! — desafiou Hélène. — Vim ver meu noivo. Meu caso não é o único e o senhor sabe disso!

— Podemos fechar os olhos quando não nos obrigam a abri-los — disse o capitão.

— Mas quem os está obrigando? — Hélène olhou para ele, com ar suplicante: — Por favor, deixe-me ficar, pelo menos alguns dias...

— O caso não está mais em nossas mãos. A senhora foi assinalada às autoridades competentes.

— Fui assinalada?

— Foi. Nosso policiamento é muito bem-feito. — O capitão levantou-se: — A senhora será conduzida à estação dentro de alguns minutos. Tomará o primeiro trem.

— Deixe-me, pelo menos, ir me despedir de meu noivo! — pediu Hélène, cravando as unhas nas palmas das mãos: não queria chorar na frente daquele homem.

O capitão hesitou:

— Espere aqui — disse ele.

Levantou-se e saiu da sala. Assinalada? Por quem? Como? Hélène permaneceu sentada, atônita. Não chorar. Estava com tanta fome, com tanto sono! E teria de arrostar novamente os solavancos do trem, o estômago vazio, a garganta ressequida, o compartimento superlotado. O trem vai me levar: vai me levar para longe de Jean. "Não tem remédio", pensou, cheia de desespero nauseante.

O tenente alto e pálido empurrou a porta; sorriu com ar amável.

— Pode ir almoçar em casa — disse ele. — Acabei de convencer o capitão de que não é uma espiã.

— Espiã, eu? — disse Hélène.

— Não devia ter vindo com aquela mala enorme, recheada de papéis — disse o oficial. — O chefe da estação de Revigny abriu-a e acreditou que se tratava de panfletos sediciosos. Mandou denunciá-la por intermédio do motorista que a trouxe esta manhã.

— E eu que acreditei que os senhores me haviam encontrado por acaso!

— Felizmente, bastou-me um rápido exame para verificar que a senhora não é uma propagandista perigosa.

— O senhor tomou meus papéis?

— Deram uma busca em seu quarto enquanto nós a procurávamos no campo. Vão lhe devolver tudo. — Inclinou-se diante de Hélène: — Viremos buscá-la daqui a pouco.

— Não posso ter nenhuma esperança de ficar?

— No momento é impossível.

Hélène correu para a casa. Atirou-se sobre a cama, desatando a chorar. Fora sempre assim, mesmo quando era criança: mãos estranhas e pesadas dispunham de sua felicidade, de sua vida. Que importância poderia ter a presença dela ali? Hipócritas! Palavras; ordens vazias de sentido; e depois daquela viagem horrível ela ia deixar Jean quase sem o ter visto. Virou a cabeça: a velha entrou, com ar desconfiado.

—Vieram uns militares procurá-la — disse ela.

— Já sei.

— Disseram que a senhora não pode ficar aqui.

—Vou embora daqui a pouco.

A mulher examinou-a sem a menor brandura:

— A gente faz um favor aos outros e depois só tem aborrecimentos — resmungou saindo do quarto.

—Aquela barata velha — murmurou Hélène com ódio, e suas lágrimas redobraram: — Eles leram os meus cadernos. Estou nas mãos deles!

Pôs-se em pé de um salto: Jean abriu a porta sorrindo ingenuamente. Tinha na mão um embrulho ensanguentado e apertava ao peito uma garrafa de vinho branco.

— Não pude encontrar vinho tinto. Mas estou lhe trazendo uns belos bifes.

— Mal terei tempo de comer — gemeu Hélène. — Já soube do que me aconteceu?

— O que foi?

— Aí está! Já me barraram!

— Não! Não é verdade!

Hélène riu nervosamente.

—Apanharam-me no campo e me levaram à presença do capitão. Parece que o chefe da estação de Revigny abriu minha mala ontem à noite; julgou que meus cadernos fossem panfletos pacifistas e denunciou-me como espiã.

— Mas será fácil defendê-la — disse Jean.

— Sim, mas acontece que a polícia foi notificada. — Hélène engoliu um soluço. —Vão me obrigar a ir embora. Mas não irei — disse desesperada. —Vou só fingir; vou me esconder e voltarei à noite!...

— Pobrezinha! — disse Jean apertando-a nos braços.

— Não quero ficar longe de você!

— Acho que você terá de voltar para Paris. Mas é só pedir outro salvo-conduto e poderá voltar e instalar-se a quatro ou cinco quilômetros daqui.

O sangue dos outros

— Não quero! Até lá você terá ido para a frente e eu não o verei mais.

— Não sabemos ao certo se deveremos seguir tão cedo! E depois, você sabe, as coisas andam calmas agora por lá. Eu voltarei...

— Não! Não quero nem imaginar uma coisa dessas! Eu ficaria louca... — Olhou para ele, cheia de angústia. Tinha de falar. Os minutos estavam contados: — Fico a repetir a cada instante que você está gritando até morrer, preso nos arames farpados... — A voz lhe faltou.

— Eu sei — disse Jean. — É muito mais doloroso estar na sua posição que na minha.

Hélène desviou os olhos:

— E que diria você se lhe propusessem voltar para a retaguarda?

— Como assim?

— Você teria de fazer um requerimento pedindo para ser incorporado à aviação. A sra. Grandjouan é muito amiga de um general que prometeu enviá-lo logo para um campo ao lado de Chartres.

— Foi você quem pediu uma coisa dessas?

O sangue afluiu ao rosto de Hélène.

— Foi — disse ela.

Jean sentou-se em silêncio e encheu dois copos de vinho.

— Nesta guerra, os aviadores correrão mais riscos que a infantaria; sabe disso?

— Sei, mas não se trata de voar — disse Hélène. — Os soldados rasos não voam. Você seria colocado num escritório em algum canto bem sossegado a lubrificar motores. — Pôs a mão sobre a dele: — Eu poderia ir me instalar perto de você; poderíamos nos ver todos os dias...

Jean contemplou o fundo do copo sem responder. Hélène retirou a mão.

— Então? Por que está preocupado?

— Não me agradaria nem um pouco ser um embuçado.

O coração de Hélène gelou.

— Você não vai recusar! — Olhou-o aterrorizada. Jean hesitou.

— Escute. Não posso responder assim. Tenho de pensar...

— Pensar em quê? — disse Hélène. — Ofereceram-lhe uma existência humana; estaríamos juntos de novo! E você está hesitando, com receio de um rótulo!

— Você sabe perfeitamente que não se trata apenas de um rótulo!

Hélène mordeu os lábios:

— Haveremos de ganhar a guerra, mesmo sem você.

— Não há dúvida — respondeu Jean. — Mas para mim não seria de modo algum a mesma coisa.

— Sim — disse Hélène, enfurecida. — Você pouco se importa que eu fique tremendo de desespero da manhã à noite!

— Procure compreender, meu bem!

Hélène sacudiu a cabeça.

— Não, eu não compreendo — disse com voz estrangulada. — Há de lhe adiantar muito, quando você estiver morto...

— Mas se houvesse apenas minha pele a salvar, isso também não me adiantaria muita coisa — disse Jean ternamente.

Hélène passou a mão pelos cabelos.

— Não serão os quatro tiros que você poderá dar que irão alterar nada de nada!

— Escute, Hélène! Você consegue imaginar-me plantado sossegadamente no meu canto enquanto os companheiros vão enfrentar a morte?

— Não tenho nada com os outros — disse Hélène desesperada. — Não devo nada a ninguém. — Disparou a chorar: — Não quero morrer, mas hei de me matar se você morrer.

— Não pode, pelo menos uma vez, deixar de pensar em si mesma e procurar lembrar-se dos outros?

A voz de Jean era dura.

— E você? Não é em si mesmo que está pensando? — retrucou ela com violência. — Será que se preocupa comigo?

— Não é de nós que se trata agora.

— É, sim — disse Hélène. Suas mãos se crisparam sobre a toalha da mesa. — É sempre por nós mesmos que lutamos!

— Hélène! Não deveria haver nunca uma questão de luta entre nós!

— Eu seria capaz de tudo por sua causa — disse ela com ódio. — Poderia roubar, matar, trair...

— Mas não pode aceitar o risco de minha morte!

— Não! Você não conseguirá isso de mim. Está vendo? Nós estamos em luta!

— Se houvesse um pouco de amizade entre nós...

— Amizade?... Mas é amor o que eu sinto por você!...

— Não compreendo essa maneira de amar.

Jean a estava julgando, analisando aquela tempestade ardente que lhe crestava o sangue nas veias.

O sangue dos outros

— Não há nenhuma outra — disse Hélène. — Você não me ama. — Dilacerou-a, de súbito, uma evidência irretorquível. — Eu nunca tive nenhuma importância a seus olhos!

— Eu a amo. Mas não existe somente o amor...

Ele lá estava, obstinado, opaco, encouraçado em suas ideias duras como o aço; cada ruga de sua testa, o fulgor de seus olhos proclamando que ele não precisava de ninguém!

— Está bem — disse ela. — Eu darei um jeito de fazê-lo voltar sem pedir sua opinião.

— Hélène! Eu a proíbo...

— Ah! Você me proíbe! E que importância quer você que isso tenha para mim? Cada um por si! — Hélène riu com sarcasmo: — Qualquer dia destes você há de estar comissionado em Paris.

— Por favor — disse Jean. — Só nos restam alguns minutos! Não podemos nos separar assim!

— Paciência! Não tem importância, já que dentro de um mês você estará de novo em Clichy.

— Se você fizer isso...

—Você rompe comigo? Pois faça-o logo, já que isso lhe é tão fácil!

— Compreenda, Hélène, você iria destruir todos os meus sentimentos por você. Para mim, a estima tem de acompanhar o amor.

— Pois bem! Você então não me amará mais! Não fará tanta diferença assim!

— Hélène! — exclamou Jean.

Ela sobressaltou-se: passos pesados abalavam o piso da cozinha. Alguém bateu à porta.

— Pode entrar — disse ela.

Os dois tenentes entraram. Jean levantou-se, abotoando o cinturão.

— Não tenha receio — disse o grandão pálido.

Jean sorriu:

— De que deveria eu ter receio?

— O tenente Masqueray quer lhe falar.

— Já vou. — Jean apanhou o casquete e olhou para Hélène, indeciso. Ela não se mexeu.

— Até logo...

— Até logo — respondeu ela, sem lhe estender a mão.

— Pode ficar tranquila: não lhe vão criar nenhum aborrecimento — disse o tenentezinho. — É um bom soldado.

Hélène levantou-se:

— Suponho que devo arrumar minha mala?

— Por favor. O automóvel está esperando. — O grandão sorriu: — Eu me apresento: tenente Mulet.

— Tenente Bourlat — disse o outro.

O tenente Mulet atirou os cadernos pretos sobre a mesa.

— Aqui estão os corpos de delito.

Hélène apanhou-os: lidos por eles, com seus olhos de homens. Sentia-se atordoada. O quarto esvaziara-se, de súbito; o embrulho da carne continuava ao lado da garrafa semiesvaziada. Poderiam se dizer recordações de uma outra vida.

— Estou pronta.

Saíram e ela entrou no carro. O tenente Mulet sentou-se ao seu lado.

— Quer dizer que estão me expulsando? — disse ela.

— Nós lamentamos muito, pode crer. — Mulet sorria com marcial doçura. Dois orifícios azuis abriram-se para insondáveis abismos, no meio de sua cara esbranquiçada.

— Procure arranjar outro salvo-conduto e volte sem se fazer notada — disse Bourlat.

— E nós trataremos de não a encontrar — acrescentou o outro.

— Obrigada.

— Nós compreendemos essas coisas — disse Mulet. — Somos casados...

Hélène sorriu covardemente. Seus sórdidos pensamentos de homens! E eu sorri. Estou na dependência deles. Seria preciso não ligar para nada. Eu gostaria de não ligar para nada.

— Será que não podem deixar-me agora? — perguntou ao descer do automóvel; olhou para Mulet com ar suplicante.

— Devemos presenciar seu embarque com nossos próprios olhos — respondeu Mulet, com um sorriso encantador.

Hélène virou a cabeça. Estava acabado, não havia mais nenhuma esperança. Novas providências: levariam mais de um mês e a segunda vez talvez não desse certo. Estava acabado. Fixou os olhos na extremidade dos trilhos, no horizonte vazio. Tinha pressa de que o trem chegasse para ver-se sozinha, para chorar e para odiá-los. Para odiá-lo!

— Boa viagem! — disse Mulet.

Hélène galgou os degraus sem responder e entrou no primeiro compartimento. Eles permaneceram na plataforma, observando-a. Colocou a bagagem na rede e sentou-se num canto, junto do corredor. Era um belo compartimento, com bancos forrados de couro verde. Estava quente. Havia três soldados que iam de licença e emborcavam, risonhos, meias garrafas de um líquido branco.

— Que tal um vinhozinho da Alsácia? — ofereceu um deles. — É do bom!

— Com muito gosto!

O soldado limpou cuidadosamente o gargalo da garrafa com um canto do lenço e despejou uma tragada.

— Que tal?

— Ótimo — disse Hélène, e esvaziou a garrafa. Operou-se em sua cabeça um súbito crepitar: estava tudo flamejando, ardendo. Seu coração transformou-se, num instante, num montículo de cinzas...

— Como ela entorna! — admirou-se o soldado.

"Ele há de ver. Não estou ligando. Ele há de ver." Hélène tirou o mantô, dobrou-o fazendo dele um travesseiro e esticou-se. Os soldados riam, o trem corria embalando-a e, por enquanto, estava tudo acabado.

IX
— CAPÍTULO —

Ele me trouxe até aqui; parecia, no entanto, tão inofensivo em seu uniforme cáqui, com o casquete à cabeça. Poderia se dizer que fora suspensa a maldição original, a maldição de existir: existia ele? Nas granjas de Pecquigny e de Caumont, nos vagões e nos caminhões, nas estradas, no fundo do buraco gelado onde se postava em sentinela, havia apenas um soldado anônimo, um soldado que ignorava a inquietação e o remorso. Era tudo tão simples! Não lhe era necessário decidir querer: ele queria. Não estava dividido, nenhum problema se lhe propunha. O objetivo erguia-se diante dele com tranquila evidência: a vitória contra o fascismo. Uma necessidade clemente condicionava cada um de seus gestos.

E, subitamente, ei-lo de novo em face de si mesmo, na cólera e na vergonha. Saía do grande edifício de vidraças azuis e, às suas costas, o tenente sorria com desdém; atravessando a pequenina praça, os olhares dos soldados todos com quem cruzava lhe queimavam as faces. Ela o tinha feito, ousara fazê-lo! Eles ainda o ignoravam, mas iam sabê-lo, seria preciso contar-lhes. Teria de contar a Boucher, a Dubois, a Rivière. Eles vão sabê-lo. E saberão que tudo não passou de mentira: o uniforme, a gamela, nossas risadas de ébrios e, no feno das granjas, aquele único calor animal onde se desentorpeciam nossos artelhos transidos. Com que alegria revestira o capote cor de terra, raspara os cabelos demasiadamente opulentos e exuberantes herdados de sua mãe! Mas fora apenas uma impostura, eu nunca fui dos seus; não serei nunca como os demais, um homem sozinho e nu, sem proteções, sem privilégios... "Designado para servir como revisor na Imprensa Nacional." Havia detestado muitas vezes o próprio rosto, mas era aquele o mais odioso: um embuçado!

— Juro-lhes que não ficarei lá muito tempo.
— Você será um idiota se voltar — disse Rivière.

Havia seis garrafas vazias sobre a mesa e os pratos lembravam pequenos ossuários; o gosto do vinho não havia mudado, sem o aroma da lebre ensopada, nem mesmo seus risos. Tudo estava diferente, no entanto. "Não sei pedir coisa alguma", repetia eu, e eles me davam palmadas nas costas com ar encorajador: "Deixe estar, teríamos feito o mesmo, em seu lugar!" Mas eles não estavam em meu lugar e bem o sabiam; quem estava era eu. Agora, cada qual tinha um lugar, o seu lugar; eu estava sozinho. Era eu quem subia para o trem, quem fugia para longe da guerra, quem saía da estação do Leste, com um pretenso ar de soldado em licença para o qual sorriam as mulheres. Era ainda inverno em Caumont, aqui já surgia a primavera e as mulheres sorriam. As mulheres de Paris, de cabelos muito louros ou muito negros e lábios rubros, sorriam ao impostor. Falso operário, falso soldado! Eles irão para a frente sem mim; eu dormirei em meu quarto, comerei em restaurantes de toalhas de papel, cercado de velhos e de mulheres, e estarei sozinho. Caminhava colado aos muros com receio de encontrar Laurent, ou Gauthier, ou Perrier: os camaradas hão de sabê-lo e dirão: "Blomart conseguiu obter um comissionamento em Paris." Mesmo que eu grite: "Não é verdade, não fui eu", hão de olhar-me friamente: "Seja como for, você está aqui." E sou eu, sou eu mesmo. A cólera me apertava a garganta; eu teria gostado de apertar-lhe o pescoço entre as mãos até que entre elas nada mais restasse.

— Alô! Quero falar com Hélène.
— Alô! É Hélène.
— É Jean.

Houve do outro lado do fio uma exclamação abafada.

— Você está em Paris?
— Você não sabia?
— Está muito zangado comigo?
— Preciso falar com você. Quando poderei ir até aí?
— Prefiro ir encontrá-lo. Agora mesmo?
— Se quiser. Daqui a uma hora.
— Jean!
— O que é?
— Escute, Jean...
— Você dirá o que quiser daqui a pouco.

Desliguei. Ela ia ver! Já estava respirando melhor. Comecei a descer a avenida de Clichy. Voltava para casa, exatamente como antes. Os mesmos cafés, as mesmas lojas. Alguma coisa, entretanto, havia mudado, desde setembro. Até pouco tempo atrás, minha vida parecia confinada entre aquelas casas altas que haviam estado sempre ali e ali estariam sempre. Eu estava somente de passagem. Elas se erguerão ainda, iguaizinhas a si mesmas, muito tempo depois que eu houver desaparecido. Examinei-as: já estavam diferentes. Não constituíam mais um bloco impassível, e sim um amontoado de pedras cujo equilíbrio provisório podia ser num instante destruído. Cada uma dessas fachadas possuíra outrora uma fisionomia singular: não passam hoje de revestimentos de materiais friáveis sustentados por arcabouços de ferro. Esqueletos de ferro retorcido, paredes desmoronadas, caliça, pedras calcinadas; eis o que poderá talvez existir amanhã. E eu poderia continuar ainda ali, sempre o mesmo, entre os escombros. Meu futuro não mais se confundia com o futuro dessas ruas. Ele a mim somente pertencia. Nada mais me cerceava. Eu não me encontrava em parte alguma, estava fora de todo alcance. Tudo se tornara, de súbito, possível.

"Vou romper com Hélène."

Havia pensado em bater-lhe, em estrangulá-la; estava, porém, tão longe dela que nem sequer me ocorrera um rompimento. Ia agora vê-la, falar-lhe: que lhe direi eu? Fitava a longa avenida reta. Tão só, tão livre, sem passado. Não mais comprometido pelas mentiras antigas. Se eu lhe mentisse dali a pouco, seria uma mentira nova. Minha cólera desaparecera e eu pensava, com uma espécie de espanto: "É preciso romper, de uma vez."

Poderia eu ainda mentir, sabendo que cada um de meus atos desmentiria minhas juras? Eu teria de enfrentar, amanhã, a morte, o exílio ou a revolução; os enfrentaria sozinho e livre: tomaria minhas decisões, sem levar em conta Hélène. E ela haveria de odiar-me a cada instante; procuraria resistir, seríamos como dois inimigos. Não, não era possível, isso não poderia continuar. Contudo, poderia eu abandoná-la? Minha mãe ficara sozinha no apartamento acetinado, Hélène ia ficar sozinha... Ah! Era fácil ser soldado! E muito menos simples voltar a ser um homem. Tudo parecia novamente impossível. No entanto, eu ia falar. *Surgirá alguma coisa que não existe ainda em parte alguma.* Subi lentamente as escadas. Em geral, eu me sentia culpado *após* o crime; desta vez, mesmo *antes*, já assim me sentia. A mentira ou a infelicidade? A mim mesmo cabia escolher meu crime. "Não a deveria ter encontrado. Eu não deveria ter nascido." Mas havia nascido...

Ela me estendeu a mão, desviando os olhos.

— Bom dia.

— Bom dia. Sente-se.

Estava diante de mim com um ar tímido e infeliz, e eu me senti acabrunhado pela tristeza.

— Hélène! Por que fez isso?

— Não quero que o matem. — Fitou-me, num desafio: — Pode romper comigo, pode bater-me; faça o que quiser. Antes isso que saber que um obus lhe arrancou a cabeça!

— Não pense que ficarei aqui muito tempo. Pretendo desta vez recorrer às relações de meu pai.

O sangue dos outros

— Haverá, pelo menos, essa vantagem — retrucou ela, e eu gostei de tornar a ver em seus olhos aquele fulgor arrogante.

—Você compreende que tornou impossível qualquer relação entre nós? O sangue lhe afluiu ao rosto:

— Quem está decidindo isso é você.

— Não tenho nada que decidir. Você estragou tudo.

— Ora! Você está satisfeitíssimo por poder livrar-se de mim; aproveita o primeiro pretexto.

— Não é um pretexto. Você me tratou como um inimigo.

Suas lágrimas jorraram: — Está certo! Tratei-o como inimigo! Eu o odeio! Você nunca me amou. Pois bem: não tenha receio; vou-me embora, não me importo!

Soluçava violentamente. Seu nariz e suas faces tinham ficado de repente vermelhos e inchados. Eu sentia, na boca, um ressaibo de água suja e tinha ímpetos de lhe dizer: Está bem, não pensemos mais nisso. Mas a luta entre nós recomeçaria em breve, igualmente áspera. Ela me fitou através das lágrimas:

— É verdade? Você quer mesmo que eu vá embora?

— Jamais gostei tanto de alguém quanto de você. Mas há entre nós um mal-entendido demasiadamente grave. Você nunca procurou compartilhar minha vida; amou-me apenas para você mesma.

— Eu queria *ser* a sua vida — disse ela com desespero.

— É impossível. Não posso amá-la como você deseja.

Sua fisionomia mudou: —Você não me ama — disse ela. Olhou-me em silêncio, com olhos dilatados, passou a língua nos lábios: — Por que então afirmou que me amava?

— Sentia tanta ternura por você! Queria amá-la. — Hesitei: — Deveria ter compreendido que éramos diferentes demais. A culpa não é sua, mas nada podemos fazer juntos.

—Você não me ama — disse ela lentamente. — É engraçado. E eu que o amo tanto!

Ela fixava o vácuo. Parecia empenhada em decifrar um texto difícil. Meu coração confrangeu-se. Será que eu não a amava? Parecia-me tão próxima, eu teria gostado tanto de consolá-la...

— É engraçado — continuou ela —, embora, evidentemente, por que iria alguém amar-me, afinal de contas?

— Hélène!

Ela já estava sozinha, muito distante de mim. E eu a sentia tão próxima, íntima e quente.

— O que é?

Baixei a cabeça, nada podia dizer-lhe. Aquela angústia estéril a me afogar o coração tinha ressaibos de pântano.

— Perdoe-me.

— Oh! Eu não o censuro. É melhor assim. Dessa maneira, não poderei iludir-me. — Ela se levantou: — Vou embora.

— Você não vai embora assim!

— E por que não? — Seus olhos percorreram o quarto e detiveram-se em meu rosto como que espantados: — Você não avalia como eu vivi este mês; não pode avaliar. Era, era... abjeto.

— Será como você quiser — disse eu. — As lágrimas me subiriam aos olhos se eu não me controlasse; não era a mim que cabia chorar.

— Prefiro nunca mais tornar a vê-lo — disse ela. Procurou sorrir: — Até logo.

Aquilo parecia impossível. Olhava-a sem compreender, como se me houvessem mostrado minha própria mão no interior de um frasco, com suas cicatrizes e a forma peculiar de suas unhas.

— Até logo — repetiu, encaminhando-se para a porta. Um dilacerante impulso atirou-me para ela: eu a amava. Mas já a porta batia, ela estava descendo as escadas. Eu a amava por sua coragem e sinceridade, amava-a porque partia; não podia chamá-la. Hélène! Meus dedos se crisparam no braço da poltrona, retendo aquele grito sem sequência. Estava feito. Aquelas lágrimas, aquela dor não existiam antes. E ali estavam, agora. Por minha causa.

Eu o fizera. Por que aquilo, justamente aquilo? Você estava chorando e era inútil, pois no dia seguinte eu ia amá-la. *Você talvez esteja morrendo inutilmente. Inúteis os cartazes amarelos, as portas que se abrem e se fecham, e o crepitar das balas na madrugada... Inúteis. Ele me trouxe até aqui inutilmente. Seremos vencidos. Ou eles vencerão, mesmo sem a nossa ajuda. Todos esses crimes inúteis. Ele não havia pensado nisso. Dizia: é preciso fazer alguma coisa. Que fez ele? De certo, apenas sua morte e esta noite.*

"Não a verei mais. Está acabado", pensava ele no trem que o carregava para longe de Paris. Lentamente, como uma chaga, fechava-se o passado. A decisão, agora, ficara para trás, igualzinha às coisas que ele não havia escolhido e que existiam. *Ter decidido.* Não era mais criminoso do que ter vivido. O rompimento com Hélène não pesava em seu coração nem mais nem menos que o jantar no Port-Salut. *Ter decidido matá-lo; tê-lo matado; ser morto.* Aliás, ele não mais olhava para trás. Olhava para o futuro, ao longe, na extremidade dos trilhos. Um objetivo único, um único caminho. Voltava

O sangue dos outros

a ser soldado. Que belas férias! Lá estava ele sozinho, como nas campinas de sua infância quando as maçãs estalavam sob os dentes e tudo era lícito; podia espreguiçar-se sem riscos, espojar-se, agarrar, quebrar; seus gestos não ameaçavam mais ninguém; não havia mais ninguém diante dele; os homens constituíam apenas instrumentos, obstáculos ou um cenário e todas as vozes se haviam calado: as vozes sussurrantes, as vozes ameaçadoras, as vozes da inquietação e do remorso. Ouvia-se apenas o troar dos canhões, os aviões, o sibilar das balas. Tranquilamente, como se morde uma maçã, ele atirava granadas, descarregava o fuzil. Os canhões atiravam contra os tanques e os caminhões blindados; quanto a ele, seu trabalho consistia em atirar contra homens. Mas o betume, o aço, a carne, tudo era igualmente matéria. Ele era apenas uma engrenagem da máquina de ferro e de fogo que se interpunha no caminho de outra máquina. "Sou eu!", pensou um dia, estupefato, deitado na orla de um bosque, com um fuzil-metralhadora nas mãos: teve vontade de rir; homens tombavam sob as balas, ao longe, no meio do campo lavrado, e seu coração estava leve. "Sou eu quem os está matando!" Até aquilo era permitido. Porque sabia o que queria. Era apenas um soldado e ria porque não podia fazer mais nenhum mal. Ao sentir a dor no flanco esquerdo, soube que nada mais podia fazer. Estava perdido, estava salvo e sentiu a paz crescendo dentro de si como uma febre.

Perdido no cheiro do clorofórmio, na brancura dos lençóis, no silêncio da enorme sala clara: nada mais que um sofrimento anônimo. O tempo deixara de correr. Um instante único, sempre o mesmo: aquela dor pura. Flutuava sozinho com seu corpo, não mais pesava sobre a Terra; uma dor imponderável. Teria bastado soprar sobre ela para apagá-la e isso não teria feito diferença alguma para ninguém; não iluminava, não aquecia: um simples fogo-fátuo.

O mundo foi se reconstituindo pouco a pouco em torno dele, e ele estava de novo no mundo; o ferimento estava cicatrizando: "O que estará acontecendo?" Caminhava descalço sobre o linóleo, olhava pela janela a planície vermelha, os campos de lavanda azul. O exército estava recuando para o Sena; afirmava-se que os alemães já se encontravam em Rouen. Mas ele ainda queria dormir mais um pouco.

Que despertar! Tinha-se esgueirado para o pequenino escritório, girara o botão do rádio. E uma voz falara em francês, com um sotaque áspero: "Entramos em Orléans. Um capitão entrou em Verdun com alguns homens e Verdun caiu. Os exércitos franceses, divididos em cinco corpos, fogem derrotados; milhões de refugiados enchem as estradas; a França toda se decompõe."

Simone de Beauvoir

Voz arrogante, cheia de triunfo, proclamando sua vitória. Nossa derrota. Minha derrota. Curvara a cabeça e ficara muito tempo imóvel com a boca repleta de um amargor insuportável que constituía o gosto mesmo de sua vida. Porque não ousamos querer. Ouvia a voz de Paul. Revia os olhos de Blumenfeld. Como eram doces as noites de primavera, como drapejavam as bandeiras vermelhas e tricolores sob o sol de 14 de julho! "Nada de greves políticas." Prudência, insensata prudência! "Não impelirei meu país para a guerra." E aí está a guerra, a guerra perdida. Não ousamos matar, não quisemos morrer e essa canalha verde nos devora vivos! Mulheres e recém--nascidos morrem nas valas; sobre este solo que já não nos pertence abateu-se uma imensa rede de ferro encerrando, aos milhões, os homens da França! Por minha causa. Cada um é responsável por tudo. Uma noite, embaixo do piano, ele arranhara o tapete e aquela coisa amarga estivera em sua garganta; mas ele era então apenas uma criança: havia chorado e adormecera. Uma noite, caminhara pelas ruas como um louco, de olhos pregados num rosto ensanguentado; mas era jovem, tinha a vida diante de si para procurar esquecer o seu crime. Agora, a vida estava atrás dele, sua vida perdida. Era tarde demais, estava tudo acabado. Porque pretendi conservar-me puro quando estava instalada em mim, misturada a minha carne, a meu hálito, a podridão original. Estamos vencidos; os homens foram vencidos. Em seu lugar, vai proliferar sobre a Terra uma nova raça animal; o cego palpitar da vida não mais se distinguirá da podridão da morte; a vida se incha, multiplica-se e se desfaz com ritmo igual; músculos, sangue, esperma e pulular de vermes saciados. Sem testemunhas. Não haverá mais homens.

A rua fugia, reluzente e deserta, para as fronteiras de Paris; parecia desmesuradamente larga: apenas algumas bicicletas a fenderem o silêncio. Os raros transeuntes tinham, todos, um aspecto solitário; haviam posto à prova sua solidão, no exílio, na desgraça e no medo, e tinham permanecido nitidamente retraídos dentro de sua pele, perdidos no seio do cataclismo como num deserto. Ele também estava sozinho. Rodava desde cedo em Paris, com seu soldo de desmobilizado no bolso: a tipografia estava fechada, sua mãe, fora de Paris. Não tinha notícias de Hélène. Sozinho. Estava ali, entretanto. Um homem integral. Caminhava sob o sol melancólico. As lojas tinham adormecido num sono de ferro; por entre as grades descascadas dos açougues vermelhos vislumbravam-se os mármores nus; estagnada diante da porta de uma mercearia, postava-se uma longa fila escura. "A vez da França chegará." Viena. Praga. Paris. Na vidraça de um chapeleiro, colocara-se um enorme cartaz amarelo: "Casa judia." Ele caminhava. "Estou aqui mas que

O sangue dos outros

posso fazer?" Sozinho, como os outros todos. Eles, porém, avançavam, em longas fileiras pelas avenidas desertas, envoltos, como numa nuvem, pelo pronunciado odor de suas botas; caminhões os transportavam em magotes compactos até o alto de Montmartre; em passo cadenciado, contornavam a praça do Tertre e coagulavam-se às dúzias, quando um apito desfazia suas fileiras, para ir fotografar o Sacré-Cœur. O ruído de seus passos, o estalar de seus calcanhares, seus cantos, seus uniformes teciam entre eles uma imensa rede esverdeada, tão espessa, tão enovelada que se tornava impossível distinguir uma fisionomia individual. Comprou um jornal e amassou-o, irritado. Nossos senhores. E nós curvamos a cabeça, sem falar, sem nos mexer. As mulheres, na Polônia, atiravam pelas janelas, envenenavam os poços.

— Somente uma colaboração leal poderá evitar novos desastres — afirmava Gauthier. — Por que está você recusando? Nunca tivemos oportunidade de dar à *Vie Syndicale* tamanha amplidão. E ninguém o obrigará a escrever o que você não pensa!

— Ou escrevo *tudo* o que penso ou não escrevo nada.

— Mas você poderá escrever tudo — disse Gauthier. — Afinal, uma organização mais equitativa da Europa não foi sempre o que desejamos?

Gauthier marcara aquele encontro comigo no terraço de um café, um grande café burguês onde ele parecia muito à vontade. Devia ser aquela a espécie de lugar que ele agora frequentava. Em volta de nós pululavam os uniformes verdes aos quais o couro amarelo das caixas de binóculos emprestava uma certa nota turística. Uma mulher circulava por entre as mesas com uma cesta repleta de fotografias, de jornais ilustrados e de "lembranças de Paris", pendurada ao pescoço. Como no tempo dos americanos. Despejavam na cesta, despreocupadamente, lindas notas novinhas com desenhos desconhecidos. Quase todos haviam pedido champanhe. Haviam colocado pacotinhos bem-feitos, ao lado do balde de gelo: chocolate, perfumes, *lingerie* de seda. Estavam acabando de saquear amorosamente as últimas lojas elegantes de Paris.

Olhei para Gauthier com raiva:

— Há muitos camaradas que pensam como você?

— Alguns. — Seus olhos me evitavam: — Nenhum de nós queria esta guerra.

— Não era esta a paz que nós queríamos.

— É a paz.

Viena: a paz. Praga: a paz. Paris: iremos nós dizer ainda: a paz?

Simone de Beauvoir

Numa mesa vizinha, uma jovem alemã estava entregando um pacote de chá ao garçom com mil recomendações: pôs sobre a mesa um pacotinho de doce, manteiga, açúcar. Nós bebíamos café de centeio adoçado com sacarina. Eles estavam entre nós como um povo colonizador no meio de uma multidão indígena: dois mundos deslizando um sobre o outro sem se penetrarem. A escala em que viviam era a do automóvel, a do avião; quanto a nós, só restavam nossos pés e, quando muito, bicicletas. As distâncias não eram as mesmas para eles e para nós, nem o preço de um copo de vinho.

— Você vai mesmo concordar em vender-lhes o jornal? — perguntei.

Gauthier deu uma risadinha seca: — E por que motivo não trabalharíamos sob o controle deles? — O controle de Daladier não o incomodava! Deu de ombros: — Eu acreditava que você fosse mais lúcido!

— Eu sou lúcido. E você também. Você sabe o que está fazendo. — Levantei-me: — Tanto melhor para você se ainda puder olhar-se num espelho depois disso!

A cólera me fazia tremer. Cólera contra Gauthier, contra mim mesmo. Será que Paul tinha razão? Teríamos nós sido uns traidores? Buscava, angustiado, rever o passado: não, não éramos covardes; não, não havíamos traído. *Prove-o. É a você que compete prová-lo.* Mas, naquele momento mesmo, não estaria eu traindo? Que diferença haveria entre Gauthier e mim? Ele rasteja diante deles, é mais franco que eu. Mas também eu sou cúmplice. Caminhava em Paris e cada um de meus passos confirmava aquela cumplicidade: como o pão que eles me dão, o pão que recusam a Léna Blumenfeld, a Marcel, à Polônia esfaimada; minha gaiola é ampla e eu docilmente a percorro. Não, disse ele, não. Examinou suas mãos trêmulas. É inútil; a cólera é inútil; as perguntas são inúteis; o que passou está passado; é a mim que cabe decidir se é um passado de escravo ou o passado de um homem. *Prove-o.* Eu o provarei.

"Que se pode fazer?" Sabia que tudo acontece pelos homens e que cada um deles é um homem completo. Procurou, um após outro, todos os camaradas. Não estamos sozinhos quando nos unimos, dizia-lhes. Não estaremos vencidos enquanto lutarmos. Haverá homens enquanto estivermos aqui. Falava e seus companheiros iam procurar outros companheiros e também falavam. E, porque falavam, já estavam unidos, já estavam lutando; os homens não estavam vencidos.

— Não basta falar — disse ele.

Os dois senhores o olharam inquietos. Grisalhos já, todos dois: os olhos de Leclerc eram doces e azuis em seu rosto afável; os traços de Parmentier, regulares e secos. Parecia um protestante.

O sangue dos outros

— Eu sei — disse Parmentier. — Temos um perigo pela frente: por falta de objetivos precisos nossas reuniões hão de degenerar fatalmente em centros de estudos ou em conversas de salão.

— E é por isso que gostaríamos de colaborar com você para criar um jornal — disse Leclerc —, para redigir panfletos e espalhá-los.

— Também não basta — disse ele.

Leclerc acariciou o queixo com ar perplexo. Não se ouvia o menor ruído. Cortinas, tapetes espessos, isolantes de couro nas portas abafavam todos os ecos do mundo. Sobre a escrivaninha maciça havia três xícaras de café e cálices cheios de bebidas, paredes recobertas de livros.

— O que poderíamos fazer? — perguntou Leclerc, e acrescentou depressa, como para evitar uma resposta: — Também poderíamos tratar de organizar um serviço de informações.

— Simulacros de ação — disse Blomart.

Houve um silêncio. Pairava agora uma ameaça nessa sala civilizada e calafetada. Aqueles homens não eram covardes; sabiam querer, ousar, mas apenas o estritamente necessário para ficar em paz consigo mesmos. E era essa paz que estava subitamente em jogo: teriam preferido qualquer outro risco.

Parmentier tomou coragem:

— O que é que você tem em vista?

— Ação de verdade — respondeu Blomart.

— Ação — fez Leclerc. Não encarava Blomart: olhava para dentro de si mesmo. Nunca havia desejado saber que mãos haviam erguido aquela barreira tranquilizadora atravessada em seu caminho. Suas próprias mãos. Era de si mesmo que tinha medo.

— Com dinheiro seria fácil arranjar armas — disse Blomart. — E tenho amigos capazes de fabricar explosivos. Estamos dispostos a correr todos os riscos.

— Oh! Dinheiro é o que não falta! — disse Leclerc.

— Não reprovo a violência por princípio — disse Parmentier. — Mas confesso que não vejo muita utilidade em assassinar alguns pobres soldados irresponsáveis.

— Se quisermos organizar uma força capaz de aglutinar as massas, capaz de aguentar até o fim da guerra e de construir o futuro, teremos de agir — disse Blomart. — Só conseguimos existir quando agimos.

— Poderíamos talvez fazer sabotagens — disse Leclerc.

— É preciso que sejam atos bem visíveis — disse Blomart. — Fazer explodir trens de munições, colocar bombas em hotéis requisitados.

Os franceses precisam sentir que ainda continuam em guerra. Querem criar ou não uma resistência? Não há de ser com alguns V, com cruzes de Lorena e varas de pescar que se poderá manter o país em estado de agitação.

— Já pensou que haverá terríveis represálias? — perguntou Parmentier.

— Exatamente — fez Blomart.

— Exatamente?

Parmentier fitava Blomart escandalizado. "Eu sei", pensou Blomart. Quem melhor do que ele o poderia saber? Ali estava ele, com um cálice de bagaceira na mão, dispondo com palavras de um sangue que não alimentava seu próprio coração. Mas não era dele que se tratava.

— É com essas represálias que estou contando. Para que seja impossível uma política de colaboração, para que a França não adormeça na paz é preciso que corra sangue francês.

— Quer dizer que você deixaria sem remorso que fuzilassem inocentes? — perguntou Parmentier.

— Esta guerra me ensinou que o sangue poupado é tão inexpiável quanto o sangue vertido — disse Blomart. *Nada de greve política. Não impelirei meu país para a guerra. E aqui estamos. Basta. Basta. Insensata prudência!* — Pensem em todas as vidas que nossa resistência poderá salvar.

Ficaram muito tempo em silêncio.

— Mas se nosso esforço malograr — disse Parmentier — nos veremos carregados de crimes inúteis.

— Sem dúvida — concordou Blomart. De qualquer forma, sempre se era criminoso, mas aqueles dois não o sabiam e o crime os assustava. — Mas devemos contar é com o sucesso.

Seja como for, seus adeptos arriscam-se à prisão, à morte. Seu jornal e seus panfletos também não constituem empreendimentos seguros.

— Não é a mesma coisa — respondeu Parmentier. — Nossos associados aceitaram o risco.

— Aceitam-no visando a um determinado resultado. Se nós os expomos ao perigo sem nenhum proveito, podemos ser considerados culpados. Não — continuou Blomart —, só nos devemos preocupar com a meta a ser atingida, tratando de fazer o que é preciso para consegui-lo.

— Você acha que todos os meios são bons? — perguntou Leclerc, hesitante.

— Pelo contrário. Todos os meios são maus.

Ele também, até pouco tempo atrás, almejava encontrar belas razões bem soantes para garantir seus atos; teria sido fácil demais. Devia agir sem garantias. Contar vidas humanas, avaliar o peso de uma lágrima, comparando-o ao peso de uma gota de sangue era um empreendimento irrealizável, mas não lhe cabia mais tentá-lo e todas as moedas eram válidas, até mesmo esta: o sangue dos outros. O preço nunca seria elevado demais.

— Pronto! Já temos dinheiro.
—Você é um colosso! — exclamou Laurent.
—Vamos finalmente poder trabalhar de verdade! — disse Berthier.

Todos riam, mas havia angústia em algumas fisionomias.

— Se ao menos soubéssemos para quem vamos trabalhar disse Lenfant.
— Se for para trazer Reynaud e Daladier de volta...
— Não — disse Blomart.—Você sabe disso. Trabalhamos para nos tornarmos fortes e para que amanhã chegue a nossa vez de mandar.
— Seremos suficientemente fortes? — perguntou Lenfant.
— É verdade — disse Berthier. — Como poderemos ter certeza de que não estamos lutando pelo capitalismo burguês, pelo imperialismo anglo-saxão, pelo triunfo das forças reacionárias?

Hesitou. Era verdade. Não se sabia nunca, de antemão, o que se estava fazendo. Hesitou, mas respondeu com voz firme: "Qualquer coisa será melhor do que o fascismo." E consigo mesmo dizia: pode-se saber, pelo menos, o que se quer; é preciso agir por aquilo que se deseja. O resto não nos interessa.

E ele queria. Avançava, sabendo o que queria. *Sem saber o que fazia.* Calcando aos pés as velhas armadilhas da prudência, cegamente atirado para o futuro e recusando a dúvida: *"Talvez tudo tenha sido inútil; talvez eu a tenha matado em vão."*

X
— CAPÍTULO —

Hélène fechou o livro; não conseguia mais ler. Olhou o céu escuro por cima do Panthéon. O tempo estava tempestuoso, mas não eram as nuvens que escondiam o sol; uma cinza fina e negra flutuava na atmosfera espessa. Poderia se dizer que reservatórios de gasolina estavam ardendo à volta toda de Paris. O horizonte estava ameaçado e pequeninos vapores brancos esgarçavam-se contra o fundo sombrio do céu. Vinham se aproximando: uma ameaça plúmbea esmagava a cidade; as últimas barreiras iam, em breve, ceder, e eles se espalhariam pelas ruas. O terraço do Mahieu estava deserto em torno de Hélène. Deserta a rua Soufflot. Nem um táxi. Alguns carros corriam pelo bulevar Saint-Michel, de uma só mão, em direção à porta de Orléans. O bulevar se tornara uma estrada que cortava a cidade de lado a lado: estrada de fuga, por onde a vida se escoava a jorros. Entretanto, trepado numa escada, um homem de camisa azul estava limpando cuidadosamente o globo de um revérbero.

"Amanhã, eles estarão aqui." Hélène olhou ao longe com certa inquietação. O carro devia chegar às dez horas. Não queria ficar encurralada naquela cidade sem saída. O silêncio envolveria as ruas imobilizadas entre fachadas cegas; cada habitante estaria mais isolado que um flagelado perdido num campo inundado. Era difícil acreditar que as casas permaneceriam solidamente cravadas na terra e que os castanheiros derramariam uma sombra inalterada sobre os jardins do Luxembourg.

No meio do fluxo impetuoso dos automóveis, carros de refugiados desfilavam lentamente, transportando aldeias inteiras. Eram enormes carroças puxadas por quatro ou cinco cavalos, e carregadas de feno protegido por um toldo verde; nas extremidades amontoavam-se colchões, bicicletas e, no meio, cristalizada numa imobilidade de cera, agrupava-se a família à sombra de um vasto guarda-chuva. Poderia se dizer um quadro vivo composto para algum desfile solene. As lágrimas assomaram aos olhos de Hélène. "Também eu vou para o exílio."

Olhou ao seu redor. Todo o seu passado estava ali, entre aquelas ilhotas de pedra. Jogara amarelinha com Yvonne naquela calçada, sob o olhar benevolente de Deus. Junto daquele poste, Paul a havia beijado. No início daquela rua, Jean lhe dissera: "Eu a amo." Enxugou os olhos. Deus não existia, ela não amava Paul, Jean não a amava. Eram mentirosas todas as promessas. O futuro se escoava gota a gota, fora da cidade, e o passado se esvaziava; carapaça vazia que não merecia nenhuma saudade; já se desfazia em pó, já não havia passado, não havia exílio. A Terra toda não era mais que um exílio sem retorno.

A encarregada do lavabo saiu do café, carregando uma pesada valise. Naquele momento, o automóvel do sr. Tellier parou junto à calçada e a cabeça de Denise assomou à janela. "Você ainda não sabe?", gritou ela. "Acabam de nos dizer que os ingleses e os russos desembarcaram em Hamburgo!" Agarrou a mala de Hélène. Dentro do automóvel, sobre a capota, havia um amontoado de malas e uma bicicleta amarrada entre os faróis. Hélène sentou-se atrás ao lado de Denise e o carro seguiu. O dono da grande mercearia estava descendo as grades por trás das quais se abrigavam latas de frutas em compota. Todas as lojas estavam fechadas.

— Seus pais não vão partir? — perguntou Denise.

— Eles receiam que lhes saqueiem a loja — disse Hélène. E acrescentou com voz forte: — Seu pai é muito gentil de me levar com vocês.

— É muito natural — disse o sr. Tellier. — A casa é grande. Há lugar para todo mundo.

O carro transpôs a porta de Orléans e enveredou por uma estrada secundária. O céu estendia-se todo azul acima das "vilas" fechadas, e se teria podido acreditar num êxodo de fim de semana. "Está acabado", pensou Hélène, "para sempre". Ela havia ficado para sempre lá atrás, à sombra dos castanheiros, no aroma de mel e chocolates; para sempre na cidade submersa, ela também submersa com o fantasma de seu amor perdido. Aquela que assim se estava inclinando à janela do carro era apenas uma refugiada entre milhões.

Viam-se na estrada carroças semelhantes àquelas que desfilavam há pouco no bulevar; estavam porém desmanteladas. Os camponeses seguiam a pé ao lado dos cavalos, e metade da provisão de feno já tinha sido consumida: vinham de longe, com certeza, e deviam estar andando há muito tempo. De vez em quando uma confusão qualquer obstruía o caminho e o automóvel se imobilizava atrás de uma longa fileira de carros que se arrastavam lentamente na poeira como uma lagarta desarticulada.

— Amanhã, não conseguiremos mais andar — disse o sr. Tellier; olhou para trás: — Vocês estão com fome?

— Poderíamos parar na próxima aldeia — disse Denise.

—Vamos parar.

Simone de Beauvoir

Os camponeses postavam-se curiosos, diante de suas casas floridas de rosas e de íris:

— Então, Paris foi tomada. É o fim?

— Paris não é a França — respondeu o sr. Tellier.

Entraram num café; Denise desembrulhou sanduíches, brioches, frutas, e pediu café. Ao lado de um aparelho de rádio havia uma mulher ouvindo o comunicado: as lágrimas subiram aos olhos de Hélène, lágrimas que lhe eram desconhecidas. Durante aqueles meses todos ela havia aprendido a conhecer o gosto das suas, seu sabor de desespero e de cólera; estas eram mornas, apenas salgadas, e lhe escorriam sem sofrimento pelas faces.

Um automóvel todo coberto de ramos, como para uma mascarada rústica, tinha parado diante da porta; vinha de Evreux: Evreux estava em chamas, Louviers ardia, Rouen ardia. Durante a tarde toda, cruzaram na estrada carros que vinham da Normandia, atopetados de colchões, camuflados com galhos de árvores que lhes conferiam um aspecto festivo. "Alguma coisa está acontecendo", pensou Hélène. "Não a mim. Eu não existo. Algo está acontecendo ao mundo." Não se tratava mais de um recuo, de uma retirada. Lá estava a derrota nos olhos cheios de angústia e de censura que espiavam o desfilar dos carros, nos rostos empoeirados dos fugitivos, entre os cobertores, os cântaros e as cadeiras empilhadas nos caminhões.

A noite caiu. As carroças se imobilizaram de encontro aos barrancos, os cavalos foram desatrelados, as pessoas acenderam lumes para cozinhar uma sopa e prepararam acampamentos para a noite. Hélène recordou os pioneiros dos filmes de faroeste. Sentia-se tão desambientada como se estivesse em terra longínqua. Como se o tempo se houvesse transformado em vasto espaço inexplorado.

— Vamos parar um instante em Laval para telefonar a mamãe, informando-a de nossa chegada — disse o sr. Tellier.

Uma multidão enorme viera ter, durante o dia, à calma cidadezinha. As calçadas estavam atulhadas de automóveis, os terraplenos negros de refugiados; os mais ricos, arriados nas cadeiras às mesas dos cafés que submergiam praças inteiras; outros jaziam diretamente no chão.

— Fique no carro. Eu vou até o correio com Hélène — disse Denise.

Tomou o braço de Hélène e, assim que se viram sozinhas, seu rosto se alterou.

—Vamos ficar isolados de tudo. Não terei mais notícias de Marcel. Como poderei viver sem saber de nada?

O sangue dos outros

Hélène não respondeu. Não era possível responder. Não havia nada a saber. Apenas aquele corpo cansado, o coração batendo, sem bater por mais ninguém, um coração anônimo. Desenrola-se a História e eu não tenho mais história. Não tenho mais vida. Não tenho mais amor.

— Foi uma sorte para Blomart ter sido ferido — continuou Denise. — Vão, sem dúvida, evacuá-lo para o Sul.

— Certamente — disse Hélène. Ela soubera do ferimento por intermédio da sra. Blomart.

Aproximaram-se do guichê. Uma multidão exausta comprimia-se, num odor de pó e de transpiração. Uma mulher toda de negro, pequenina e miseravelmente vestida, ergueu para a telefonista um rosto suplicante: "Por favor, minha senhora. Quer telefonar para mim?" A telefonista deu de ombros. "Por favor, minha senhora?", repetiu a mulher.

Hélène tocou-lhe no ombro: "Para onde quer telefonar?"

— Para a aldeia; para que avisem meu marido.

— Que aldeia?

— Rougier — disse a mulher.

— Espere, vou procurar para a senhora. — Hélène folheou o catálogo. Rougier: Maine-et-Loire: — Com quem é preciso falar?

— Não sei — disse a mulher.

Havia dez assinantes em Rougier. "Com Boussade?"

— Ah! Não! Ele não está mais na aldeia.

— Com Fillonne?

— Imagine! Está no campo a esta hora.

— Com Mercier?

— Não, não! — exclamou a mulher com ar desorientado.

Estava perdida, sem esperanças, naquele mundo vasto demais. Estamos todos perdidos. Conseguirei algum dia tornar a me orientar?, pensou Hélène. Para quê? Para que aquelas unhas que continuam a se agarrar, aquele coração que gostaria de não mais querer e que ainda quer e quer querer, a despeito de si mesmo? Nada mais querer. Nada mais saber. Estar ali, simplesmente, ocupada em ouvir o gluglu tranquilo da vida que foge sem ir para parte alguma.

Voltaram para o carro. O sr. Tellier estava enrolando um cigarro, encostado ao cofre do automóvel.

— Os russos não se mobilizaram — disse ele. — E os italianos acabam de nos declarar guerra.

Simone de Beauvoir

◆

Caminhões cheios de mulheres, de crianças, de roupas de cama, de louça, atravessavam diariamente a aldeia. Vinham de Alençon, de Laigle. Um motorista gritou, uma noite: "Eles estão em Mans." Os habitantes da casa se entreolharam. Os pais de Denise, a avó, uma tia e duas cunhadas. O automóvel do sr. Tellier era pequeno demais para a família toda. E ninguém desejava assemelhar-se àqueles refugiados macilentos que vinham implorar um teto para passar a noite.

— Devemos dar exemplo à população — disse a sra. Tellier. — Ficaremos aqui mesmo.

Desde o alvorecer do dia seguinte a população da aldeia se pôs em fuga em caminhonetes, carrocinhas e bicicletas. Os que não podiam partir fecharam suas lojas, suas casas e correram a esconder-se no campo. O canhão troava ao longe e, de quando em quando, ouvia-se o ruído surdo de uma explosão; eram os reservatórios de gasolina de Angers.

—Vamos erguer uma tenda no fundo do prado grande disse a sra. Tellier.

— Para quê? — perguntou Denise. Estava com Hélène no jardim; assistia ao desfilar, na estrada ensolarada, dos caminhões vindos de Laval. Trinta quilômetros. Apenas algumas horas. — Estão assinando o armistício. Vamos ficar sossegados. Não haverá mais luta.

— Mas é mais prudente não aparecer muito — disse o holandês que se alojara com a mulher e a sogra no pavilhão do jardim.

A sra. Tellier afastou-se com os braços carregados de cobertores; o holandês caminhava atrás dela levando uma cesta cheia de provisões. Denise debruçou-se à cerca.

— Tenho certeza de que Marcel foi feito prisioneiro — disse com voz surda. — Foram apanhados por trás.

— Talvez tenham conseguido escapar a tempo — disse Hélène.

Denise mordeu o lábio: "Não o tornarei a ver durante anos!"

Um caminhão apareceu. Um caminhão militar, cheio de soldados franceses que cantavam. Passou outro caminhão. Mais outro. Os homens agitavam a mão, rindo.

— Estão cantando! — disse Denise.

— A guerra acabou e eles salvaram a pele — respondeu Hélène.

Parou um automóvel e dele desceram quatro oficiais. Pareciam-se com os de Pecquigny, elegantes, desenvoltos, com dois orifícios líquidos no meio do rosto. — É esta mesma a estrada de Cholet? — perguntou um jovem tenente.

O sangue dos outros

— É — disse Denise.

— Precisamos saber se os alemães estão ou não em Angers — disse o coronel com ar perplexo. Dirigiu-se a Denise com decisão: — Onde é o correio?

— Vou levá-los até lá — disse ela. Empurrou o portão. Passaram dois soldados sem capacete, sem fuzil, apoiados em bastões: prisioneiros fugitivos dos alemães. A guarda de elite que percorria orgulhosamente a rua, de fuzil ao ombro, nos dias anteriores, se havia desvanecido de repente.

O telefone soava no interior do correio. A porta estava trancada à chave.

— Onde estão os responsáveis? — perguntou o coronel com ar irritado.

— Por aí, nos campos — disse Denise.

— Mas isso é insensato! — explodiu o coronel. Fez sinal a um tenente: — Arrombe isto!

O tenente deu com o ombro um empurrão violento à porta.

— Não vai — disse ele. — Seria preciso um machado.

— Vou buscar um — ofereceu Denise.

Canhões e tanques atravessavam agora a aldeia.

— Será que eles chegarão logo aqui? — perguntou Hélène. — Dentro de uma hora. Mas não tenha medo. Não haverá nada — disse o tenente sorrindo cheio de importância: — Vamos até o Loire para tentar uma operação de retardamento.

— Aqui está o machado — disse Denise. O tenente arrombou a fechadura. O coronel entrou, voltando ao cabo de um instante.

— Vamos! — disse ele. Encaminharam-se para o automóvel.

— Voltem para suas casas — recomendou o tenente.

— Vamos voltar — disse Denise. Contemplou o carro que disparava para o Loire. Os tanques continuavam a desfilar, de metralhadoras voltadas para o Sul, dando as costas ao inimigo.

— Denise! — chamou a sra. Tellier. — Venham imediatamente, todas duas.

— Vou ficar na casa — disse Denise. — Quero ver.

— Seu pai não quer ninguém às janelas; é assim que acontecem os acidentes — disse a sra. Tellier toda agitada. Trazia seu colar de pérolas ao pescoço e todos os anéis nos dedos; o ventre e o busto tinham-se avolumado com gorduras insólitas.

— Mas eu não abrirei as persianas — disse Denise. Riu: — Você acha que suas joias estão a salvo?

— Eles não ousarão arrancá-las de cima de mim.

Hélène subiu para o quarto de Denise; aproximaram-se da janela e empurraram ligeiramente as persianas. Passou ainda um tanque sob a janela. Depois, a rua ficou deserta. O coração de Hélène apertou-se. A aldeia estava agora abandonada, entre a França e a Alemanha, sem dono, sem lei, sem defesa. Todas as janelas se achavam fechadas; nada mais vivia nas casas brancas de sol. As criaturas se sentiam como que fora do mundo, flutuando, suspensas no meio de um misterioso delírio sem começo nem fim.

— Ah! — fez Denise. Agarrou a mão de Hélène. Algo explodiu numa esquina e as vidraças do restaurante voaram em estilhaços. Houve em seguida um grande silêncio e, de súbito, uma voz gutural gritou palavras desconhecidas. E eles apareceram. Eram todos altos e louros com rostos rosados; marchavam com ar grave, sem olhar em volta, com passos duros como o aço. Os vencedores! "Estamos vencidos. Quem, nós?" Havia lágrimas nos olhos de Denise. "E eu?", pensou Hélène. "A França está vencida, a Alemanha vitoriosa. E eu, onde estou eu? Não há mais lugar para mim." Assistia, de olhos secos, à passagem dos homens e dos animais, dos tanques e canhões estrangeiros. Via a História passar, a História que não era a sua, que não pertencia a ninguém.

— ◆ —

O holandês plantou-se diante das três mulheres sentadas à beira da calçada. Balançava na mão a lata vazia.

— Não havia gasolina — disse ele.

A sogra sacudiu os ombros: "Naturalmente."

Dizia-se que se vinha anunciando há oito dias a chegada de um vagão-tanque. Ninguém acreditava mais nisso.

O holandês pousou a lata no chão: "Bem que eu gostaria de comer alguma coisa."

— Eu também estou com fome! — disse a jovem esposa, em tom infantil.

"Não vão comer tão cedo", pensou Hélène. As lojas de Mans estavam mais devastadas que um campo após uma chuva de gafanhotos. Nem uma fruta, nem um lugar nos restaurantes onde formigavam soldados verdes e cinzentos. Hélène já não sentia fome; não experimentava mais nenhuma necessidade; poderia ficar sentada indefinidamente sobre aquelas pedras na estreita faixa de sombra roída pelo sol. Gente caminhava ao longo da rua, da praça da Prefeitura até a praça principal, onde se erguia a *Kommandantur*, carregando latas e regadores vazios; de vez em quando punham o recipiente no chão, sentavam-se um instante e tornavam a seguir; passavam pouco depois em sentido contrário, recambiados da *Kommandantur* para a

O sangue dos outros

Prefeitura, segurando suas latas e regadores vazios. Incansavelmente. Como Sísifo, como as Danaides. No calor sufocante dos infernos, a vida girava cada vez mais depressa, como um carrossel enlouquecido. Milhares de automóveis permaneciam estagnados nos terraplenos, cercados de mulheres e de crianças de olhos mortiços, sentados à sombra dos carros, em cima de fardos, de colchões ou no chão. Outros automóveis cinzentos e reluzentes e carros blindados corriam pela rua, motocicletas roncavam em torno da praça. Os cafés regurgitavam até o meio da calçada de milhares de soldados bem-postos em seus uniformes novos; filas de soldados fendiam com passos rígidos a multidão arrasada pelo sol e pela fome. Um alto-falante difundia uma música militar. E aquela voz de fogo, aquela luz sem vida, o ar opaco existiam desde o despertar dos tempos por toda a eternidade. Hélène tinha-se tornado eterna; o sangue secara em suas veias; estava ali sem recordações, sem desejos, para sempre.

— Sente-se — ordenou a sogra. — Não fique aí assim, de braços abanando.

O holandês sorriu. Era louro e corado, os dentes se projetavam por cima do lábio num sorriso cristalizado, semelhante ao de uma criança ou de um cadáver.

— Tome cuidado com o sol — disse a esposa. Seu chapéu branco tinha-se enxovalhado, desde o dia anterior, e o vestido estava rasgado. Estendeu ao marido um grande cartucho de papel: — Ponha isto na cabeça.

Ele obedeceu docilmente e sentou-se, sorrindo sempre, no estribo do carro.

— Está fazendo calor de verdade — comentou.

A sogra ficou enfurecida.

— E pensar que anteontem em Angers você poderia ter arranjado vinte e cinco litros!

— A fila estava tão comprida — desculpou-se ele. — Pensei que os alemães nos reabasteceriam em caminho.

Quando aceitara um lugar no carro, Hélène também acreditara que o tanque de gasolina estivesse cheio. De qualquer forma, não estava arrependida de ter vindo; apesar da amabilidade de Denise, ela se sentira indesejável na casa superlotada.

— Ainda tem gente diante da Prefeitura — disse ela.

— Deveríamos ir ver — aconselhou a sogra.

— Será como de manhã — disse o holandês.

— Vamos ver. Não podemos passar mais uma noite no carro — disse a mulher.

Pôs-se de pé em seus saltinhos Luís XV. Hélène acompanhou-os. Cerca de duzentas ou trezentas pessoas comprimiam-se contra as grades, apertando ao corpo recipientes vazios. Algumas mulheres haviam posto suas marmitas a ferver ao pé da estátua de um convencional de grande chapéu de plumas à cabeça. Outras dormiam, estiradas sobre colchões.

— Tem gente demais — disse o holandês.

— Um pouquinho de paciência, meu bem — pediu a esposa, levando ao nariz um lencinho de rendas.

— O cheiro não é nada agradável.

Hélène dirigiu-se a uma mulher:

— O que estamos mesmo esperando?

— Um número de ordem. Para conseguir um pouco de gasolina.

— E com o número consegue-se gasolina?

— Quando ela chegar.

A grade se abriu e houve um avanço. Hélène descobriu que havia sido impelida até o fundo de um grande corredor. Um homem estava distribuindo pedacinhos quadrados de papel que eram guardados zelosamente. Hélène apanhou o seu e correu para o holandês, que ficara para trás.

— Consegui um número!

— Parece que há uma garagem no fim da cidade que está distribuindo gasolina de cinco em cinco litros — informou a sogra.

— É — disse o holandês, contemplando estupidamente o quadrado de cartão em sua mão.

— Pois vá ver! — ordenou a sogra, empurrando-o pelo ombro.

— E eu vou dar uma volta — disse Hélène.

Dirigiu-se para o lado da estação. À falta dos cinco litros de gasolina, seria necessário arranjar uma forma de sair daquela cidade escaldante e saqueada. Tanto pior para os holandeses. Ela talvez conseguisse guindar-se para dentro de um trem. Lá no fim dos trilhos, havia uma cama fresquinha, pão e mel, chá bem quente. Entrou no hall.

— A que horas haverá trem para Paris?

— Não se aceitam passageiros para Paris. Somente até Chartres — disse o empregado.

Hélène hesitou. Uma multidão inerte, deitada no chão, entre os embrulhos, aguardava não se sabia o quê. Qualquer coisa seria melhor que aquela resignação estúpida.

— Dê-me uma passagem para Chartres.

O sangue dos outros

— Tem papéis para provar que mora em Chartres?

Hélène deu as costas.

— Por que é que nos mandam voltar para casa já que nos impedem de nos mexer? — disse uma mulher com uma criança no colo.

— Parece que há fome em Paris — disse um homem.

— E aqui? — retorquiu a mulher. — Será que preferem que a gente arrebente aqui mesmo?

Hélène examinou-a. Pareceu-lhe sentir, de súbito, o peso da criança nos joelhos e o apelo daqueles olhos cheios de censura. Ouviu ressoar dentro de si mesma, cheia de espanto, uma voz do passado: "Os outros existem. É preciso ser cego para não os ver." Parou diante da mulher.

— A senhora é de Paris? — perguntou.

— Sou de Saint-Denis — respondeu a outra.

— Estou com umas pessoas que têm um carro — disse Hélène. — Talvez encontrem gasolina para seguir. Quer que eles a levem?

— Me levarem? — disse a mulher sem compreender direito.

— Venha comigo. Não lhe prometo nada, mas há uma possibilidade.

A mulher acompanhou-a. Uma granja para dormir. O ar fresco do campo. Leite. Ovos. Amanhã, Paris. "Por que eu e não ela?", pensou Hélène. Sentia a cabeça atordoada de sol e de fome, mas não desejava comida nem sombra. Era estranho. Ela que, outrora, tinha tantos desejos!

As duas mulheres estavam sentadas no estribo do carro, todas duas ruivas e com vestidos claros.

— Maurice ainda não voltou — disse a mãe. — Pobre rapaz!

— Esses alemães horrorosos — disse a filha. — Tudo isso é por causa deles!

Hélène voltou para junto da mulher.

— É preciso esperar um pouco — disse ela. Encostou-se ao muro. Não chegava a ser uma espera; não havia nada a esperar. Não tenho mais vida. Apenas uma pocinha de água estagnada onde se reflete a imagem caprichosa do mundo.

— Eles me deram dez litros — anunciou o holandês.

As duas mulheres se ergueram de um salto.

— Ah! — fez a jovem — vamos poder sair daqui.

— Parece que mais adiante o reabastecimento é mais fácil — disse o holandês levantando o capô do carro. Hélène aproximou-se.

— Por favor, será que vocês veriam algum inconveniente em que eu cedesse meu lugar a esta moça que está aqui com o filhinho? Eu poderei me arranjar se vocês concordarem em levar minha mala.

— Esta moça? — disse o holandês vagamente. A mulher estava maltrapilha e despenteada e ele a examinou com ar de quem não estava compreendendo.

É. O filhinho dela vai morrer se vocês não o levarem — disse Hélène com ar ameaçador.

— Mas, e você? — perguntou a sogra. — É impossível caberem cinco pessoas nesse carro!

— Eu sei. Já lhes disse que darei um jeito.

— Ela que entre, então — disse o holandês.

A mulher hesitou.

— Entre — disse Hélène.

A mulher sentou-se ao lado da sogra, que a examinou com rancor.

— A senhora não vem?

— Não — disse Hélène. Sorriu para o holandês: — Até logo. Obrigada.

Afastou-se em direção à praça. A porta do carro bateu às suas costas; o automóvel partiu... Fugia das ruas desoladas, correndo para uma sombra tépida recendendo a feno ceifado. Hélène ficou sozinha naquele flamejar de poeira. "Tanto faz aqui como noutro lugar qualquer", pensou com indiferença.

Soldados alemães atarefavam-se na praça, ao redor de um caminhão; os refugiados os olhavam com fisionomias cheias de medo e de esperança. Os vencedores. Os senhores. Eram jovens e, muitos deles, belos; de seus uniformes imaculados emergiam pescoços musculosos. Inclinavam-se, cheios de condescendência, para o rebanho desnorteado. Um deles estendeu a mão a uma mulher que subiu para o caminhão.

— Para onde vão eles? — perguntou Hélène.

— Para Paris — explicou uma velha. — Levam gente, quando têm lugar.

O caminhão, em poucos instantes, ficou repleto de mulheres e de crianças.

— Haverá outros?

— Não se sabe. É preciso esperar.

Hélène sentou-se no chão entre a velha e uma jovem morena de cabelos desgrenhados.

— Pois vou esperar — disse ela. — Encostou a cabeça nos joelhos e fechou os olhos.

Quando acordou, a jovem morena a seu lado estava mordendo um pedaço de pão. O calor abrandara.

— Parece que você dormiu bem! — disse ela.

— Eu estava com sono.

— Não tem nada para comer?

— Não, não encontrei nada.

O sangue dos outros

— Tome — disse a moça com ar misterioso. Estendeu-lhe uma fatia de pão.

— Oh! Obrigada! — disse Hélène. Mordeu avidamente o pão: era compacto, salgado demais. E o ato de comer era quase doloroso.

— Atenção — disse a moça morena. Um caminhão vinha entrando na praça: — Venha, vovó — disse ela, pegando a velha pelo braço; fez sinal a Hélène: — Venha também! — Elas se precipitaram.

— *Nur zwei* — disse o alemão, espetando dois dedos no ar. Ele suspendeu a velha, pondo-a no veículo. A moça pulou o rebordo do caminhão e puxou Hélène pela mão.

— É minha irmã — explicou ao soldado. — Suba, suba logo. — Hélène agarrou-se ao caminhão e o soldado riu, estendendo-lhe a mão.

Hélène sentou-se bem atrás, numa lata vazia. O veículo estava abarrotado de gente. Um toldo espesso recobria-o todo. Desde os primeiros solavancos, sufocada pelo calor e pelo cheiro de gasolina, Hélène sentiu o estômago rebelar-se. Olhou a seu redor. Era impossível mexer-se. Estremeceu. O suor umedecia-lhe a testa. Outra mulher, na extremidade do caminhão, vomitava com indiferença. "Tanto pior", pensou Hélène. Colocou os pés o mais distante possível, abaixou-se e vomitou entre as latas. Enxugou a boca e o rosto. Sentia-se aliviada; ficara a seus pés uma espécie de pasta esbranquiçada, mas ninguém lhe dava atenção. "Como se não se pudesse mais nem ter vergonha do próprio corpo", pensou ela. "Como se nem mesmo meu corpo fosse mais meu." O caminhão, cheio de gasolina, corria sem obstáculos pelas estradas planas perfuradas de longe em longe pela cratera de um obus. Percebiam-se, de passagem, carros virados ao longo dos barrancos, alguns deles calcinados, e também sepulturas com cruzes. O desfile continuava: carros de feno, bicicletas, pedestres. Atravessaram a cidade: as bombas haviam arrebentado os telhados, dois blocos de casas tinham-se incendiado; diante dos pedaços de paredes queimadas amontoavam-se ferragens retorcidas. Êxodo, miséria, morte. E, no entanto, nos belos veículos de cor cinza, homens jovens e fortes passavam cantando.

"*Heil!*", gritou um deles, agitando a mão alegremente. Estava vestido de cinza como seus camaradas, e todos levavam rosas vermelhas no peito.

O caminhão parou à entrada de Paris. Hélène pulou para o chão; era-lhe difícil manter-se em pé. Vislumbrou num espelho o rosto todo sujo de pó. A avenida da Grande Armée estava deserta. Todas as lojas fechadas. Ficou um instante imóvel em meio ao silêncio e depois se pôs a andar em direção à Étoile. As coisas continuavam todas nos mesmos lugares: as casas, as lojas, as árvores. Mas os homens haviam sido aniquilados: ninguém para abrir as lojas, ninguém para passear nas ruas, para reconstruir um amanhã, recordar o passado. Apenas ela sobrevivera milagrosamente, intacta, absurda naquele mundo sem vida. Mas já não tinha corpo nem alma. Apenas aquela voz que afirmava: "Eu já não sou eu."

— ◆ —

Denise colocara o bloco nos joelhos e estava escrevendo com sua caligrafiazinha abundante.

— Já acabei — disse ela. — Poderemos ir assim que você quiser.

Hélène se ergueu sobre um cotovelo. A estrada continuava branca de calor. Cinco horas. Três, pelo horário francês. A atmosfera estava pesada e o Sena fluía lentamente sob o céu imóvel.

— Ninguém diria que hoje é domingo — disse Hélène. Levantou a bicicleta encostada ao barranco. Não se viam automóveis, nem bicicletas de dois lugares, nem namorados, nem risos: o campo estava deserto. De quando em quando, homens de torsos bronzeados, sentados à sombra: podiam ser identificados graças às suas nucas raspadas. Eram os únicos a viver aquele domingo da França; um domingo de exílio. Lá estava um, sozinho em seu barco no meio da água, na cintilação triste do sol: tocava um acordeão. Os pés de Hélène se imobilizaram; o espaço e o tempo haviam explodido ao redor dela; sentiu-se de repente projetada ao longo de misteriosa dimensão, ao centro de uma época, de um mundo aos quais nenhum laço a prendia; perdida sob um céu insólito, assistia a uma história da qual sua presença estava excluída. "Exatamente como se eu não estivesse aqui; como se eu não estivesse aqui para dizer: não estou aqui." Inclinou-se sobre o guidão. Todas as vilas estavam fechadas; as tabuletas das hospedarias começavam já a apagar-se e a descascar. Vislumbravam-se, de vez em quando, automóveis cinzentos no cascalho, por detrás de um portão aberto, e vozes ásperas ressoavam no jardim.

— Hélène!

Hélène acelerou. Maravilhava-se por vezes de estar mergulhada naquela aventura extraordinária; noutras horas, porém, sentia-se amedrontada. Havia perdido a chave do caminho de volta. "Não haverá mais nada, nunca mais."

— Será que seu alemão poderá fazer alguma coisa por Marcel? — perguntou Denise.

O sangue dos outros

— Falarei com ele, na hora do jantar. Tem uma porção de relações. Em todo o caso, quando eu estiver em Berlim, hei de dar um jeito de conhecer pessoas que me possam ser úteis.

— Seria preciso intervir logo — disse Denise. — A maioria dos campos foi evacuada para a Alemanha. — Examinou Hélène: — Você vai mesmo viajar?

— Por que não? — Hélène se contraiu; sabia o que Denise pensava, o que Jean haveria de pensar; fitou o horizonte desafiadoramente: "Você tinha razão; não tínhamos nada em comum."

— Você não se importa de trabalhar para eles?

— Que diferença faz?

— Não se trata disso — disse Denise em tom de censura. — Eu não o faria, por respeito para comigo mesma.

— Eu mesma! — disse Hélène. Olhou a própria mão pousada no guidão. Eu, Hélène — As pessoas haviam perdido pelas estradas os seus automóveis, seus armários, seus cães, seus filhos: ela havia perdido a si mesma.

— Em suma, você se conformou com a situação? — perguntou Denise.

— Oh! Não me converti ao fascismo — disse Hélène. — Mas, e daí? Isso existe. Haverá depois outra coisa qualquer, e depois mais outra. — Levantou os ombros: — Então, que importância pode ter?

— Mas, para nós, o que vale é o momento que estamos vivendo — replicou Denise.

— Vale se nós o fizermos valer — disse Hélène. Ela se lembrava. Jean dizia: "Somos nós que decidimos." Mas aí é que estava. Por que deverei eu decidir que é o meu destino pessoal que tem importância, ou o destino da França, ou o deste século em que me encontro atirada por acaso? Ela pedalava pela comprida avenida pavimentada, sob o sol único e impassível, fugaz como um meteoro que rasga o firmamento indiferente.

Transpuseram a porta de Paris.

— Vou entregar minha carta à Cruz Vermelha — disse Denise.

— Vou com você.

O céu se tinha encoberto. Estava-se mergulhado num calor úmido. Uma dezena de moças de olhar embaciado se achava postada diante da porta da permanência. Automóveis cinzentos estavam estacionados ao longo das calçadas. No fim da avenida, a Ópera com sua cúpula de um verde de borrasca parecia um monumento fetiche, testemunha de uma era extinta.

A funcionária olhou o envelope e empurrou-o de volta para Denise.

— Não aceitamos mais correspondência para Baccarat — disse ela. — O campo foi transferido para a Alemanha.

Simone de Beauvoir

— Também Baccarat! — exclamou Denise.

— Sim, senhora. Baccarat também — disse a funcionária com certa impaciência. Hélène agarrou o braço de Denise e arrastou-a para a saída. Denise empalidecera a ponto de parecer prestes a desmaiar.

— Elas estão, muitas vezes, mal informadas — disse Hélène.

— Para a Alemanha! — exclamou Denise.

A garganta de Hélène apertou-se. No rosto de Denise, no calor cinzento desse fim de domingo, ela podia reconhecer a sombra detestada da desgraça.

— Até mesmo da Alemanha é possível voltar — disse ela. — Haveremos de dar um jeito. — Respirou profundamente. Graças aos céus, não era sua aquela infelicidade; para ela estava acabado: acabara o amor, acabara a vida, acabara a infelicidade.

— Imagine essa partida! — a voz de Denise morreu-lhe na garganta.

—Tenho certeza de que Marcel consegue um jeito de não sofrer demais — disse Hélène.

— Ele, talvez sim — disse Denise. Largou o braço de Hélène: — Desculpe, preciso ficar sozinha.

— Compreendo — disse Hélène. Apertou a mão de Denise. —Telefonarei amanhã de manhã para dar a resposta de Bergmann.

— Obrigada. Telefone, sim — pediu Denise.

Hélène lhe sorriu e montou na bicicleta. Sofrer por alguém: que logro! Eles não se incomodam, fazem com o próprio coração suas saladazinhas pessoais. Está acabado. Acabado de uma vez. Atravessou o bulevar Saint--Germain. Caminhões blindados trafegavam ruidosamente, seguidos por carros de assalto dos quais emergiam soldados tendo à cabeça grandes boinas que se inflavam ao vento. Sorriam. Saudavam sua vitória com toda a sua juventude maravilhada. A vitória. A derrota. Ele perdeu sua guerra. Apertou o guidão com mais força. Não existe vitória nem derrota; nem existe o seu ou o meu. É apenas um momento da História.

Hélène parou diante da confeitaria, guardou a bicicleta e subiu para o seu quarto. Vestiu o lindo vestido estampado cujo tecido ela mesma havia desenhado. No guarda-roupa, um mantô claro novinho balançava-se num cabide ao lado de um belo costume esporte. O cliente alemão pagava bem.

— Boa noite, mamãe; boa noite, papai.

— Boa noite — respondeu friamente a sra. Bertrand; o sr. Bertrand não levantou os olhos do jornal. Estavam lisonjeados pelo esplendor da situação oferecida à sua filha mas censuravam-na por se comprometer com o invasor. Hélène abriu a porta da loja e os compridos pingentes de metal tilintaram alegremente. Como outrora, quando ia encontrar-se com Paul ou com Jean. Hélène gostaria de arrancá-los.

A bicicleta deslizou veloz pelo bulevar Saint-Michel; estava suja, enferrujada. As camadas de tinta azul e verde apareciam debaixo do verniz preto. Mas ainda era uma boa máquina. "A levarei comigo", pensou Hélène. Freou: no início do bulevar havia um ajuntamento diante de um tapume de madeira. Apeou. Um cartaz amarelo estava colado às tábuas: "Robert Jardiller, engenheiro de Lorient, condenado à morte por ato de sabotagem; foi fuzilado esta manhã." As pessoas permaneciam mudas, plantadas diante do pedaço de papel. Fuzilado. Eram fascinantes aquelas letras grossas, esparramadas no papel amarelo. Fuzilado. Hélène afastou-se bruscamente: "Pois é. Temos, sem dúvida, de passar por isso!", pensou. Começou a pedalar com raiva: "Nada disso tem importância. Nada."

Empurrou a porta do restaurante; entre os tachos de cobre e as réstias de cebolas, uma profusão de salsichas e de presuntos pendia das grossas traves do forro; de cada lado do corredor abriam-se nichos onde havia mesas arrumadas. *Herr* Bergmann levantou-se, bateu de leve os calcanhares e inclinou-se para beijar a mão de Hélène.

— Pontual como um homem — disse ele sorrindo.

Usava uma elegante roupa e colarinho duro; sob os cabelos castanhos, o rosto tinha uma expressão afável e algo solene. Fez um sinal; um *maître*, metido numa blusa camponesa, fez sinal por sua vez a um garçom.

— Nosso prato especial — anunciou ele quando o garçom pôs sobre a mesa uma travessa coberta de patês, presunto defumado, salsichão e pedaços de carne de porco.

— Acho que se come bastante bem aqui — disse *Herr* Bergmann.

— Parece — concordou Hélène, servindo-se com abundância. Na mesa vizinha, uma senhora gorda de rosto congestionado, com uma blusa de cetim, estava devorando um *châteaubriant;* o público compunha-se, sobretudo, de oficiais alemães que jantavam juntos ou em companhia de elegantes mulheres: alguns dos reservados estavam fechados por espessas cortinas vermelhas.

— Conversei demoradamente com a sra. Grandjouan — disse *Herr* Bergmann. — Acabamos por nos entender: você, aliás, não está presa por nenhum contrato.

— Não. Mas foi com ela que fiz meu aprendizado. E não é nada elegante abandoná-la agora.

— Ela a deveria ter associado ao negócio — disse *Herr* Bergmann.— É uma exploração tratá-la assim, como uma empregada comum.

— Ela me propôs, uma ocasião, mandar-me dirigir uma sucursal na América. Eu é que recusei.

— E por que recusou?

— Queria ficar em Paris, naquela época.

— Você não se arrependerá. Não há nenhum futuro para você na França. Lyon deixará em breve de existir. Somos nós os donos da seda.

Falava com uma satisfação tranquila que o tornava, de súbito, parecido com os oficiais das mesas vizinhas.

— Espere um pouco — disse Hélène, com uma risadinha. — Ainda não está tudo acabado.

— Não, tudo está começando — disse *Herr* Bergmann. Serviu a Hélène um pouco de *bordeaux* açucarado. — A França e a Alemanha foram feitas para se entenderem. Veja você e eu, como nossa colaboração vai ser proveitosa. Eu produzo os tecidos e você me traz aquilo que não se encontra entre nós: o gosto francês — concluiu galantemente.

— É — disse Hélène.

— Os papéis já estão em ordem — continuou ele. — Reservei passagens para segunda-feira.

— Segunda-feira... — disse Hélène.

— Eu teria preferido demorar-me aqui mais algum tempo. — Hesitou: — Embora seja triste rever Paris como está agora. Não é mais uma capital. É um quartel.

— Já tinha vindo muitas vezes a Paris?

— Morei um ano perto do Parc Monceau — disse *Herr* Bergmann. — Costumava passear de manhã no jardim; ficava vendo as crianças brincarem.

— Prefiro o Luxembourg.

— O Luxembourg também. O Quartier Latin. Os cais do Sena. Tomava sopa de cebola às cinco horas da manhã no Halles, com amigos franceses. — Suspirou. — Aquele restaurante era tão interessante! Cheio de tipos franceses característicos. Já em Montmartre, em Montparnasse, só se ouve falar alemão. — Encheu a taça de Hélène de champanha seco: — Será preciso voltar mais tarde...

— O passado nunca há de renascer — disse Hélène.

— Não, mas haverá outra coisa. Você não sente curiosidade de ver a Nova Europa?

— Sim, estou curiosa. Gosto de novidades. — Hélène sorriu para ele. O passado não renasceria; estava bem acabado; ela estava livre. Acabados os jantares no Port-Salut, os risos na neve, as lágrimas nos crepúsculos mornos com perfume de violetas. Um futuro único para todo o mundo: alemães, franceses, homens e mulheres; todos se equivaliam. Nunca mais haveria alguém com um rosto único, um olhar sem igual. Aquele homem era dotado de mãos, um coração, uma cabeça, exatamente como Jean.

— Preciso pedir-lhe um favor — disse Hélène.

— Será um prazer.

— Haveria algum jeito de fazer repatriar um prisioneiro que acaba de ser enviado para a Alemanha? Trata-se do marido de minha melhor amiga.

— Tenho amigos na embaixada — disse *Herr* Bergmann. — Dê-me o nome e o endereço e eu verei se é possível tentar alguma providência. — Hesitou: — Embora eu não acredite que dê muito resultado.

O coração de Hélène apertou-se. Quanto tempo teria Marcel de ficar por lá? Quatro anos? Cinco?

— É muito penosa essa questão dos prisioneiros — disse *Herr* Bergmann. — A amizade entre nós se tornaria mais fácil se pudéssemos devolvê-los.

Levou à boca um enorme pedaço de filé; ele comia depressa. Hélène examinou com repentino estupor aquela mão bem-tratada, o pesado anel que lhe adornava os dedos alvos. *Nós* não podemos devolvê-los *a vocês*. Ele mentia; ela enganava-se a si mesma; todos dois o sabiam; nem por um instante tinham vivido a mesma história.

— Vocês poderiam, se o quisessem — disse ela.

— Nem todos os franceses são amigos certos — respondeu ele, cortesmente. — Que quer você? São as contingências da História!

Hélène pousou o garfo no prato. Já não sentia fome. Contemplou os oficiais de binóculos que se empanturravam de ricas comidas francesas. Enquanto isso, a sra. Bertrand estava requentando um prato de alhos-poros, Denise descascava uma batata ferventada. Marcel ficara oito dias sem comer. E amanhã, Yvonne, a judia, já não encontraria trabalho e dentro em pouco não teria onde morar. Eram, sem dúvida, contingências da História! E eu? Por que estou aqui?

Herr Bergmann estendeu-lhe o cardápio. — Um queijo? Uma fruta?

— Não quero mais nada. Obrigada.

— Uma bebida?

— Não, obrigada.

Herr Bergmann pediu morangos com creme. Esmagou no creme, com a colher, os frutos vermelhos.

— Conhece algum lugar agradável para terminar a noite? — perguntou ele. — Uma verdadeira boate francesa que não seja "para turistas" — acrescentou com um ar de cumplicidade.

— Não conheço grande coisa — disse Hélène; fez um esforço: — Falaram-me de um lugar no Quartier Latin onde se pode dançar.

— Pois vamos para lá. Estou com meu carro aí.

— E o que vou fazer com minha bicicleta? — perguntou Hélène.

— Não se preocupe. É muito simples. Pedirei que a mandem levar para sua casa. O pessoal aqui é muito prestativo.

Hélène tirou o estojo de pó de arroz da bolsa. Era simples, certamente; tudo para eles era simples. Ele estava falando com o *maître* numa voz lenta e precisa e extraiu algumas notas da carteira. O *maître* inclinou-se, sorrindo. Eu também sorrio. Sorriam, sorriam. Os que não sorriem são fuzilados. Fuzilado esta manhã, de madrugada, sozinho, sem sorrir. Contingências da História: mas quem é que decide que eu continue a sorrir ou que deixe de fazê-lo?

Entrou no carro. O dia ainda estava claro.

— Onde devo parar?

— Pare na praça Médicis. É uma ruazinha ao lado.

A praça Médicis estava tão sossegada que se ouvia o ruído das vozes no terraço dos dois grandes cafés: o bulevar não passava de uma grande estrada abandonada. Entretanto, as coisas todas continuavam em seus lugares: o tanque, os castanheiros, o revérbero que o homem estivera limpando com tanto cuidado na manhã do dia 10 de junho. Acreditava-se que tudo haveria de mudar: as casas, as fisionomias e até mesmo a cor do sol. Havia, no entanto, somente aquele silêncio, a claridade insólita do céu e, ao lado de Hélène, aquele homem todo teso e deferente.

— É aqui — disse ela. Empurrou a porta. Penetraram numa salinha forrada de vermelho e decorada com plantas verdes. Os músicos se achavam suspensos entre o céu e a terra, numa tribuna. Alguns pares dançavam.

— Está vendo? Não há muitos uniformes — disse Hélène.

Sentaram-se e *Herr* Bergmann mandou vir champanha. Olhou em redor com ar ponderado:

— Lugarzinho simpático. Mas falta-lhe um pouco de... como é que vocês dizem? Nós diríamos *Stimmung*.

— É a guerra.

— É, naturalmente. — *Herr* Bergmann balançou a cabeça: — Vocês se mortificam demais!

O sangue dos outros

— Berlim é mais alegre? — perguntou Hélène.

—Você vai conhecer Berlim. É uma bela cidade também.

Hélène contemplou os casais que dançavam e seu coração tornou-se pesado. Estavam tocando uma música de antes da guerra e algo que parecera esquecido despertou dentro dela: algo de muito doce e cálido e que, de súbito, a transpassava com milhares de pontas aguçadas. Os últimos dias. As últimas noites. A esta mesma hora, dentro de oito dias, as pessoas ao meu redor estarão falando uma língua desconhecida.

— Eu nunca viajei.

— Ah! Vai se tornar agora uma europeia — disse *Herr* Bergmann.

Uma moça de vestido preto enfeitado com laços alaranjados, segurando uma cesta, aproximou-se da mesa: — Cigarros? Bombons?

— Uma caixa de bombons — pediu *Herr* Bergmann.

O sangue afluiu ao rosto de Hélène: ela conhecia aquelas caixas cheias de fitas; uma jovem loura, parecida com aquela, vinha comprá-las todas as semanas, em casa da sra. Bertrand: "Eu as revendo aos *Fritz,* por quatrocentos francos", dizia rindo.

— Não — recusou Hélène.

— Dê-me licença — insistiu *Herr* Bergmann.

— Não, não quero — disse ela com certa violência e acrescentou: — Detesto bombons.

— Cigarros?

— Eu não fumo. Por favor, não quero nada.

Ela o fitou com rancor. Nada, exceto a liberdade de Marcel, a segurança para Yvonne, a vida de Robert Jardiller, engenheiro, fuzilado esta manhã. A moça se afastara. Houve um silêncio glacial.

— Quer dar-me a honra desta dança? — disse *Herr* Bergmann.

— Pois não — respondeu Hélène, levantando-se. Ele me tomou nos braços e nós dançamos: as bandeiras se agitavam sob o céu azul; em pé no estrado, ele falava e todo mundo cantava. Isto me pertence, pensou ela com angústia; é meu passado. Eu o levarei para Berlim. Irei para Berlim com todo o meu passado. *Herr* Bergmann segurava-a com força, junto a si. Dançava corretamente, mas de maneira aplicada. Seus passos se conjugavam, mas os corpos permaneciam isolados. Ela pensou: "Ele está me apertando em seus braços." Lançou um olhar ao espelho. Em seus braços. Sou eu mesma. Ela estava se vendo. E Denise também a via. Marcel a via. E Yvonne. E Jean. É a mim que eles veem.

— Desculpe-me. — Ela se desprendeu e caminhou para a mesa.

Simone de Beauvoir

— O que é que há? — perguntou *Herr* Bergmann em tom paternal; e acrescentou sorrindo: — Danço tão mal assim?

— Não. É que estou terrivelmente cansada. — Hélène sentou-se e não procurou sorrir. Eles me veem, eles existem. Jean existe. Apertou a cabeça entre as mãos. Foi porque eu não queria sofrer; eu menti; eu existo. Nunca deixei de existir. Eu, que partirei para Berlim com todo o meu passado; eu, que ele apertava entre os braços. É a minha vida que estou vivendo.

— Tome um pouco de champanhe — disse *Herr* Bergmann solícito.

— Obrigada. — Bebeu um gole picante de champanhe. "Menti para esquecer, para me vingar. Escolhi a mentira. Escolhi estar aqui, ao lado deste homem." As mil pontas aguçadas penetraram em seu coração, todas de uma só vez: "Eu existo e perdi Jean para sempre."

— Está melhor?

— Sim — disse ela. — Reconhecia aquele longo lamento de seu coração, reconhecia-lhe o pulsar e o gosto da saliva em sua boca. Sou eu. Sou eu mesma. Nossa derrota. A vitória deles. Nossos prisioneiros. Olhou para *Herr* Bergmann:

— Não creio que eu possa ir para Berlim.

XI
— CAPÍTULO —

Eu a matei em vão, já que sua morte não era necessária: poderia ter ido eu mesmo, ou mandado Jeanne ou Claire; por que Jeanne? Por que Claire? Por que você? Como pude atrever-me a escolher? Eu me lembro, ele dizia: "É preciso trabalhar por aquilo que desejamos." Ele dizia isso. Foi ontem. Eu não posso dizer mais nada. Já não posso dizer: ele tinha razão. Nem: ele estava errado. Mas já que eu nada posso dizer, é preciso que esta voz se cale. É preciso que minha vida se cale.

A voz fala e a história se desenrola. Minha história. E você se cala, seus olhos permanecem fechados. Vai alvorecer, dentro em pouco. Você vai calar-se para sempre e eu falarei bem alto. Direi a Laurent "Vá", ou então: "Não vá." *Não hei de falar.*

Ele falava. Sabia o que queria e falava caminhando pelas ruas desertas, falava em seu quarto, através de Paris e, aos domingos, nas fazendas do Morvan, nas fazendas da Normandia e da Bretanha, com os camponeses que haviam enterrado suas armas. Os camponeses o ouviam e também os operários e burgueses. Ouviam-no na Inglaterra e, à noite, por vezes, o rádio lhe respondia: "As papoulas florescerão sobre os túmulos." Nos campos da Normandia e da Bretanha, os aviões deixavam cair, em paraquedas, metralhadoras e granadas.

— A coisa vai começar, de verdade.

Haviam alugado um pavilhão isolado num arrabalde e o sr. Blomart acedera em fornecer-lhes material de imprensa. Uma imprensa. Um arsenal. Iremos buscar as armas com uma caminhonete. E tudo há de começar. Alguma coisa acontecerá por minha causa agora e não mais à minha revelia; acontecerá porque eu assim o quis.

Estremeceu. Estavam batendo à porta.

Não o reconheci imediatamente. Sua cabeça tinha sido raspada e ele ostentava uma barba hirsuta.

— Marcel!

— Isso mesmo — disse Marcel. Ele ria.

— Como é isso? Você fugiu?

—Você não está imaginando que eles iam me fornecer um salvo-conduto! — Entrou no quarto e olhou em redor com ar satisfeito.

O sangue dos outros

— Veja só! Você ainda tem quadros meus! — Examinou-os um instante em silêncio.

Agarrei-o pelos ombros:

— Não consigo acreditar que você esteja mesmo aqui!

— Mas sou eu mesmo.

Tirei do armário um pedaço de pão e manteiga.

— Você deve estar com fome, não?

— Boa ideia! — Marcel sentou-se. — É verdade que se está passando fome em Paris?

— Ainda não — disse eu. Pus no fogo uma panela com batatas. Ali estava Marcel com sua cabeçorra, suas mãos curtas e grossas, seu misterioso riso de canibal; parecia encher o quarto. Eu estava todo contente.

— Já o estávamos imaginando a caminho da Alemanha!

— Bem que eles queriam mandar-me para lá.

— Foi difícil escapar? Foi muito duro?

— Não. Eu gosto de andar — disse Marcel passando manteiga sobre uma fatia de pão. Ergueu a cabeça:

— Mas conte você. Como vão as coisas aqui?

Levantei os ombros.

— Os alemães estão passeando pelos bulevares? — perguntou. — E vocês sentam-se ao lado deles nos metrôs? Eles lhes pedem informações na rua e vocês respondem?

— É — disse eu. — É isso mesmo. Mas talvez não fique sempre assim.

Comecei a contar. Ele me ouvia, comendo.

— Quer dizer que você está à frente de um movimento terrorista. — Pôs-se a rir: — Decididamente, não se deve desesperar de ninguém!

— Temos encontrado simpatias e apoios inesperados. Você seria capaz de imaginar que eu me reconciliasse com meu pai? A burguesia nacionalista está nos estendendo a mão.

— Ótimo — disse Marcel, continuando a comer. Apesar da barba e do crânio de sentenciado, ele continuava o mesmo de sempre.

— O que é que você pretende fazer? — perguntei. — Vou lhe dar o endereço de um companheiro, perto de Montceau-les-Mines, que o fará atravessar a linha.

— É preciso mesmo que eu vá até lá para ser desmobilizado?

— Sim, se você quiser regularizar sua situação.

— Então eu vou — disse ele.

— E depois? Vai recomeçar a jogar xadrez?

— Joguei muito lá no campo; nos últimos tempos, cheguei a jogar até sete partidas de olhos fechados.

— E como eram as coisas por lá?

— Era sossegado. — Marcel tirou o cachimbo do bolso: — Você tem fumo? — Entreguei-lhe minha tabaqueira; ele a sopesou com ar de admiração.

— Quanto fumo!

— Você não tinha?

— Nem sempre. — Encheu lentamente o cachimbo: — Você não teria um serviço qualquer para mim?

— E você gostaria de trabalhar conosco?

— Depende. Não quero escrever nem fazer discursos.

— Mas eu também não posso incumbi-lo de atirar bombas nem de tocar fogo em garagens. Você iria pelos ares logo da primeira vez.

— Evidentemente — concordou pesaroso. Hesitei: havia um favor que ele nos poderia prestar.

— Você quer mesmo se meter no negócio?

— Você está admirado? Acha que se pode ficar jogando xadrez sob todos os regimes?

Em você, a indiferença política não me causaria espanto. Você sempre apostou no inumano.

— E perdi — disse Marcel.

Houve um silêncio.

— Tenho uma coisa a propor-lhe.

— Vá dizendo.

— Bem! O pavilhão onde vamos esconder as armas e a rotativa ainda não tem locatário. Precisamos de alguém que fique fora de nossas atividades. Você é casado, o que facilita mais o negócio. Não lhe pediríamos senão que passasse os dias pintando ou esculpindo.

— Onde é esse tal pavilhão?

— Em Meudon.

— Meudon! — fez, com ar pesaroso. — Enfim! Não se pode exigir demais!

— Mas você compreende que estará arriscando sua pele e a de Denise?

Ele sorriu:

— Denise ficará radiante!

— Tem certeza de que não é para me ajudar que você está aceitando?

— E em que é que isso pode lhe interessar? — disse Marcel. Riu: — Você só deve considerar o interesse da causa.

O sangue dos outros

— Não — disse eu. Alguma coisa estava se agitando em seu íntimo. No entanto, eu acreditava haver amordaçado aquela voz. *Primeiro Jacques...* — Eu não gostaria de me utilizar de você como de um meio.

— Você não parece haver ainda adquirido a têmpera de um chefe — disse Marcel.

— É possível — respondi. Eu não estava sorrindo. Ele me olhou, também sério.

— Você continua presunçoso. Acha que pode me tratar como se eu fosse apenas um meio? Só faço o que me agrada.

— Será como você quiser.

Meu coração continuava apertado. Por que ele? Saber o que se quer e executá-lo. Parecia simples. Eu queria armas, um pavilhão para escondê-las, um locatário para o pavilhão. Mas não queria que fosse justamente Marcel quem corresse aquele risco. *Quem, então? Por que Vignon e não ele?* O objetivo era claro mas não clareava o incerto caminho. *Todos os meios são maus. Por que você?*

Ele me trouxe até aqui. Você está aí, morrendo, e eu fico a olhá-la. Ela se agita, geme: "Ruth! Ruth!" A quem estará ela chamando? Quem é mesmo ela? Já não sei. A história agora se desenvolve muito depressa, como se eu estivesse no fundo da água e só me restassem poucos segundos de fôlego. No fundo da água. No fundo do desespero. Caminhonetes sulcam as estradas; há até mesmo um caminhão alemão entrando em Paris com uma carga pesada de caixas: o motorista acredita estar transportando manteiga e presunto; foi muito bem pago. Na casa de Meudon, estão descarregando colchões, móveis e fardos de roupa; descarregam as caixas. Apesar do frio, Laurent está em mangas de camisa; o suor colou placas de poeira em seu rosto. Desce a escada do porão dobrado ao peso da pólvora e ri. E aqui estou eu no salão onde Denise instalou seus tapetes e seus móveis; o aquecedor está roncando enquanto eu mostro a Laurent uma tênue linha vermelha que serpenteia por uma planta de Paris.

— Você está vendo? A primeira esquina à direita, a segunda à esquerda e acompanhamos o bulevar.

— Está bem — disse ele. — Já compreendi.

— Tem o plano na cabeça?

— Posso desenhá-lo de cor.

Amasso o pedaço de papel e atiro-o para dentro do aquecedor. Marcel, sentado diante de um tabuleiro, está meditando. Denise caminha de um lado para o outro na sala.

— Não me desagrada nem um pouco começar pela Gestapo — disse Laurent.

Fito seus cabelos crespos, os olhos azuis, a boca brutal: eu nunca o havia olhado com tanta atenção. Não se parece com Jacques, mas o sangue tem a mesma cor.

— Esvaziou os bolsos?

— Não tenha receio. — Tirou da carteira um cartão de identificação falsificado e contemplou-o, todo satisfeito: — Está uma beleza! Diga-me uma coisa: tiveram notícias de Perrier?

— Não, nenhuma. Continua na solitária. Procuraremos entrar em contato com ele assim que o transferirem para um campo.

— Parece que encontraram Singer enforcado na cela — disse Denise.

— E o capelão afirma que ele nunca pensou em enforcar-se.

— É muito provável.

Olho para o relógio. Dez e cinco. Muito cedo ainda. Levanto-me e me aproximo de Marcel.

— Então? O rei está se defendendo?

Ergueu a cabeça.

— Não consigo mais me concentrar — disse ele. — Não se pode fazer duas coisas ao mesmo tempo!

— Estou satisfeito de ver que você recomeçou a pintar.

— Eu também. — Ele me sorriu; compreende que estou com vontade de falar, de falar de outra coisa: fui um imbecil.

— Já não lhe parece absurdo pintar?

— Não — diz Marcel. — Compreendi isso no campo. Alguns sujeitos me pediram uns afrescos para decorar a sala de leitura: se você visse os olhos que eles escancaravam! Que coisa formidável é uma admiração sincera! Aquilo me transtornou as ideias.

— Sempre achei que o que lhe faltava era antes de tudo um público.

— Mas eu era presunçoso também — disse Marcel. — Queria que meu quadro existisse sozinho, sem precisar de ninguém. Na verdade, são os outros que o fazem existir. Mas isso é fascinante, pelo contrário; porque quem os força a fazê-lo existir sou eu. — Teve um sorriso misterioso e algo cruel: — Você compreende? Eles são livres e lá vou eu violar sua liberdade; violo-a, deixando-a livre. É muito mais interessante que fabricar objetos.

— É. — Eu o examinei com curiosidade: — E é por isso que você se envolve em tudo que se passa ao seu redor?

— Naturalmente. Quero escolher o meu público.

O sangue dos outros

Pus-lhe a mão no ombro. Daquele lado, tudo ia bem. Mas eu nunca me preocupara muito com ele. Tinha certeza de que ele só fazia realmente o que queria. Virei-me para Denise.

— O careca continua rondando por aqui?

— Há três dias que não o vejo. — Ela sorriu: — Devo ter sonhado; ele não se preocupava de modo algum conosco. Não há o menor motivo para que se preocupem conosco.

— Está claro!

Ela fala com voz ponderada mas sob seus olhos há olheiras. Tem pesadelos à noite e passa o dia espreitando pelas grades do jardim. Sei que ela não vai recuar, que não nos trairá. Estará à altura de todas as tarefas. Ela, porém, não escolheu a morte; escolheu somente uma determinada maneira de viver. Está com medo. E a morte pode vir, uma morte que seria apenas um acidente estúpido como uma corda que se rompe, a correnteza que nos arrebata. "É muito bonito deixar as pessoas livres." Onde está sua liberdade?

— Mais um pouco de café quente? — pergunta ela.

— Com muito gosto.

Ela enche nossas xícaras. Dez e vinte. Laurent bebe o seu café com um estalido molhado. Está calmo. Teria aceitado a morte de boa mente, mas está convencido de que não vai morrer, visto estar trabalhando comigo. Será que eu me lembrei mesmo de tudo? *Eu havia verificado o gatilho, tinha pensado em tudo.* Pouso minha xícara:

— Vamos?

Denise olha para mim espantada.

— Como? Você vai com Laurent?

— Claro que sim.

— Mas não deve. O que será do movimento se lhe acontecer alguma coisa?

— Eu sei! Os generais morrem na cama. Não tenho alma de general.

— Pois adquira uma — disse Denise. — Você sabe perfeitamente que ninguém poderia substituí-lo.

— Você quer que eu mande os companheiros arriscarem a pele e que eu fique bebericando meu café? Eu acharia muito difícil continuar a me suportar.

Denise fitou-me com censura:

— Você se preocupa demais consigo mesmo.

A frase atingiu-me em cheio. Ela tem razão. Talvez seja porque sou um burguês: é preciso que eu esteja sempre a me preocupar comigo mesmo.

— Seus escrúpulos pessoais não nos interessam — continuou ela com dureza. — Nós nos entregamos a você como a um chefe que põe o partido acima de tudo: você não tem o direito de nos trair.

Olho para Laurent; ele está ouvindo com indiferença: tudo que eu faço está bem-feito. Olho para Marcel:

— O que é que você acha?

Ele riu:

— O mesmo que você.

— É — disse a Denise. — Você tem razão. Não o farei mais. Mas, desta vez, vou acompanhar Laurent; é preciso que sejam dois para esta operação e não quero adiá-la. — Levantei-me: — Além disso, quero ver uma vez com meus próprios olhos como as coisas se passam.

— Vou levantar a questão diante do comitê — disse Denise. — Sei desde já qual será a opinião deles.

— Estou de acordo.

Saímos. Nossas bicicletas deslizam na noite impelindo à sua frente um circulozinho de luz. Em minha sacola, embaixo das cebolas e das cenouras, há uma espécie de lata de sardinhas de aspecto inofensivo. À nossa direita, na escuridão, um leve cintilar negro e um odor refrescante: o Sena. Sacos de areia cortam-nos o caminho: apeamos e depois tornamos a seguir; entramos em Paris. A cidade parece adormecida; não há ninguém nas ruas e as casas parecem blocos escuros de pedra. Eles são os únicos que não se dão o trabalho de camuflar suas janelas, e seus edifícios estão iluminados; distingue-se, no fim da avenida, um grande retângulo luminoso. Mergulho a mão na sacola e apanho a lata de sardinhas; Laurent vem atrás de mim e eu sei que também ele aperta entre os dedos o metal frio e duro. O retângulo de luz se aproxima, à direita. Do outro lado das vidraças há homens com uniformes azuis e braçadeiras amarelas: espalham-se de alto a baixo, por toda a casa. Diante da porta está estacionado um automóvel cercado de oficiais alemães. Volto-me.

— Falhou — digo a Laurent. — Acompanhe-me.

Passamos diante deles; não veem nossas mãos. Descemos a avenida e viramos à direita. Diminuo a velocidade.

— Que chateação! — diz Laurent.

— Não hão de ficar ali a noite toda. Vamos dar umas voltas, tranquilamente.

Sinto-me desapontado. Ontem à tarde não havia nenhum automóvel; não havia automóvel algum em minha cabeça, e lá está ele, agora, tão simplesmente, com tanta naturalidade! Em minha cabeça, nós devíamos

O sangue dos outros

voltar alegremente, para dormir em casa de Madeleine. E, na realidade? Encontraram-no enforcado em sua cela... Vagueamos durante bastante tempo, em silêncio.

—Vamos voltar para ver.

Dirigimo-nos de novo para o começo da avenida e seguimos sem pressa. A calçada está deserta. Um "tira", sozinho, vai e vem pelo passeio: retardo a marcha, viso a vidraça iluminada e atiro a lata.

— Pronto! — Às nossas costas, um ruído de vidros quebrados, uma explosão, gritos, estridor de apitos. A avenida desce numa ladeira suave, foge velozmente sob as rodas. Apitam atrás de nós. Primeira esquina à direita. Continuam apitando. Segunda esquina à esquerda. Pedalamos até quase perder o fôlego. Quando respiramos, está tudo em silêncio. As ruas dormem, dorme o céu. Poderia se dizer que nunca, em parte alguma, acontece nada.

— Nós os apanhamos — diz Laurent.

— Creio que sim.

— Não tem graça. É fácil demais.

— Eles não estão ainda habituados. Espere um pouco.

Pedalamos sem pressa. Sinto-me leve e encalorado. É fácil fazer o que se quer; tudo é fácil. Recomeçaremos amanhã. Outros prédios vão explodir. Assim como trens, depósitos, fábricas. Chegamos à porta da pensão Colibri e vamos beber ponche com Madeleine, ao lado da lareira. Eles, lá, estão levando os mortos e os feridos, gritando ordens, fuzilando-nos. E nós contemplamos o ponche a cintilar, tranquilos e perdidos como no meio de uma floresta.

No dia seguinte, ao meio-dia, Madeleine foi me buscar à saída da oficina.

— Bonito trabalho — conta ela. — Houve oito mortos e não sei quantos feridos. O bairro todo está em polvorosa.

Caminho alegremente pelas ruas de Clichy: aqueles mortos não pesam na minha consciência. Não há nenhum sinal em meu rosto, em minhas mãos, os outros cruzam comigo, olham-me e não me veem: sou apenas um inofensivo transeunte. Os companheiros, na oficina, nos olham sem nenhuma surpresa. Não temos de modo algum o aspecto de condenados à morte. É um dia como outro qualquer. À noite, eu devia ir jantar com meus pais. Entrei às sete horas no metrô e vi o aviso vermelho colado aos azulejos brancos.

—Você viu? — perguntou minha mãe.

— O quê?

— Os avisos. Houve um atentado esta noite e eles fuzilaram doze reféns em represália. — Ela me observa: seus olhos estão fundos, as faces congestionadas, parece uma velha; recita, numa voz sem expressão: — Se os autores do atentado não forem descobertos dentro de três dias, mais doze reféns serão fuzilados.

— Eu sei. Está começando.

— Prometeram quinhentos mil francos de recompensa por qualquer informação útil — diz meu pai em tom divertido.

— Será que eles vão se denunciar? — pergunta minha mãe. — Será que deixarão fuzilar doze inocentes?

Minhas mãos não estremecem, eu não enrubesço. No entanto, em minhas mãos e em meu rosto há vestígios; eu os sinto, minha mãe os vê e seu olhar me queima.

— Não podem fazer isso. Se o fizerem, nunca mais poderão voltar à carga.

— Eles pertencem à sua causa — diz meu pai. Está todo orgulhoso. Foi ele quem atirou a bomba, não se arrepende de sua ação; é um homem forte.

— Não deveriam ter feito então o que fizeram — retruca minha mãe. — Eles assassinaram franceses.

—Você sabe o que está acontecendo na Polônia? — perguntei. — Metem os judeus em trens, fecham hermeticamente os vagões e fazem circular gases através de toda a composição. Você quer que nos tornemos cúmplices desses massacres? Atualmente, há sempre alguém sendo assassinado.

— Terá essa bomba servido sequer para salvar a vida de um único polonês? São vinte e quatro cadáveres a mais e só.

— São cadáveres que pesam muito. Você acha que depois disso a palavra colaboração ainda pode ter sentido? Você acha que eles poderão continuar a nos sorrir com ares de irmãos mais velhos? Entre eles e nós, existe agora sangue francês fresquinho.

— Que os que querem lutar lutem e derramem seu próprio sangue — diz minha mãe, passando a mão pelos cabelos: — Mas aqueles homens não queriam morrer, ninguém os consultou. — Sua voz tremeu: — Ninguém tem esse direito, é um assassinato.

Levanto os ombros, sentindo-me impotente. Minha garganta se aperta. Felizmente meu pai toma a palavra e explica. O antigo cheiro de tinta e de poeira flutua na galeria; sufocava-me outrora, e eu arranhava o tapete debaixo do piano: o filhinho de Louise está morto. Irremediavelmente morto, para sempre. Eu os privei para sempre da vida, de sua vida única, que ninguém viverá por eles. Eles nem sequer me conheciam e eu os privei de sua vida.

O sangue dos outros

Alguém está batendo à porta. *Marcel lia no ateliê com os pés sobre a mesa e eu bati à porta.* Chega! Chega! Eu o sabia. Eu o quis. Faremos de novo, amanhã.

A empregada traz a sopa. Não estou com fome mas é preciso comer. Minha mãe não está comendo: olha para mim. Ela não deve saber. *Ela sabe. Sei que ela sabe. Nunca me perdoará.*

Como. Bebo o café de cevada. E se eu lhe dissesse: "Está bem, vou me entregar." Que faria ela? Mas eu nada digo e só lhe resta uma coisa a fazer: detestar-me apaixonadamente. Não ouve meu pai: seus olhos se perdem ao longe, bravios e distraídos; meu pai fala e eu lhe respondo.

Nós falamos e os ponteiros do relógio giram. Onze horas. Meu coração se oprime; tenho, de súbito, cinco anos, estou com frio e com medo; gostaria que minha mãe fosse agasalhar-me na cama, que ela me acariciasse longamente; gostaria de ficar aqui; iria deitar-me em meu antigo quarto, aconchegado ao meu passado e talvez dormisse.

"Tenho de ir embora."

Levanto-me; minhas pernas estão pesadas; não posso ficar; seu olhar me expulsa. Quando me inclino para beijá-la, ela aperta os lábios e se retesa: "Você o fez. Agora aguente." Cala-se mas ouço sua voz dura. Ela morrerá sem me perdoar.

Mergulhei na noite, caminhei sempre em frente, como um criminoso resignado ao seu crime. Teria andado até o amanhecer. Subi para o meu quarto à meia-noite e sentei-me junto da lareira vazia. Sozinho. Fechado sozinho com meu crime. Fiquei a contemplar alguns jornais velhos que ardiam no fogo. "E se tudo fosse inútil? Se eu os houvesse matado em vão?" Acordei de madrugada, enregelado junto da lareira, sentindo a boca amarga e pensando: "É preciso recomeçar. Se não, tudo terá sido inútil. Eu os teria matado em vão."

Já não tenho mais força. Não posso continuar: sobre esta cama, esta noite, é você quem está morrendo. Quero parar. Será que não posso parar? Encostarei o revólver em minha têmpora. E depois? Que farão eles *depois*? Já não estarei aqui agora e, enquanto aqui estiver, o futuro existirá para além de minha morte. Penso em morrer; vivo, penso nisso. Resolva morrer, resolva mais uma vez, resolva sozinho. E depois? E depois?

XII
— CAPÍTULO —

Hélène pôs a lixa sobre a mesinha de cabeceira e mergulhou a mão esquerda na bacia de água espumante. Estava reclinada no divã, havia puxado as cortinas e acendera o abajur. Podia-se assim acreditar que o dia ia logo acabar; mas ela sabia que não era verdade. Adivinhava-se por detrás da janela um céu azul e um insípido domingo de maio. A porta da confeitaria, embaixo, estava aberta e as crianças tomavam sorvetes cor-de-rosa em copinhos de papelão. Hélène retirou a mão da água e apanhou um pauzinho envolto em algodão que ela mergulhou num líquido branco. Pôs-se a empurrar as películas mortas na raiz das unhas. Tantas horas a matar, todo dia, durante quantos anos? E mesmo que ele me tivesse amado, que diferença teria feito? Duas ostras numa casca. Teria havido sempre aquele silêncio e aquele ruído insípido e azul... Puxou a saia sobre as pernas. Alguém estava batendo.

— Entre!

Era Yvonne. Segurava um buquê de violetas com um ar esquisito.

— Pronto, aí está! — disse ela, sorrindo. Seu sorriso era falso e indeciso como se estivesse pregando uma boa peça em Hélène.

— O quê? O que aconteceu?

— Eles estão lá em casa. Estão levando todos os judeus.

— Não! Não é verdade — disse Hélène. Fitou Yvonne com ar perplexo: os lábios continuavam a sorrir mas o rosto estava contraído. — Mas é verdade. — O sorriso se desfez e as faces começaram a tremer. — O que é que eu vou fazer? Não quero que eles me levem para a Polônia!

— Mas o que está mesmo acontecendo?

— Não sei direito. Tinha ido dar uma volta. Quando regressei parei para comprar violetas e a florista me aconselhou a fugir.

Hélène pulou: — Não tenha medo. Eles não a levarão!

— Mas estou preocupada com minha mãe — disse Yvonne. — Vão maltratá-la se eu não voltar. Talvez já lhe estejam batendo...

— Você não pode ficar aqui. É o primeiro lugar para onde ela os mandará. — Venha. Vamos embora.

— Hélène! Eu não a posso deixar assim, sem saber... Fitou Hélène timidamente: — Você se importaria de ir até lá? Se eu tiver de voltar, você me dirá e eu voltarei.

O sangue dos outros

— Vou imediatamente — disse Hélène enfiando o mantô. — Onde irei encontrá-la?

— Pensei em ir esconder-me em Saint-Etienne-du-Mont. Estão dando batida no bairro todo, mas creio que não irão olhar nas igrejas.

Desceram a escada de quatro em quatro degraus.

— Estão levando os judeus. Nem posso acreditar! — disse Hélène, Yvonne a fitou: havia em seus olhos uma espécie de ironia triste.

— Pois eu posso! Sabia que isso iria acontecer. — Tocou no ombro de Hélène: — Vá depressa. Estarei na capela da Virgem.

Hélène saiu correndo; por mais que corresse, o olhar de Yvonne continuava preso a ela e a vergonha oprimia-lhe a garganta. Eu não acreditava, não pensava nisso; estava dormindo; e ela, de noite, revirava-se na cama sem poder dormir, esperando. Enquanto eu pintava minhas unhas eles levavam os judeus. Fechada naquele quarto cheio de sono, de silêncio e de tédio. Lá fora, no entanto, estava claro e as pessoas viviam e sofriam. Diminuiu o passo, estava sem fôlego. As ruas conservavam seu aspecto cotidiano: um domingo igual aos outros, um daqueles compridos domingos em que não acontece nada.

Transpôs o portão; sob o pórtico, havia dois guardas e ouvia-se pela casa toda um grande alarido. Portas batiam, objetos pesados caíam ruidosamente sobre o assoalho, uma mulher gritava com voz rouca numa língua desconhecida. Hélène encontrou no meio da escada um policial carregando uma criancinha com ar desajeitado e contrafeito. Parou no corredor do segundo andar; a porta estava aberta e ouviam-se vozes de homens no pequeno apartamento. Hélène entrou.

— Yvonne!

Um policial saiu do quarto do fundo:

— Ah! Aqui está a senhora!

— Eu não sou Yvonne.

— É o que vamos ver! Entre aqui.

Hélène hesitou um instante. O quarto proibido, repleto de noite, de pesadelo e de cheiro de loucura, estava escancarado, a luz acesa e havia dois policiais ao pé da cama. A sra. Kotz estava metida debaixo das cobertas de onde apenas a cabeça emergia, uma cabeça de cabelos raspados, faces rechonchudas e com um buço de pelos negros.

— Onde está Yvonne? — perguntou ela.

— Está com seus documentos? — perguntou um dos policiais.

Hélène tirou da bolsa o cartão de identificação e os cupões de alimentação.

— O que está acontecendo?

— Onde está Yvonne? — repetiu a sra. Kotz. — Nunca fica tanto tempo fora!

O policial examinou os papéis e tomou algumas notas num caderninho.

— Está bem — disse desapontado. — O que veio fazer aqui?

—Vim ver minha amiga.

— Não sabe onde ela está?

— Não.

—Vai voltar logo, com toda a certeza — disse a sra. Kotz em tom suplicante.

— Pois bem! Será melhor dizer a ela que não procure escapar. Amanhã, os alemães é que virão procurá-la e se não a encontrarem... nem sempre são muito pacientes!

Os dois homens abandonaram o quarto e a porta da entrada bateu.

— Ela ainda acabará me matando! — gemeu a sra. Kotz. Fechou os olhos. — Ai! Eu vou indo! Vou indo! Dê-me a minha poção depressa!

Hélène agarrou, ao acaso, um dos frascos existentes sobre a mesa de cabeceira e encheu uma colher.

— Obrigada — disse a sra. Kotz, respirando profundamente: — Diga a ela que volte depressa. Eles vão me matar!

— Não acredito que eles a matem — disse Hélène. — Não tenha medo. Virei vê-la esta noite. Cuidarei da senhora.

— Mas, e Yvonne? Onde está Yvonne?

— Não tenho nenhuma ideia — respondeu Hélène. — Até logo!

Fechou a porta às suas costas. Sobre a mesa de Yvonne havia tesouras, carretéis de linha ao lado de um jarro vazio. Um vestido de lã azul, alinhavado de branco, estava dependurado ao trinco da janela. Poderia se dizer que ela voltaria dentro de cinco minutos. Tinha comprado violetas e o vaso ia continuar vazio: ela não voltaria. Sobre a estante onde dispunha os livros havia um ursinho de pelúcia que Hélène roubara para ela dez anos antes: já tinha o aspecto de um órfão. Hélène apanhou-o e meteu-o na bolsa.

Já não se ouvia nenhum rumor na escada; parecia que a casa toda estava deserta. Hélène seguiu pela rua. A vendedora de flores estava sentada num banco ao lado do carrinho verde. Yvonne não lhe comprará mais flores, não entrará mais na padaria. Onde estará ela? Sozinha, perdida, sem amigos... E eu havia fechado as cortinas, estava fazendo as unhas!

Parou de repente. Na praça de Contrescarpe, quatro ônibus se encontravam estacionados junto às calçadas. Havia dois vazios, à esquerda do terrapleno; os da direita estavam cheios de crianças. Policiais postavam-se de guarda nas plataformas. Uma longa fila de mulheres vinha surgindo da rua Mouffetard, enquadrada por outros policiais. Caminhavam duas a duas, segurando suas trouxas. A pracinha estava silenciosa como uma praça de aldeia. Através dos vidros dos enormes veículos distinguiam-se rostinhos morenos e amedrontados. Ao redor da praça toda, gente imóvel, observando.

As mulheres atravessaram o terrapleno e se dirigiram para os ônibus vazios. Uma delas trazia uma garotinha pela mão, uma menina muito pequenina de trancinhas escuras atadas com laços vermelhos. Um policial aproximou-se delas e disse algumas palavras que Hélène não ouviu.

— Não! — respondeu a mulher. — Não!

— Vamos — disse o policial. — Nada de histórias. A devolverão mais tarde. — Tomou a criança nos braços.

— Não, não! — protestou a mulher, agarrando-se com as duas mãos ao braço do policial. Sua voz cresceu: — Deixe-a comigo! Ruth! Minha Ruthinha!

A criança se pôr a berrar. Hélène apertou as mãos e as lágrimas lhe encheram os olhos. Será que não podemos fazer nada? E se todos se precipitassem sobre o policial? Se lhe arrebatassem a criança? Mas ninguém se mexia. O policial colocou Ruth na plataforma de um dos veículos da direita. A menina chorava. Muitas crianças, dentro do carro, puseram-se a chorar com ela.

A mulher permaneceu imóvel no meio da praça. O ônibus se pôs em movimento pesadamente.

— Ruth! Ruth! — Ela estendeu as mãos e saiu correndo atrás do veículo. Usava saltos já cambaios e corria dando sacudidelas desajeitadas. Um policial a acompanhava, sem pressa, com suas grandes passadas de homem. Gritou ainda: "Ruth!", um grito estridente e desesperado. Parou em seguida, na esquina, e escondeu o rosto nas mãos. A pracinha continuava calma e lá estava ela em pé, no meio do domingo azul, com a cabeça entre as mãos e o coração que se ia despedaçando. Um policial pôs a mão em seu ombro.

"Ah! Por quê? Por quê?", pensou Hélène com desespero. Ela chorava mas permanecia imóvel como os demais, olhando. Lá estava ela e sua presença não fazia a menor diferença. Atravessou a praça. "Como se eu não existisse. No entanto, eu existo. Existo em meu quarto fechado, existo no vácuo. Eu não tenho importância. Será minha a culpa?" Um grupo de soldados alemães descia de um ônibus de turismo diante do Panthéon; tinham um ar cansado; não se pareciam com aqueles vencedores cheios de vivacidade que gritavam *Heil*, pelas estradas. "Eu estava vendo a História passar! Era a minha história. Tudo isso está acontecendo comigo."

Entrou na igreja. A voz do órgão ressoava sob as abóbadas de pedra; a imensa nave estava repleta: as pessoas rezavam, as crianças ao lado das mães, com o coração cheio de música, de luz e um perfume de incenso. No fundo de uma capela, por trás da cortina de vapor que se exalava dos círios, a Virgem Santa sorria indiferente. Hélène tocou no ombro de Yvonne.

— Ah! Você já chegou? E então?

— Vi sua mãe — disse Hélène ajoelhando-se ao lado de Yvonne. — Os policiais foram muito delicados. Compreenderam que é uma doente e vão deixá-la em paz. Mandou-lhe dizer que não se preocupe com ela.

— Ela disse isso? — fez Yvonne surpreendida.

— Disse. Comportou-se muito bem. — Hélène abriu a bolsa: — Tome, trouxe seu urso; ele parecia estar com saudades de você.

— Como você é boazinha! — exclamou Yvonne.

— Vamos agora cuidar de você. Vou procurar Jean. Parece que ele pode fazê-la atravessar a linha.

— Você vai estar com Jean?

— Denise me aconselhou a ir vê-lo em caso de necessidade.

— Mas, isso não a aborrece?

— Não. Por quê? — Hélène levantou-se: — Fique aqui. Voltarei o mais depressa possível.

— Tome — disse Yvonne... — Leve-as. — Pôs o buquê de violetas nas mãos de Hélène. — Obrigada — disse com voz sufocada.

— Boba!

Hélène atravessou a igreja. O órgão se calara; um sininho tocou, muito frágil em meio ao silêncio, e o padre elevou o ostensório de ouro acima da cabeça. Hélène desceu a rua Soufflot, apanhou a bicicleta e montou. "Vou ver Jean." Era indiferente, era natural. Não estava com medo, nada esperava dele. "Ruth, minha Ruth!" Ele não poderia apagar aquele grito; um grito que ela nunca mais deixaria de ouvir. Nada mais tinha importância. "Ruth! Ruth!" O domingo estava terminando nas ruas; domingo nas igrejas, domingo ao redor das mesas de chá e nos corações fatigados: "Minha história: e está acontecendo independentemente de mim. Durmo e, por vezes, assisto; e tudo se passa sem mim."

Subiu a escada e ficou um instante à escuta, com o ouvido colado à porta. Ouvia-se algo como que raspando. Ele estava ali. Hélène bateu.

O sangue dos outros

— Boa tarde — disse ela. A voz lhe morreu na garganta. Não imaginara que ele a fosse olhar com aqueles olhos; ele não sorriu. Ela fez um esforço e foi a primeira a sorrir: — Posso falar cinco minutos com você?

— Certamente. Entre.

Hélène sentou-se e disse, muito depressa:

— Você se lembra de minha amiga Yvonne? Estão à procura dela a fim de enviá-la para a Alemanha. Denise me disse que você poderia fazê-la passar para a zona livre.

— É possível, sim — disse Jean. — Ela tem dinheiro?

— Não — respondeu Hélène; lembrou-se do mantô claro e do lindo costume pendurado em seu guarda-roupa: — Ela arranjará um pouco, mas não já.

— Não tem importância. Diga a ela que esteja lá pelas cinco horas em casa do sr. Lenfant, 12, rua de Orsel. Ele a estará aguardando.

— Lenfant, 12, rua de Orsel — repetiu Hélène.

As palavras lhe vieram bruscamente aos lábios; não havia pensado em pronunciá-las mas elas se impunham com tamanha evidência que lhe pareceu ter vindo expressamente para dizê-las: — Jean, eu quero trabalhar com vocês.

— Você?

— Não tem nenhuma tarefa para mim?

Ele a examinou: — Você sabe o que nós fazemos?

— Sei que vocês ajudam as pessoas. Sei que estão fazendo alguma coisa. Dê-me alguma coisa para fazer!

— Espere — disse ele. — Deixe-me refletir.

— Não confia em mim?

— Não confiar em você?

— Devem ter-lhe dito que cheguei a pensar em ir para Berlim. — Ela sorriu: — Mas não fui.

— Por que está querendo trabalhar conosco?

— Fique sossegado. Não é por sua causa.

— Não estou pensando nisso.

— Mas você poderia pensar. — Seus olhos percorreram o quarto: nada havia mudado. Meu amor não mudou... — Não. Não é para estar de novo ligada à sua vida.

— É um trabalho perigoso — avisou ele.

— Não faz mal. — Estas palavras também não tinham sido pensadas antes; no entanto, ali estavam prontinhas para serem formuladas: — Eu não estou mais vivendo; sou como uma morta. Lembre-se: você me disse uma vez que podemos aceitar o risco de morrer para que a vida conserve um sentido. Acho que você tinha razão.

— É você mesma quem está falando assim?

— Acha que eu mudei?

— Não. Você tinha que chegar a isso. — Ele refletiu: —Você sabe guiar?

— Guio muito bem. Tenho bons reflexos.

—Você poderia então prestar bons serviços. — Houve um silêncio: — Está bem segura de si mesma? Se for presa, saberá calar-se? É preciso que você saiba que se formos descobertos seremos imediatamente fuzilados.

— Sim. — Hélène hesitou: —Você ajuda as pessoas. E... é só isso?

— Não. Não é só isso.

— Ah! Você também mudou.

— Nem tanto. — Jean olhava à sua frente, com ar triste. "Está inquieto, sente-se só... eu não o soube amar", pensou Hélène. "Ainda não é tarde demais. Hei de amá-lo sempre." Levantou-se.

—Você me avisará assim que puder utilizar-me.

— Dentro de dois ou três dias. — Fitou-a e sorriu: — Estou tão contente de a ter visto!

Hélène passou a língua nos lábios: teve receio de começar a chorar.

— Sabe, eu compreendi. Não deveria ter feito o que fiz. Eu fui... eu fui asquerosa!

— Oh! Eu também tive culpa — disse Jean.

Encararam-se um instante em silêncio, indecisos.

—Até logo — disse ela. — Gostaria que você deixasse de me detestar. — Abriu a porta e desceu a escada sem esperar a resposta.

◆

Hélène empurrou a porta-janela. O cascalho rangeu sob seus pés. A noite estava quente; um fresco aroma vegetal elevava-se para o céu escuro. Sentou-se no banquinho de madeira, encostado à parede. "Afinal, até hoje, nunca aconteceu nada", pensou. Um trem apitou no fundo do vale: corria com todas as cortinas descidas, invisível. "Não se deve pensar assim. Pode acontecer, a cada vez." Colheu uma folha de louro e amassou-a entre os dedos. "Não tenho mais medo!" Sentia-se leve e realizada como nas mais belas noites de sua infância quando repousava nos braços de um Deus paternal. Estar morto: nunca se *está* morto. Não há ninguém mais para ser morto. Estou viva. Estarei sempre viva. Sentia a vida pulsar no peito e aquele instante era eterno.

O sangue dos outros

— Hélène!

O ponto vermelho de luz de um cigano perfurava a escuridão. Ela reconheceu Jean.

Hélène, por favor! Não vá esta noite!

— É inútil — disse ela. — Eu irei.

— Quando o golpe falha uma vez, nunca se deve recomeçar. Vocês podem ter sido notadas na estrada. Espere alguns dias.

— Eles não esperarão. Poderão levá-lo amanhã para outro campo. Não há tempo a perder.

Jean sentou-se ao lado dela:

— Você o faria, ainda que não se tratasse de Paul?

— Mas é Paul.

— Paul não representa nada para Denise.

— Ela está de acordo. Nós somos uma equipe. — Hélène refletiu: — Mas vou lhe propor uma coisa: eu irei sozinha desta vez.

— Não. Se estiver sozinha, ao menor acidente você estará perdida. — Jean esmagou o cigarro com o calcanhar: — Eu irei com você.

— Você? Você não pode fazer parte de nenhuma expedição: é uma regra absoluta.

— Eu sei. Mando as pessoas ao encontro da morte e nem sequer compartilho seu destino.

— Não adiantaria nada se você compartilhasse.

Houve um silêncio.

— Você vai se expor ao perigo e eu não estarei perto: não posso suportar isso! — disse ele.

— Você estará junto de mim. A distância não importa: você está sempre junto de mim.

Jean passou-lhe um braço em torno dos ombros e ela apoiou o rosto contra o dele:

— Tem razão — disse ele. — Agora, nada mais nos há de separar. Nunca mais.

— Sabe? — disse Hélène. — Senti medo, nas primeiras vezes. Mas estou tão feliz que não me é mais possível ter medo.

— Meu amor!

Uma voz chamou, no outro extremo do jardim:

— Hélène!

Hélène se levantou:

— Até amanhã. Telefone avisando a Lamy que pode dar o sinal. Estaremos lá dentro de uma hora.

— Tome cuidado — pediu Jean. — E volte logo. — Tomou-a nos braços: — Volte para mim!

Largou-a e ela correu para a garagem.

— Pronto! Aqui estou — disse ela.

Denise abaixou a tampa da caminhonete onde se amontoavam trouxas de roupa suja. Um lenço ocultava-lhe os cabelos:

— Está tudo em ordem — disse ela.

Hélène amarrou um fular sob o queixo:

— Trouxe o terno? Os papéis?

— Trouxe tudo que é preciso.

Entraram no carro. Hélène segurou a direção.

— Jean não queria que nós fossemos. Acha imprudente.

— Ele me disse. Mas Paul está certamente contando conosco. Além disso, as noites logo estarão menos escuras.

Hélène pisou na embreagem. Oculto atrás de um barracão, lá longe, Paul aguçava o ouvido, no silêncio. Lamy montara em sua bicicleta e passou cantando diante do campo. Jean desceu para a estação: ela não se afastara dele. Ela, agora, nunca mais se sentia sozinha, inútil e perdida sob o céu deserto. Existia com ele, com Marcel, com Madeleine, Laurent e Yvonne, com todos os desconhecidos que dormiam nos barracões de madeira e que nunca tinham ouvido seu nome; com todos aqueles que desejavam um outro amanhã, com aqueles mesmos que nada sabiam desejar. A casca se quebrara; ela existia para alguma coisa, para alguém. A Terra inteira constituía uma presença fraternal.

— Que linda noite! — disse ela.

XIII
— CAPÍTULO —

Um raio de luz infiltrara-se pelas persianas. Cinco horas. Abrem-se as primeiras portas. O médico, a parteira acodem à cabeceira do enfermo, da parturiente. Os *dancings* clandestinos despejam-se nas ruas desertas. Alguns cafés se iluminam em torno das estações. *Encostam-nos à parede*. Meteu a mão no bolso. Duro e frio. Um brinquedo. "Ninguém imaginaria que isto pode matar." Mata, entretanto. Aproximou-se da cama. Ela não atravessará a noite. E a noite está quase acabada. Estarei ainda presente para dizer: eu a matei? Para dizer: é preciso matar outra vez? Esta voz... É para mim que ela fala; é para mim que deve calar-se. Que importa que meu silêncio continue a ser, para eles, uma voz? Nada poderá salvar-me. Mas posso adormecer, mergulhar nessas águas criminosas. A angústia atanaza e dilacera; arranca-me de mim mesmo. Que esta ação se complete...

— Jean.

Ele se voltou. Ela abrira os olhos e o estava fitando.

— Paul chegou?

— Chegou, sim. Está aqui. Está tudo bem.

— Ah! Estou satisfeita. — A voz era débil mas distinta. Ele sentou-se à beira da cama.

— Como está se sentindo?

— Estou bem. — Ela lhe tomou a mão. — Não fique triste; sabe? Não me incomodo de morrer.

— Você não vai morrer.

— Você acha?

Ela o examinou: o mesmo olhar de outrora, suspeitoso, exigente.

— O que disse o médico?

Desta vez ele não podia hesitar; não tinha dúvidas: apesar do suor em suas têmporas e da voz ofegante, aquilo não era um pobre objeto de carne; um olhar, uma liberdade; somente a ela pertenciam os seus últimos instantes.

— Não deu muitas esperanças.

— Ah! — disse ela. — Bem que me pareceu. — Ficou um momento silenciosa. — Não me incomodo — repetiu.

Ele se inclinou, roçou com os lábios o rosto violáceo.

— Hélène, você sabe que eu a amo.

O sangue dos outros

— Sim, você agora me ama. — Ela lhe apertou a mão: —Estou feliz por você estar aqui; vai se lembrar de mim.

— Meu único amor! Você está aí, assim, e por minha culpa!

— Onde está a culpa? — perguntou ela. — Fui eu quem quis ir.

— Mas eu poderia ter proibido.

Ela sorriu.

—Você não tinha o direito de decidir por mim.

As mesmas palavras. Ele a fitou. Era bem bela. Afirmava: é a mim que cabe decidir. Aqueles cabelos baços reluziam; as faces encovadas brilhavam de vida; era ela. A mesma liberdade. Não terei então traído ninguém? Terá mesmo sido a você que eu falei, a você, única na verdade única de sua vida? Nesta respiração ofegante, nestas pálpebras azuladas, será que você ainda reconhece sua vontade?

— É o que você dizia antigamente; eu a deixei escolher. Mas será que você sabia o que estava escolhendo?

— Era a você que eu escolhia. Faria de novo a mesma escolha.

— Balançou a cabeça. — Eu não gostaria de ter tido outra vida.

Ele ainda não ousava acreditar nas palavras que ouvia, mas já se estava afrouxando o círculo que lhe apertava o coração: uma esperança surgia na noite.

—Você não escolheu encontrar-me — disse ele. — Tropeçou em mim como se tropeça numa pedra. E agora...

— Agora — disse ela. — Mas haverá alguma coisa a lamentar? Será que eu tinha tanta necessidade de envelhecer?

As palavras transpunham os lábios com dificuldade. Mas o olhar estava vigilante. Viva, presente. Parecia, de súbito, que o tempo já não tinha importância, aquele tempo todo quando ela já não existisse, visto que existia naquele momento, livre, sem limites.

— É verdade que você não lamenta nada? — perguntou ele.

— Nada. Por quê?

— Por quê? — repetiu ele.

— Sobretudo, não tenha remorsos.

—Tentarei.

— Não deve ter. — Ela sorriu debilmente. — Eu fiz o que queria. Você foi apenas uma pedra. É preciso que existam pedras para se fazerem estradas; sem isso, como se poderia escolher um caminho?

— Se fosse verdade...

— Mas é verdade! Tenho certeza. O que teria eu sido se nada me houvesse acontecido?

— Ah! Como eu gostaria de acreditar! — exclamou ele.
— Em quem acreditaria você?
— Em você, quando a estou olhando.
— Pois olhe para mim. — Ela fechou os olhos. —Vou dormir mais um pouquinho. Estou cansada.

Ele a fitava. *"Está bem!"* Talvez Paul tivesse razão ao dizer "está bem". Ela respirava suavemente e ele a fitava. Parecia-lhe que não teria podido inventar para ela outra morte, outra vida. Eu acredito, devo acreditar em você. Nenhum mal lhe sucedeu por minha causa. Sob os seus pés, eu fui apenas uma pedra inocente. Inocente como a pedra, como aquele fragmento de aço que lhe rasgou o pulmão. Ele não a matou; não, fui eu que a matei, meu amor!

— Hélène!

Ele sufocou um grito. As veias estão inchadas, a boca entreaberta. Está dormindo; esqueceu que ia morrer. Sabia-o, há pouco; está agora morrendo e o ignora. Não durma, acorde! Ele se inclinou. Teria desejado tomá-la pelos ombros, sacudi-la, suplicar-lhe. Consegue-se reanimar uma chama que vacila, soprando sobre ela com todas as forças. Mas não existe uma passagem entre minha boca e sua vida; somente ela seria capaz de se erguer de novo para a luz. Hélène! Ela ainda tem um nome: não será mais possível chamá-la? A respiração sobe com esforço dos pulmões para os lábios, desce rangendo dos lábios para os pulmões, a vida ofega e se esforça, contudo está ainda intacta; permanecerá intacta até o último instante; por que não a emprega você noutra coisa que não seja em morrer? Cada pulsar de seu coração a aproxima da morte. Pare! Seu coração continua a bater, inexorável; quando parar, ela já estará morta; será tarde demais. Pare imediatamente! Pare de morrer!

Ela abriu os olhos; ele a tomou nos braços. Aqueles olhos abertos já não enxergavam! Hélène! Ela já não ouvia... Algo permanece que não está ainda ausente de si mesmo mas já ausente da terra, ausente de mim. Estes olhos são ainda um olhar, um olhar congelado que já não é nenhum olhar. A respiração cessou. Ela disse: estou feliz por você estar aí. Mas eu não estou aqui; sei que alguma coisa está se passando mas não posso presenciá-la. Não está se passando aqui, nem em parte alguma: está além de toda presença. Ela respira ainda uma vez; seus olhos se embaçam; o mundo se desprende dela, desmorona-se; ela, contudo, não desliza para fora do mundo; é no seio do mundo que ela se torna esta morta que eu tenho em meus braços. Um ricto distende a comissura de seus lábios. Não há mais olhar. Ele baixou as pálpebras sobre os olhos inertes. Rosto amado, corpo amado. Era sua testa, eram seus lábios.

O sangue dos outros

Você me deixou. Mas eu ainda posso amar sua ausência; ela ainda conserva sua imagem, está aqui presente nesta forma imóvel. Fique! Fique comigo...

Ele ergueu a cabeça. Devia ter permanecido muito tempo assim, com a fronte pousada sobre o coração silencioso. Esta carne que foi você. Contemplou, cheio de angústia, o rosto imobilizado. Tinha-se conservado idêntico a si mesmo mas já não era ela. Um despojo. Uma efígie. Mais ninguém. Eis que sua ausência perdeu seus contornos, ela acabou de deslizar para fora do mundo. E o mundo continua tão cheio quanto ontem; nada lhe falta. Nem uma falha. Isso parece impossível. Como se ela nada tivesse representado sobre a terra.

Como se eu não fosse nada. Nada e tudo; presente em todos os homens, através do mundo todo, e para sempre deles separado; culpado e inocente como o pedregulho na estrada. Tão pesado e sem peso algum.

Estremeceu. Estavam batendo. Caminhou até a porta.

— O que é?

— Preciso de sua resposta — disse Laurent. Deu um passo e olhou para a cama.

— Sim — disse Blomart. — Acabou.

— Ela não sofreu?

— Não.

Olhou para a janela. O dia tinha nascido. Os minutos atraíam os minutos, expulsando-se, impelindo-se uns aos outros, interminavelmente. Avance. Decida. O sino plange, de novo; há de planger até a minha morte.

—A máquina poderá ser colocada dentro de uma hora — disse Laurent.

—Você está ou não de acordo?

Contemplou o leito. Para você apenas uma pedra inocente: você tinha escolhido. Aqueles que amanhã serão fuzilados não escolheram; eu sou a rocha que os esmaga; não escaparei da maldição: ficarei sempre, para eles, um outro; serei sempre, para eles, a inconsciente força da fatalidade; separado deles para sempre. Mas basta que eu me empenhe em defender este bem supremo que torna inocentes e vãs todas as pedras e todas as rochas, este bem que salva cada homem de todos os demais e de mim mesmo: a liberdade. Meu calvário, nesse caso, não terá sido inútil. Você não me trouxe a paz. Mas para que haveria eu de querer paz? Você me trouxe a coragem de aceitar para sempre os riscos e a angústia, a coragem de suportar meus crimes e o remorso que sempre me há de torturar. Não há outro caminho.

—Você não está de acordo? — perguntou Laurent.

— Sim, estou de acordo — respondeu ele.

Direção editorial
Daniele Cajueiro

Editora responsável
Ana Carla Sousa

Produção editorial
Adriana Torres
Laiane Flores
Daniel Dargains

Revisão
Anna Beatriz Seilhe
Bárbara Anaissi
Juliana Borel

Capa
Fernanda Mello

Diagramação
Alfredo Loureiro

Este livro foi impresso em 2023,
pela Vozes, para a Nova Fronteira.